Ce pays
qu'on appelle vivre

Du même auteur

Romans

L'Amour au temps des éléphants, Belfond, « Pointillés », 2021 ; Charleston Poche, 2022.

L'Île aux enfants, Belfond, 2019 ; Charleston Poche, 2020 (prix de la Médiathèque de Carquefou 2019-2020 et prix littéraire des Jeunes Européens 2020).

Dakota Song, Belfond, 2017 ; Charleston Poche, 2021.

Le Gardien de nos frères, Belfond, 2015 ; Charleston Poche, 2018 (prix Wizo 2016, prix d'honneur Marc-Galabru de la ville de Mazamet, prix André-Armengaud de la ville de Vabre).

Sans oublier, Belfond, 2014 ; Charleston Poche, 2019 (prix Charles-Exbrayat 2014 de la ville de Saint-Étienne).

Le Monde d'Hannah, Robert Laffont, 2011 ; J'ai Lu, 2014 ; Charleston Poche, 2022.

Et le jour pour eux sera comme la nuit, Ramsay, 2009 ; J'ai Lu, 2010 (prix du Premier Roman 2009 de la ville de Dijon, lauréate de la bourse Thyde-Monnier de la Société des gens de lettres automne 2009, prix 2010 « Un livre, une commune » de Combs-la-Ville).

Nouvelles

Dernières nouvelles du front sexuel, L'Éditeur, 2012.

Ouvrages collectifs

Des mots par la fenêtre, Pocket, 2020.

La Revue, récits et fictions courtes, Le Serpent à plumes, 2018.

Lignes de vie, 18 écrivains disent leur rapport à la poésie, « L'atelier imaginaire », Le Castor Astral, 2015.

Livres secrets, 18 écrivains racontent, Le Castor Astral, « L'atelier imaginaire », 2014.

Petit traité à l'intention des rossignols, Lilo, 2014.

Récit

Éteindre le soleil, Plon, 2022.

Ariane Bois

Ce pays qu'on appelle vivre

roman

PLON
www.plon.fr

92, avenue de France
75013 Paris
Tél. : 01 44 16 09 00
Fax : 01 44 16 09 01
www.plon.fr
www.lisez.com

Mise en pages : *PCA*
Dépôt légal : janvier 2023
ISBN : 978-2-259-31115-1

« Je voudrais être un autre
Je voudrais refaire ma vie
Je voudrais choisir mon destin
Amour, bonheur à l'infini. »

Ernst Meyer,
déporté du camp des Milles
le 2 septembre 1942

Chapitre 1

Il reconnaît l'air, toujours le même.

Un refrain patriotique entonné par des centaines de jeunes poitrines masculines, des garçons au garde-à-vous martelant les paroles d'un air martial. Puis arrivent les ordres lancés par la masse d'hommes galvanisés, *nettoyez la terre allemande*, *honte aux ennemis du peuple*, ou encore *pas de place pour les auteurs dégénérés*. Ensuite, dans la foule qui s'ouvre, dansent les drapeaux agités frénétiquement. La manifestation est passée par la porte de Brandebourg, puis a défilé avenue Unter den Linden avant de se grouper là, place de l'Opéra. La cérémonie peut commencer, sous une pluie battante. Les étudiants et les Jeunesses hitlériennes sont pressés d'en découdre, de se battre, même si leurs ennemis pour l'instant sont composés d'encre et de papier, et non de chair et d'os.

Aujourd'hui, à Berlin, comme dans vingt et une villes de la nouvelle Allemagne, on brûle des œuvres jugées antiallemandes. Un bûcher identique à ceux de l'Inquisition, pense le jeune homme, et cela dans son propre pays !

Contre la lutte des classes et le matérialisme, pour la communauté nationale. Je jette dans les flammes les écrits de Marx, récite un officiant.

Et juste après, l'odeur des pages qui s'embrasent, la couverture de l'ouvrage se tordant et, à la lueur des torches, les rictus virils des étudiants qui, un à un, s'avancent et précipitent avec solennité les textes de Freud, de Heine, de Mann, de Kautsky dans le feu. Tous ces livres que son père, Jakob Stein, aime à la passion et dont il peut réciter des paragraphes ou des pages entiers. Il les vendait, ces auteurs favoris. Avant, quand l'Allemagne n'avait pas été capturée par un fou qui entendait purger le pays de ses éléments *indésirables*, et établir un ordre nouveau, celui de la république nationale-socialiste. Lorsque le brasier atteint son paroxysme et que les cris deviennent clameur, Leo entend des *sales Juifs* et des *dehors* hurlés à son endroit. Ils l'ont repéré, se lancent à sa poursuite. Alors, dans ce Berlin qu'il connaît mal, le jeune homme se met à courir, à courir, à perdre le souffle.

Et comme toutes les nuits, il se réveille en sursaut chez lui, à Sanary, son refuge depuis près de trois ans, son nid sur la Côte d'Azur. Pour calmer les battements de son cœur, il songe aux côtes bleutées de la Méditerranée si proche, au ressac de la mer, à la lumière blonde et au grésillement des cigales. Une carte postale qu'il a tout de suite aimée, même si les paysages de l'Espagne, leur dureté, leur caractère désertique conservaient sa préférence. Avec ses pêcheurs accroupis réparant les filets, l'odeur du poisson jusque dans la garrigue, les jeux de pétanque sur la place, Sanary a apaisé son âme. Dans ce village du Var, il n'est pas le seul étranger : un nombre incroyable d'Allemands, près de cinq cents, en majorité des intellectuels, y habitent désormais à l'année, ayant choisi l'exil, après les interdictions, les menaces et l'absence d'avenir pour eux dans l'Allemagne de Hitler. Le soir, on se retrouve dans les cafés, à La Marine ou au Nautique, et autour de personnalités comme Thomas Mann, Bertolt Brecht, avec son éternelle veste en cuir, ou Lion Feuchtwanger, l'auteur du *Juif Süss*, on refait le monde pour oublier les vingt mille livres brûlés dans tout le pays, l'impossibilité de publier et la confiscation des biens, la nuit de Cristal, la déchéance de nationalité pour certains. Sanary, cette parcelle bleutée, ce confetti sur la Méditerranée, ou encore ce *Montparnasse-sur-Mer*, comme on aime à le répéter chez les réfugiés, sans doute pour conjurer d'autres appellations moins flatteuses, tels *Sanary-les-Boches* ou, pire encore, *Sanary-les-Juifs*, entendues parfois dans les rues. Les habitants ont en effet d'abord bien accueilli les étrangers qui dépensaient leurs sous chez eux, puis les ont seulement tolérés, et aujourd'hui, on les toise avec suspicion. Après tout, ils sont allemands et on ne transige pas avec les Schleus, comme on les surnomme dès qu'ils ont le dos tourné.

En ce printemps 40, Leo Stein est inquiet, ses compatriotes aussi. Certains sont devenus des compagnons, souvent des amis. La guerre a été déclarée dans un grand fracas martial le 3 septembre 39. Et personne n'en a été surpris : les démocraties européennes ont enfin réagi aux agressions nazies. Il était temps ! La pauvre Pologne avait été sacrifiée, engloutie : eh oui, selon Leo, il convenait de mourir pour Dantzig, contrairement à un slogan pacifiste en vogue. Mais pendant si longtemps, il ne s'est rien passé. La drôle de guerre n'avait rien de drôle. Puis l'invasion allemande et l'effondrement des forces françaises ont provoqué un exode jamais vu. Du côté des réfugiés allemands, le ciel aussi s'obscurcissait : le 4 septembre, des affiches placardées partout en Provence stipulaient que *tous les étrangers ressortissants du territoire appartenant à l'ennemi devaient rejoindre des centres de rassemblement.* En une fraction de seconde, leur semblait-il, voilà qu'ils étaient devenus des ennemis, des indésirables qu'on enfermait.

Leo avait fui et trouvé refuge dans une bergerie abandonnée. Il n'avait réintégré sa chambre à Sanary qu'une fois certain que l'alerte avait pris fin.

À force de bouger dans le lit, le jeune homme finit par retrouver le sommeil et le monde des rêves. Jakob lui apparaît alors en sa librairie, située dans l'une des artères les plus prestigieuses de Mannheim, sa ville natale. Il arbore une moustache fort élégante et sourit à l'objectif. Comme le sourire de son père, cette lumière dans sa vie, lui manque ! Cela fait si longtemps qu'ils ne se sont pas vus… Puis, curieusement, Annie s'invite dans ses songes, ses bras gracieux, son rire perlé, si généreux, la masse de ses cheveux. À Sanary, ils se retrouvent sous un tilleul et discutent, lui dans son mauvais français, elle avec ce provençal aux accents si chantants. *Heureux comme Dieu en France*, répétaient les Juifs en Allemagne pendant son enfance. Le vieux dicton semble encore s'appliquer en ces temps troubles.

Il les a entendus avant qu'ils ne frappent à la porte. Depuis quelques années, son sommeil reste léger. Cinq heures du matin, deux hommes devant chez lui. Ce n'est jamais bon signe.

— Monsieur Stein, Leonard Stein ?

— Oui, c'est moi.

— Veuillez nous suivre. Et sans faire d'histoires, s'il vous plaît.

Chapitre 2

Les gendarmes, puisque c'est à ce corps que les hommes appartiennent, ressemblent aux Français qui sortent en famille de l'église de Sanary le dimanche. Mais Leo n'est pas dupe de leur apparente bonhomie qui cache des ordres plus brutaux. Où l'emmène-t-on ? À la gendarmerie pour vérifier une nouvelle fois ses papiers ? Directement en prison ? On le renvoie en Allemagne ? À cette pensée, son cœur s'affole. Pas l'Allemagne ! Avec son passé, il sait qu'il y sera exécuté en quelques heures, sans procès ni juge, ni vu ni connu, son corps jeté ensuite dans une fosse commune.

— Vous avez le droit à trente kilos de bagages. Et une couverture. Mais faites vite.

Ce n'est donc ni la prison ni le commissariat. Leo rassemble quelques vêtements, un rasoir, un réchaud à alcool, une enveloppe contenant tous ses papiers, un plaid provençal acheté au marché la semaine de son installation à Sanary. Comme il a changé, en trois ans ! Le jeune homme est arrivé sur la Côte d'Azur, lassé de tout, des idées de mort au bout des lèvres. Il en avait tant vu partir autour de lui, des gars dans la vingtaine, il avait dû tant supporter de combats, d'horreur et d'arbitraire ! Il n'avait plus envie de se battre, plus envie de bouger. Le soleil entêtant, la douceur du Var, le temps ont agi sur lui comme un baume, le parfum d'Annie avait accompli le reste.

Malgré sa hâte, il n'oublie pas sa petite chaise pliante pour dessiner, cherche ses pinceaux, son encre de Chine, ses crayons à papier. Son nécessaire depuis dix ans. Son père lui avait offert son premier matériel sur un ton mi-sérieux, mi-attendri avec ces mots :

— Puisque tu rechignes à lire, Leonard, eh bien, dessine, mon fils !

L'héritier du libraire le plus connu de la ville qui refusait d'ouvrir un livre, la situation pouvait sembler cocasse. Leo en avait par-dessus la tête d'entendre parler des maîtres du romantisme comme Kleist, Novalis ou Goethe, avec des trémolos dans la voix. Il préférait de loin se battre avec ses copains, jouer dans le jardin et s'empiffrer de tartines à la confiture de mûre, concoctées par Birgit qui veillait sur eux depuis le décès de la mère de Leo. Celle-ci avait succombé à une fièvre vespérale après l'accouchement. Jakob en avait été inconsolable, et seule la présence minuscule de son fils l'avait dissuadé de se jeter dans le Neckar, tout proche.

Contre toute attente, dessiner avait tout de suite plu à Leo qui inventait des formes, reproduisait des scènes de l'Antiquité, inventait un monde de chevaliers, de sportifs, de soldats dans ses carnets. Il ne se séparait jamais de ses œuvres, et au fil du temps, l'adolescent se montrait obsédé par le trait, les proportions. Et puis, il y avait eu l'incident du portrait de Birgit. Le galopin l'avait croquée au sortir de la douche...

dans sa tenue d'Ève. Scandale dans la maison qui avait résonné des hurlements de Jakob et de Birgit, unis dans le même outrage. Quand il avait expliqué un peu plus tard à son père sa décision de consacrer son métier à sa passion, celui-ci avait imaginé des études sérieuses puis un poste de professeur au Johann-Sebastian-Bach-Gymnasium, le lycée chic de Mannheim. Mais Leo avait arrêté ses cours et s'était lancé dans le dessin de presse, en évitant soigneusement les beaux-arts, trop académiques pour lui. Il vendait mal et peu ses œuvres, au désespoir de son père.

— Que dirait ta mère, à te voir courir ainsi la pige ?

— Papa, c'est un vrai métier ! Et puis, à dix-neuf ans, j'ai bien le temps.

En repensant à cette scène, Leo sourit. Tant de temps avait coulé dans leurs vies, depuis cette discussion ! L'époque des journaux, des caricatures, des études, lui semble bien loin.

— Alors, ça y est, monsieur, vous êtes prêt ? Faut pas tarder.

— Salut. Johan Retzer, se présente un type dans le camion.

— Leo Stein.

Leo reconnaît chez l'homme râblé l'accent de Munich.

— Tu viens d'où ? lui demande son compagnon d'infortune.

— De Sanary.

— Ah oui, j'en ai entendu parler. Des bourgeois pleins aux as. Ils m'ont chopé à Toulon, je travaille sur les chantiers navals. Rouge et fier de l'être. Le

IIIe Reich, ça ne sentait pas bon pour moi. Par contre, Toulon ! On s'y amuse bien, et les filles…

Leo décroche vite. Comme là-bas, en Espagne. Ou il y a plus longtemps encore en Allemagne, dans ce lieu qu'il ne veut pas nommer. Il se souvient malgré lui d'une autre arrestation, plus brutale celle-là. Cela paraît si loin et pourtant si proche dans sa mémoire blessée.

— Tu es le Juif Stein ? avait alors éructé un SA qui ressemblait à leur épicier.

— Oui, pour vous servir.

Son impertinence lui avait valu un coup de poing qui lui avait fendu les lèvres. Les nazis avaient le goût du sang et de l'humiliation. Bourrades, violences et injures avaient ponctué son départ en 1933. Il préfère éviter de revenir à cette année-là et se concentre sur la route qui serpente dans les collines mauves et aux bleus si divers de la mer qu'il imagine proche, indifférente aux tourments des hommes. Il se souvient, un jour au lycée, d'une visite au musée. Devant un tableau de Kandinsky, il avait plongé dans les rouges, les verts, les formes géométriques. Voilà ce qui le transportait : du beau, de la lumière, de l'inhabituel. Le professeur vitupérait contre l'art dégénéré et sa diatribe n'avait fait que renforcer la conviction de Leo d'avoir trouvé sa voie. Kandinsky devait s'enfuir plus tard sous la pression des nazis de l'Allemagne nouvelle, et certains de ses tableaux avaient été détruits.

— T'inquiète, ils vont nous relâcher, les bouffeurs de grenouilles. Pourquoi s'embarrasseraient-ils de quelques paumés antinazis ?

Leo veut s'en persuader, en vain. Ce Philippe Pétain, ancien ambassadeur de France en Espagne, se montre défaitiste, déteste les étrangers et le Front populaire auquel Leo a adhéré avec enthousiasme. Logique, quand on a toujours été à gauche. Que prévoit l'avenir pour les socialistes, les sociaux-démocrates étrangers comme lui ? Juifs de surcroît, ce qui n'arrange rien tant les remugles antisémites menacent d'envahir l'Europe tout entière, emportés par les nazis dans leur course.

— On arrive bientôt ? J'ai la dalle, moi.

Décidément, son voisin ne s'arrête jamais. Leo lui tourne le dos, enfin, essaie, entravé par les menottes comme un délinquant, et songe à ses derniers dessins. Il aime les nus, les rondeurs, la splendeur de l'albâtre. Quand pourra-t-il de nouveau s'adonner à sa passion ?

Au bout d'une heure, un autre *couple* de prisonniers monte à bord du camion bâché. Taciturnes, les deux gars se contentent d'un bref signe de tête. Ça convient à Leo. Finalement, le véhicule s'arrête après deux bonnes heures.

— On descend. Ouste !

— C'est la campagne, ici, note son acolyte jamais à court d'évidences.

— Non, les gars, réplique un gendarme, goguenard. Voici les Milles, votre nouveau château !

La première impression de Leo est celle d'un écrasement physique. Le bâtiment en face de lui paraît massif avec ses deux cheminées, sa tour carrée, son horloge, et des fenêtres obstruées qui rythment curieusement sa façade de brique rouge. L'édifice donne le sentiment d'être tout petit, vulnérable. Quel contraste avec les paysages verdoyants qui l'entourent ! D'après les calculs de Leo, il doit se trouver non loin d'Aix-en-Provence, et les vergers riants tout proches, les cultures maraîchères ne font que rendre l'ensemble de cette construction presque menaçant. D'un regard rapide, le jeune homme avise les militaires, les barbelés, une débauche de fils de fer, les sentinelles qui déambulent. Il prend place dans la queue qui s'étire.

— On est où ? demande l'un d'eux en yiddish.

— Aucune idée, lui répond un homme d'un certain âge, dans la même langue.

Curieusement, il ne porte sur lui qu'un pyjama. On a dû le tirer du lit sans lui laisser le temps de s'habiller. C'est un gaillard très jeune, presque un adolescent encore, qui leur livre les premiers éléments de compréhension.

— On se trouve dans une ancienne usine, une tuilerie. Avant, ici, on fabriquait des tuiles, des briques. À mon avis, il s'agit d'un centre temporaire. Pourquoi nous laisser croupir ici ?

Deux gardiens fouillent les bagages, cochent des noms, et se servent au passage d'objets ou d'argent.

À un type qui proteste, ils lancent, énervés :

— On vous le rendra, ne vous en faites pas.

Leo n'y croit pas et observe attentivement la grande cour balayée par le mistral qui soulève des nuages de poussière. Il ne va pas y rester longtemps, dans leur usine. Face aux gendarmes, et aux légionnaires qui l'entourent, il se fait le serment de s'échapper au plus vite. En attendant, se faire tout petit, filer droit, et comprendre comment fonctionne cet endroit si curieux. Il entend parler allemand, mais aussi hongrois, polonais, yiddish ou français, une vraie tour de Babel dans la file, un camp dont il ne veut pas rester prisonnier. Pas une nouvelle fois. La queue s'allonge. Combien peuvent-ils bien être ? Plus de mille, c'est certain. Et il n'a pas encore pénétré à l'intérieur.

À peine est-il dégagé des procédures d'entrée qu'une voix familière le hèle :

— Oh, Leo, c'est toi, frérot ?

Il se retourne et découvre la bonne bouille d'Oskar, sa tignasse blonde emmêlée comme toujours, son air d'éternelle gaieté sur les lèvres. Oskar, de dix ans son aîné, l'a accueilli à Sanary avec simplicité et générosité. Il avait fui l'Allemagne après la nuit de Cristal, comme les autres, et travaillait dans un café chez la veuve Schwab où l'on se retrouvait. Pour les exilés, le café représentait un refuge, un lieu de ralliement, le lien avec le pays. Oskar vient d'une famille très riche, mais la fortune paternelle avait été bloquée par l'État allemand, qui s'était aussi arrogé l'hôtel particulier de Bonn, les tableaux de maître et les Hispano-Suiza. Oskar se veut poète, mais voilà, la poésie ne nourrissant pas son homme, il servait des limonades et du rosé en terrasse. Le week-end, Leo et lui s'épuisaient en randonnées dans l'arrière-pays et partaient nager. Ils plongeaient dans une eau parée de bijoux, survolaient des océans de sable blanc, dansaient avec des crevettes vibrionnantes et découvraient à deux des coraux inoubliables. Quand ils remontaient, la lumière limpide les bouleversait. C'étaient des jours passés à vivre au rythme des poissons nonchalants. Parfois, Oskar récitait ses vers dans les calanques bleutées, vers que Leo trouvait fort bons. Oskar restait persuadé qu'ils retourneraient vite en Allemagne, Hitler n'étant qu'une parenthèse dans l'histoire de leur pays chéri. Pourtant, il y avait eu les lois de Nuremberg, le retrait de la citoyenneté allemande aux Juifs, la violence de la nuit de Cristal, la chasse dans les rues et la spoliation des biens juifs. La guerre qui s'annonçait serait rude, brutale, mondiale, et pour Leo rien ne laissait croire qu'elle s'achèverait par une victoire contre le nazisme. Leo chasse ses sombres pensées, enlaçant Oskar.

— Décidément, tu te retrouves toujours dans les mauvais coups !

— Ils m'ont cueilli il y a quelques jours au boulot. Emmené comme un criminel, et devant les clients, encore ! Mais on ne va pas rester longtemps ici. Tu as vu la foule ? Beaucoup d'Allemands, en majorité juifs et antinazis. Regarde, poursuit Oskar d'un geste, il y a Wolfgang, Peter, Isaac et Franz le peintre. Au moins, on va se serrer les coudes !

— Tu me fais faire le tour du proprio ?

Leo et Oskar se faufilent parmi les groupes d'hommes qui se sont regroupés par nationalités. Il déclame :

— « Bienvenue dans notre petit paradis, aux Milles, nous sommes comme dans un nid. Pourquoi aurions-nous envie de le quitter, ici on vit à l'année comme en été. »

Des vers de mirliton mais qui le font rire. Le sourire de Leo meurt sur ses lèvres quand il pénètre enfin dans l'usine des Milles. Il pense tout d'abord être tombé dans un trou. Un trou noir. Il ne voit rien, ni ses mains ni ses pieds, et encore moins les alentours.

Le rez-de-chaussée est aveugle, les fenêtres étroites ont toutes été condamnées. Oskar le guide dans un couloir obscur où des niches prévues pour des fours et des briques occupent l'espace. L'impression est glaçante, avec le sol en terre battue, des rayonnages en bois à l'abandon partout. On dirait une immense grange qui sent la poussière et la paille moisie. Les pieds de Leo cognent contre des corps. Au rez-de-chaussée, une vaste salle abrite des hommes, âgés pour la plupart, allongés sur des paillasses. L'air vibre de l'essaim d'individus rassemblés ici. Et au premier étage, il y a encore des détenus, plus faibles, qui se soulagent comme ils peuvent, provoquant des catastrophes en dessous.

— On dort là ? demande Leo.

— Oui, tu as tout compris, les Milles, c'est pas *Les Mille et Une Nuits*, rigole Oskar.

Les fenêtres condamnées laissent passer un rai de lumière mais il faut une lampe de poche pour tout. Certains bavardent, d'autres cherchent à dormir.

— On va te trouver une place. Près d'une fenêtre si possible.

Oskar enjambe des corps, murmure des pardons quand il marche sur un pied, une jambe, pousse un juron puis, triomphant, désigne un espace inférieur d'un mètre à Leo.

— Voilà ton nouveau royaume ! Tu pourras roupiller ici.

Son voisin immédiat maugrée à l'arrivée des deux garçons et se place tête-bêche contre un gars assoupi. Oskar s'éloigne et revient avec trois briques orangées.

— Ça, c'est pour délimiter l'espace. On s'en sert aussi pour les étagères, les bancs, les tables, ici. Et ta valise fera une cloison.

Un autre voyage est nécessaire pour apporter un peu de paille poussiéreuse. Cela n'a rien d'engageant et ne couvre pas la saleté du sol. Il doit y avoir des punaises, des souris, des rats. Leo s'en moque, il a connu pire, même si cet endroit étrange ravive sa claustrophobie, l'air y est fétide, rempli encore d'odeurs nocturnes, mélange de transpiration, de mauvaise digestion et d'inquiétude diffuse.

— On sort de là et tu m'expliques le fonctionnement ?

— Oui, suis-moi.

Le chemin inverse prend du temps, de nouveaux arrivants s'agglutinent et découvrent eux aussi le noir, stupéfaits ou en colère. Les jurons fusent, certains semblent prêts à en venir aux mains. Par un trou dans le bois d'une fenêtre, Leo aperçoit au loin, derrière le portail, des rails qui ne semblent aller nulle part. Curieux. Il retrouve avec volupté l'air frais et propre du dehors. À une table constituée d'une grande planche, mais sans chaise, une dizaine de visages connus l'attendent et lui sourient.

— Eh bien, monsieur Stein, on n'attendait plus que toi ! lui crie Isaac qu'il a connu aussi à Sanary.

Il reconnaît Franz Hirsch, aux yeux vifs d'écureuil, qui peignait le ressac de la mer, la douceur de vivre ensoleillée et les routes en lacets de la région. Il y a Meyer, il y a Markus, dessinateur de talent, Robert Liebknecht, le fils du révolutionnaire, et d'autres encore. Pour la première fois, Leo sent ses épaules se détendre, ses muscles se relâcher : il a des copains ici, ensemble ils trouveront bien une solution. Cela ne peut être aussi terrible qu'en Allemagne !

— Alors, les amis, quand êtes-vous arrivés ?

— Il y a trois jours.

— Deux seulement, mais on dirait un mois !

— Hier, mais je connais déjà la musique, soupire un ancien étudiant de Leipzig, qui appartient aux Foules noires, une milice anarchiste forte d'environ cinq cents hommes combattant le nazisme par tous les moyens, y compris la violence.

Le camp des Milles avait en effet déjà ouvert en septembre 39, à la déclaration de guerre. Ceux qui, comme Leo, n'avaient pu s'échapper, s'étaient retrouvés pris au piège et détenus l'espace de quelques semaines, de quelques mois pour les moins chanceux. Le bâtiment a fermé ses portes en avril 40, quand la guerre semblait ne jamais se décider et rester un mirage. Oui, mais voilà, le monstre s'est réveillé et l'administration française a rouvert le camp avec empressement.

— Ils veulent quoi ? Nous faire bosser ?

— Aucune idée, dit l'un.

— Ils ont peur de nous, peur que l'on soit des espions, assure un autre.

— Ah oui, la fameuse cinquième colonne chargée en secret de préparer la victoire des nazis ! Tu nous vois en sbires de Hitler ?

À son habitude, Leo enregistre tout plutôt que de commenter. D'un naturel taiseux, ses années de clandestinité l'ont rendu plus silencieux encore, vivant dans son monde, dans les dessins où il se réfuge. Et puis, il a tant à assimiler d'un coup !

— En tout cas, ici, attention. Des nazis, des vrais, il y en a plein. Ils s'amusent à chanter : *Wir fahren, wir fahren, gegen Engeland* (« En route, en route pour l'Allemagne »). Hier, deux d'entre eux ont revêtu leur uniforme et se sont mis à hurler : *Die deutschen Waffen werden siegen* (« Victoire aux armes allemandes »). On a eu droit à une belle bagarre générale !

Dans le camp, on trouve en effet de tout : des pacifistes, des apatrides, des antinazis, des militants communistes, mais aussi des sympathisants du Reich. Leo sent ses poings se serrer mécaniquement, dans l'état où il se trouve, un nazillon ou deux feront l'affaire ! Le jeune homme avait cherché à s'enrôler dans l'armée française où on l'avait orienté vers la Légion étrangère. Il s'était présenté à Barcarès, en vain. Incorporé une semaine, puis remercié depuis, il piaffe d'en découdre.

— Bah, les fous du IIIe Reich se tiendront à carreau, ils se savent en minorité, philosophe Wolfgang Kohn, un type tout sec connu en Allemagne pour ses pièces d'avant-garde.

— Quand même, on ne s'attendait pas à ça, renchérit Markus, l'air soudain accablé.

Tous hochent la tête. Comment la France, ce pays qui leur avait offert l'hospitalité, accordé le droit d'asile, pouvait-il ainsi les parquer comme des bêtes ? D'autres camps étaient déjà ouverts partout, dans le Sud-Ouest, à Argelès, Rivesaltes, Portet en Lozère, à Rieucros pour les républicains et les internationalistes chassés d'Espagne. Ils ne sont pas les seuls, loin de là, mais ils n'arrivent toujours pas à y croire. Avec sa belle devise gravée sur tous les frontons, la IIIe République les prive de leur bien le plus précieux, la liberté, les empêchant de prendre part aux combats ! La France, qu'ils ont appris à connaître et donc à aimer, ne les livrerait-elle pas un jour à leurs ennemis jurés ? Leo et ses compagnons oscillent entre colère, rage impuissante et désespoir. Un cocktail infâme qui les saisit à la gorge et les laisse amers et inquiets. Quelles sont leurs chances de survie à tous ?

Chapitre 3

La première journée s'achève dans un nuage de poussière sanguinolente. Les briques respirent et soufflent ce rouge qu'on inhale, qui encrasse tout, le nez, la bouche, les poumons sans doute. Leo ne s'est éloigné des autres que pour boire et uriner. Deux opérations malaisées. Il n'existe qu'un seul point d'eau avec un pauvre robinet et le soleil mord la nuque dans la file qui s'étend inexorablement. Au fond du camp, dans la boue et la fange, quatre latrines peinent à accommoder la foule des détenus. Ni papier ni chasse d'eau, l'ensemble pue de manière atroce et, là encore, il faut patienter, attendre son tour. Des prisonniers malins vendent leur place, des feuilles de journaux, des morceaux d'emballage, de pierres, même, pour s'essuyer les fesses. On se soulage comme on peut, souvent sur le voisin. Leo sent son estomac vide grogner et se révolter. Il n'a pas faim malgré l'heure tardive, mais ses compagnons, eux, attendent avec impatience le déjeuner. On leur distribue de la viande, des haricots secs, du pain. Ils ne mourront pas de faim, c'est déjà ça. Les Juifs orthodoxes, une poignée d'hommes, se contentent, eux, d'œufs durs et de thé. Pas question d'enfreindre les lois religieuses et de risquer d'avaler une nourriture non casher.

Les détenus mangent ensemble, marchent ensemble dans la cour sans but, pissent ensemble. C'est cette proximité, Leo le sait, qui sera la plus difficile à supporter. Divisés par drapeaux et par groupes de vingt, trois mille hommes, de trente-huit pays, attendent ainsi, au coude à coude. Attendre quoi ? Le prochain appel, des nouvelles réconfortantes, une visite peut-être. Certains jours, des femmes se massent devant les fils barbelés pour apercevoir leur mari, leur fils, leur frère. Leo réfléchit à un moyen de se procurer des timbres. Il voudrait écrire à Annie, lui demander de l'encre de Chine, des cigarettes, voire du chocolat, son péché mignon.

L'après-midi se passe à jouer aux cartes, elles sont crasseuses elles aussi, tandis que d'autres à côté profitent du soleil insolent. La soirée semble ne jamais venir, et Leo retarde le moment de rentrer dans *le monstre*, comme il appelle déjà le bâtiment. Il est encore tôt, même pas vingt et une heures, quand des gardiens désabusés et ayant l'air de s'ennuyer ferme leur donnent à tous l'ordre de regagner le dortoir. Celui-ci est éclairé par une seule ampoule tachetée de moustiques, et l'on entend les griffes crochues des rongeurs qui courent sans répit, l'odeur monte encore d'un cran. Autour de lui les hommes s'installent comme ils peuvent, parfois à même le sol, soupirent, grognent et se retournent sans cesse. Immobile, le voisin de Leo semble absorbé dans ses réflexions et celui-ci perçoit les premiers mots d'une prière en hébreu. Cela l'émeut étrangement, lui qui ne prie pas, d'entendre un Juif comme lui s'adresser au Ciel. *Ce n'est pas nous qui avons abandonné Dieu*, raisonne Leo dans l'obscurité, *mais le contraire*. Où se cache donc l'Éternel, si indifférent au malheur des hommes ? Leo a reçu une éducation religieuse classique, son père ayant estimé qu'il le devait à sa femme défunte. Leo a donc été inscrit à l'école hébraïque du quartier, se battait en cuisine pour confectionner la challah, ce pain tressé ultra-moelleux de shabbat, s'amusait dans les cabanes de Souccot et se déguisait en lutin de Grimm à la fête de Pourim, comme tous les petits Juifs de la bourgeoisie de la ville. Mais tout cela n'a pas fait pour autant de lui un croyant. La mort de sa mère l'a vacciné contre toute idée de bienveillance divine : devenu adulte, il a vu les malades, les morts, l'horreur humaine. Sa relation avec le divin s'était arrêtée là, dans ce lieu qu'on appelait Dachau. Un endroit où il refuse de retourner, même dans ses pensées. À dix-sept kilomètres de Munich, Dachau a ouvert dès mars 1933. Leo savait qu'un jour ce serait son tour. Il y avait vu tant de sociaux-démocrates, d'opposants, de Juifs envoyés là-bas par milliers. Mais il avait continué à travailler pour différents journaux à Mannheim. Et un jour, la Chambre de la culture du Reich, créée par Joseph Goebbels lui-même, le ministre de la Propagande, avait remarqué ses dessins, ironiques, mordants, et définitivement hostiles au régime. Un croquis, un seul, avait suffi à détruire sa vie et celle de son père par ricochet. Il avait peint un nazi fièrement campé sur un âne à califourchon, portant un bâton au bout duquel se balançait une carotte. Cocasse de montrer ainsi la bêtise de l'embrigadement de la jeunesse, mais inadmissible pour le régime. Le journal avait été fermé dans la journée, on l'avait arrêté et jeté dans cette succursale de l'enfer qu'était Dachau. En tant que père d'un délinquant, mais aussi comme Juif, Jakob avait dû céder sa librairie à un vil prix, à un Allemand aryen bon teint.

À Dachau, quelques milliers de détenus s'entassaient dans une vingtaine de baraques : le travail interminable, les cadences insoutenables, la faim, les conditions de vie désastreuses tuaient tous les jours : c'était l'école du crime SS, un bagne présenté par la presse, mise au pas, comme un lieu de *rééducation* à la campagne. Les gardes battaient, pendaient ou exposaient au pilori les fortes têtes pour mater les autres. Sans parler de prétendus suicidés, en fait étranglés par des gardes qui avaient perdu toute humanité. Leo vivait entre les cris, les râles des hommes frappés, et s'inquiétait en plus pour son père. Les nazis avaient déclaré la guerre aux Juifs. Jakob devait quitter le pays, tant qu'il en avait la possibilité. Mais leurs dernières conversations avant Dachau avaient été tendues.

— Où veux-tu que j'aille ? Trop vieux, trop tard. Et puis, on doit laisser son argent en Allemagne. Comment vivre alors en Angleterre, en France, en Suisse ?

Leo avait évoqué le Luxembourg, et une sortie d'argent en contrebande, mais son père avait tout refusé en bloc.

— Et ma librairie, Leonard ? Tu y songes ?

— Papa, un jour sur deux, tu la retrouves souillée par des graffitis abjects. Et ça ne s'arrêtera pas là, hélas.

Jakob Stein n'avait rien voulu entendre. Il était allemand depuis des générations, s'était battu sur la Marne comme artilleur, son père, lui, avait été blessé au combat en 1870, et quitter ses racines, sa chère *Buchhandlung*[1], avec son escalier en colimaçon, ses rayonnages et son minuscule coin café, n'était pas concevable. Même quand les clients s'étaient détournés d'une boutique estampillée *juive* et que, dans le bus, un voyageur de commerce s'était plaint à haute voix de devoir s'asseoir à côté d'un Juif comme lui.

À Dachau, Leo n'avait reçu aucune nouvelle : le courrier n'existait pas ou ne lui parvenait pas. Un jour pourtant, l'impensable était arrivé, on avait appelé son matricule et, quinze minutes plus tard, il était libéré ! On l'avait humilié, battu, on avait joué à lui faire tout perdre, sa dignité, sa confiance dans l'humain, ses espoirs, mais, six mois après son arrivée, le grand Reich avait estimé, ô bonheur, qu'il était maintenant indésirable sur tout le territoire national. Vêtu de hardes, il s'était donc retrouvé à la frontière avec la France, sans un sou et avec interdiction de revenir. Il n'avait pas pu revoir son père qui vivotait dans leur appartement devenu trop grand pour lui, évitant de sortir et se réfugiant dans ses chers livres de Goethe, de Heine ou de Schiller, des écrivains tous déclarés ennemis d'État, désormais.

Leo se retourne sur sa paillasse, cherchant à fuir l'haleine fétide d'un type trop près de lui, et scrute l'obscurité : demain, il essaiera, demain il trouvera un plan pour sortir d'ici.

---

1. « Librairie », en allemand.

Chapitre 4

Il n'a pas l'impression d'avoir dormi, mais il a dû s'assoupir. Le réveil à cinq heures trente s'annonce par un coup de trompette incongru. Le monstre s'éveille difficilement. Le voisin paraît toujours en prière, mais au bout d'un instant, il semble l'apercevoir et lui demande brusquement :

— Où se trouve la synagogue, selon vous ?

— La synagogue ? répète Leo bêtement.

— Oui, on m'a assuré qu'il en existait une. Je dois absolument la trouver.

— Je ne pourrai pas vous aider, explique Leo.

— Une chose encore, monsieur… monsieur ?

— Stein. Enchanté.

— Unger, Abraham Unger. De même. Nous sommes comme les enfants d'Israël, s'illumine son voisin. Nous allons fabriquer des briques pour Pharaon !

Leo quitte l'homme visiblement dérangé et aperçoit un groupe accroupi autour d'un seau de café et du pain. Il récupère un gobelet, une cuillère. Dans un camp, il le sait, ces objets représentent le bien le plus précieux, ce qui permet de manger. Il se sert en veillant à ne pas en renverser et retourne aux latrines où cent personnes patientent. Quand l'appel résonne, Leo a juste le temps de pisser entre deux Autrichiens, sans une minute d'intimité, en essayant de ne pas en mettre partout. Fichu début !

— On va vous répartir en groupes, aboie un gardien qui semble du coin. Vous, vous, et vous !

La sélection va vite, dix personnes se lèvent mais l'indécision règne : faut-il se présenter ? Est-ce un piège ? Il s'agit de creuser des tranchées en cas d'attaques aériennes, et Leo comprend vite qu'il est surtout question de les occuper. On leur demande aussi d'aller chercher des tuiles, de les empiler, de récupérer celles qui peuvent servir. Rien d'épuisant. Il se porte volontaire, il n'a aucun goût pour le désœuvrement, et puis cela lui donnera l'occasion de mieux repérer les environs. Le sol est dur et les détenus tombent la chemise sous les ordres d'un sous-officier harassé par les moustiques. Pas de cris et encore moins de coups, ici tout se passe dans l'apathie des gardes. De là où il se trouve, Leo aperçoit un talus, et cette portion de rails saugrenue. Peut-être suffit-il d'un peu de chance pour s'évader ? À côté de lui, un homme ploie sous le poids de son chargement.

— Je suis avocat, moi, pas terrassier, grommelle-t-il.

Un autre renchérit :

— On aurait été plus utiles à continuer nos articles, nos tracts contre les nazis, non ?

Leo aide comme il peut son compagnon à la peine. Personne ne les surveille, ne s'intéresse à leur travail. La poussière rouge s'infiltre partout, soulevée par le mistral. L'impression d'être minéralisé, de devenir soi-même un corps en brique, lourd et massif. Le déjeuner est vite avalé, le menu identique à celui d'hier, avec de la viande, ce qui ne manque pas d'étonner le jeune homme. Pendant que ses compagnons fument, Leo s'éloigne. Il longe le fil de fer barbelé, espérant un endroit moins surveillé, mais les gardes restent bien présents. Il essaie d'entamer la conversation :

— Où se trouve-t-on, exactement ? demande-t-il à un gendarme qui a l'air d'avoir vingt ans.

— Tu es aux Milles, mon gars.

— Ça, j'ai compris, mais où est-ce ?

— À sept kilomètres d'Aix-en-Provence. Tu connais Aix ? Ah, ses cafés… extra.

Leo opine du chef même s'il n'a guère bougé de Sanary, tous ces mois. La xénophobie ambiante ne donnait pas envie aux réfugiés de quitter l'endroit où ils avaient leurs habitudes. Se faire traiter de *sale Allemand* en dissuadait plus d'un. Et puis Leo devait gagner sa vie. Il proposait des leçons de dessin aux enfants de la bourgeoisie locale. Traits d'encre et aquarelles : il les aidait à recréer le monde qu'ils habitaient, les emmenait sur le port, à la plage, dans les champs tout proches pour ressusciter sur le papier ce qu'ils voyaient d'un œil soudain neuf. Leo parle mieux avec les mains, c'est ainsi. Les gamins en redemandaient et découvraient que tout pouvait être transposé graphiquement, tout avait son intérêt, même une pierre ou une simple feuille. Le soir, Leo peignait Annie, ses courbes, la justesse de ses formes, et se passionnait pour les drapés de Léonard de Vinci ou la perspective linéaire du grand Dürer. Avec eux, il oubliait ce qui l'avait amené à Sanary, port idyllique certes, mais loin, si loin de l'Allemagne et de ses combats.

— Oui, Aix-en-Provence, répète le garde dont le visage semble s'illuminer. Tu peux presque apercevoir la montagne Sainte-Victoire, et tant que tu n'as pas observé un coucher de soleil là-bas, tu n'as rien vu…

— Et vous savez quand on sera libérés ? l'interrompt Leo.

— Libérés ? (Le type se ferme ostensiblement.) Ah, ça, mazette ! C'est la guerre, au cas où vous ne l'auriez pas compris ! Et vous êtes des sujets ennemis. Des métèques, en plus… Libérés !

Il s'en étouffe presque.

Leo rebrousse chemin, incrédule. Ils sont oubliés de tous. Des métèques ! Le pire est que ce terme est lancé en l'air, comme ça, sans volonté de blesser. Le repère-t-on de loin, a-t-il l'air exotique pour les Français ? Grand, très grand même, châtain clair, les yeux d'un vert chlorophylle, le visage fin, le nez petit, il n'avait pas l'air juif, en tout cas, comme le répétait son père avec joie, et l'adolescent qui se baladait dans les rues de Mannheim n'avait jamais été, comme dans son cauchemar récurrent, poursuivi par des jeunes prêts à lancer des pierres sur ceux qui leur semblaient juifs. « Les Juifs sont notre malheur » (*Die Juden sind unser Unglück*), voyait-on à la une du *Stürmer*, le journal aux caricatures montrant des banquiers au nez crochu et à l'air rapace, prêts à dévorer le monde. Qu'espérer de bon, dans ce climat ? Partout, des gosses criaient *Heil Hitler*. Il y avait déjà eu les étoiles jaunes sur les vitrines des magasins, la propagande haineuse à la radio. Il ne fallait pas être devin pour comprendre que les enfants d'Abraham seraient de plus en plus en danger.

Leo en est là de ses réflexions quand il reçoit une bourrade affectueuse dans le dos :

— *Hola, eres mi amigo ? Feliz te verte… Hace mucho tiempo, compañero*[1]…

1. « Salut, c'est toi mon ami ? Content de te voir... Ça fait longtemps, camarade... »

Chapitre 5

Il connaît cette voix, cet accent rocailleux. Lisandro ! C'est en effet le jeune homme qui se tient devant lui, en loques. Depuis l'Espagne, son visage s'est durci, semble avoir allongé, les bonnes joues ont laissé la place à des pommettes biseautées au pic à glace, la bouche si rouge a perdu de sa plénitude. Et cette tenue ! On le croirait sorti d'une décharge…

— Tu es là depuis longtemps ?

Malgré l'odeur rance qui se dégage de lui, Leo l'enlace et passe au français, son espagnol est vraiment trop rudimentaire. Cela fait si longtemps qu'il n'a pas parlé cette langue ! L'été 36. Il a débarqué dans le pays, persuadé que la guerre civile espagnole qui s'annonçait serait la répétition générale du conflit mondial qui ne manquerait pas d'arriver. L'Espagne fasciste s'inspirait ouvertement de l'exemple allemand. Le Caudillo ne constituait-il pas un pays nouveau, comme Hitler, sur les ruines de la république ? Le général et le leader du IIIe Reich possédaient les mêmes ennemis : les francs-maçons, les marxistes, les démocrates, les homosexuels. L'arbitraire régnait, l'état de terreur et la pauvreté encore et toujours pour les paysans ibères sans terre. Sans hésiter, Leo avait quitté le mistral de

Sanary, les conversations au Nautique pour aider le jeune Front populaire espagnol à organiser la démocratie. Dans les brigades internationales, aux quarante mille combattants, venus de cinquante-trois pays, il avait trouvé sa place. Leo n'était pas communiste, seulement de gauche, entre social-démocratie et socialisme, si l'on voulait absolument le placer sur l'échiquier politique, mais se tenait prêt à en découdre avec le fascisme, qu'il soit allemand, espagnol ou italien.

Malgré la défaite, il a passionnément aimé son séjour en Espagne. Il se souvient des nuits tièdes, des amoureux sous les balcons, de l'odeur d'ail et des femmes en mantille noire. Le reste, il cherche à l'oublier. Le massacre des enfants de Getafe, la bataille de Badajoz où des femmes et des hommes sans défense avaient été tués dans l'arène. Le sang avait l'épaisseur d'un doigt et l'odeur, mon Dieu, l'odeur de cette marée rouge fumante quand les ennemis s'étaient retirés ! Les escadrilles de Franco portaient partout la mort et le feu. À Madrid, les bombes tombant du ciel qui brûlaient des familles entières étaient de fabrication allemande. Leo respire encore l'odeur des villes en flammes, entend les cris des assassinés et des torturés. Après l'Inquisition, l'Espagne sentait de nouveau la chair humaine calcinée.

Il serre longuement son compagnon aux yeux trop luisants qui a vécu la même horreur à ses côtés. Ils s'étaient rencontrés dès la première semaine. Le jeune garçon, dix-sept ans à peine, originaire d'un village perché dans la montagne, avait servi de guide aux brigadistes. L'accueil des paysans avait été prodigieux. Partout, on leur offrait des oranges, du vin frais qui cascadait dans leurs gorges. L'adolescent efflanqué ne s'était pas contenté de montrer le chemin, il avait pris les armes lui aussi, convaincu d'un monde meilleur et massacrant « L'Internationale » pour conjurer sa peur. Très vite, Lisandro avait été blessé : une balle lui avait ôté deux doigts de la main gauche, mais il continuait à dormir sur le ciment ou sur la terre battue comme les autres, à leur indiquer les meilleurs chemins dans la campagne. Le soir, Leo dessinait les mules maigres, les champs ondulants, la lumière limpide, les paysans poings levés sur leur passage.

Lisandro se dégage le premier : à quoi cela servirait-il de se mettre à pleurer ici, dans cette cour balayée par les vents ? S'il laissait ses émotions en cavale, il pourrait sangloter jusqu'à demain. Il a vu son père agoniser, le dos bardé de banderilles, comme à la corrida. Une torture popularisée par les Maures, ces Marocains recrutés par Franco. Après avoir couru aussi longtemps que possible, celui-ci s'est écroulé dans la poussière dans une orgie de sang. Il n'oubliera jamais.

— Comment te retrouves-tu ici, toi aussi ? s'étonne Leo. C'est fou !

— Je ne pouvais plus rester, *amigo*, face à la vermine franquiste. Alors, j'ai pris la route des Pyrénées en janvier 39. Et à l'arrivée, les Français m'ont mis dans un camp à Argelès-sur-Mer.

— Comme ici ?

— Non, sourit tristement Lisandro, pas du tout. On dormait dehors sur le sable, sous la cape bleue du ciel. Une vraie cité de sable, une plage noire de monde et des gardiens cruels comme tout.

Malgré leur aspect peu engageant, les Milles possèdent quand même des murs et un toit. À Argelès, cinquante nationalités cohabitent dans la détresse la plus profonde. Heureusement, il a retrouvé les copains des Brigades et on l'a transféré au camp proche de Collioure, puis de Gurs et enfin aux Milles. Il n'a pas vingt ans et déjà quatre camps à son actif !

— Je suis avec Carlos et Sigmund, tous brigadistes. Henry, Marco aussi sont là. Viens avec nous. Une paella, ça te tente ?

— Tu rigoles ? Une paella, ici, dans ce cloaque ?

— Rien n'est impossible, tu verras, avec quelques *dineros*.

Dans un coin abrité du soleil, quelques hommes surveillent des réchauds à alcool. À la vue de Leo, comme ses copains de Sanary la veille, ils se lèvent tous.

— Formidable ! Tu es là !

— Alors toi non plus, tu n'y as pas coupé !

Ils s'envoient des grandes tapes dans le dos, l'embrassent avec effusion et l'invitent à partager leur plat.

— C'est une Espagnole mariée à un gardien qui nous la vend.

— Moche comme un pou, à ce point, ça devrait être illégal, s'amuse un gars. Mais côté chorizo, il y a tout ce qu'il faut.

Leo s'assoit sur le sol et pioche un bout de viande, savoure la sauce au bon goût de safran et de tomates râpées. Le repas lui rappelle les veillées étoilées où ils étaient invités, les jeunes villageoises espagnoles qui se battaient pour leur offrir des beignets et se laissaient conter fleurette… Ah, il hait ce régime d'extrême droite en Espagne qui a confisqué la douceur de vivre, comme il abhorre les nazis. Et les uns et les autres semblent désormais dicter leur loi en Europe.

Chapitre 6

Les Allemands vont entrer dans Paris, Paris ville ouverte, les Boches dans la capitale ! Dès le réveil, la clameur s'élève et Leo se tend. Ainsi, ça y est ! Après avoir contourné la célèbre ligne Maginot, les Allemands foncent sur Paris ! Prudent, le gouvernement s'est déjà replié à Bordeaux. La machine de guerre nazie ne s'arrêtera pas là et occupera la France entière. Comme les autres, Leo a le cœur rempli par la peur de la Gestapo, ces *Raubs Mörder*, ces pillards et ces assassins, selon l'expression consacrée. Pauvre France ! Les conversations vont bon train et chacun s'interroge. Les divisions blindées allemandes arriveront-elles en Provence ? Vont-ils tous pourrir ici sans que personne à l'extérieur se bouge ? Certains craignent surtout les bombardements, qui ont fait tant de morts et de blessés. Après tout, une usine reste une cible facile, surtout en plein milieu des champs !

La journée et les suivantes passent dans un brouillard. Les tâches sont négligées, pour certaines, abandonnées. L'état-major du camp demeure muet, alimentant les bruits les plus fous. Leo déménage ses maigres affaires et s'installe à côté de ses amis brigadistes. Quand il dit au revoir à son voisin religieux, celui-ci s'illumine. Il l'a trouvée, cette fameuse synagogue : au sous-sol, des hommes en noir et chapeautés, ombres fugaces, ont installé un espace réservé constitué de briques ébréchées où ils prient avec leurs châles de prière. Tant mieux pour eux. Pour ajouter à l'impression étrange, une troupe de nains est arrivée. Tous faits prisonniers alors qu'ils embarquaient sur un paquebot pour l'Amérique latine. Les détenus, interloqués, les dévisagent.

— Ce soir, explique Lisandro, c'est cabaret. Oui, un vrai avec alcool, claque et numéros !

On l'appelle Die Katakombe, comme le célèbre bar berlinois interlope fermé par Goebbels lui-même en 1935. Leo suit son ami, incrédule. Décidément, ce camp ne ressemble à rien de connu : au sous-sol, dans ses entrailles, au plus profond, un bar clandestin a ouvert. On peut y boire un café, une liqueur ou même un verre de champagne, si on a les moyens, au marché noir ! Puis les festivités commencent ; les fameux nains dans leurs numéros de chanteurs, des garçons travestis en femmes, des sketches graveleux. Le spectacle se trouve aussi dans la salle : cent hommes serrés les uns contre les autres dans le noir, patientant dans le couloir, leurs pyjamas en lambeaux, certains coiffés d'un bonnet grotesque, applaudissant à tout rompre des travestis ! Il y a là des journalistes, des écrivains, des peintres, des sculpteurs. Il faut bien penser à autre chose, repousser l'insomnie, oublier la peur diffuse, l'indifférence de l'administration française qui reste muette quant à leur sort, le sentiment d'être abandonnés de tous. Leo songe à Annie à qui il a écrit quelques phrases sur une page à moitié déchirée, avec un timbre acheté quatre fois son prix. Il veut la prévenir, lui dire où il se trouve, même si, à Sanary, certains ont dû se charger avec joie de lui annoncer la nouvelle de son arrestation. Quand ils se baladaient ensemble dans le village, des vieilles marmonnaient sur leur passage. Annie posait une main apaisante sur son bras. Comment faire comprendre à ces commères que, bien qu'allemand, il n'était pas un monstre ? En tant que Juif, il a plus à perdre des nazis qu'elles et il sait, lui, ce dont ils peuvent se montrer capables.

Il a fallu payer encore pour qu'un gardien, un brave type abandonnant ses chèvres l'espace d'un été, porte le mot jusqu'à la poste pour lui, le courrier au camp étant plus qu'aléatoire. Qui sait combien de temps prendra une réponse ?

La nuit semble ne jamais finir. Les hommes ne cachent plus leurs angoisses, certains pleurent, d'autres se vident dans le seau, tenaillés par la peur. Des punaises se faufilent sur la peau de Leo, ses cervicales lui semblent ployer sous une croix. Le jeune homme se lève, un goût métallique dans la bouche, l'esprit embrumé. Le bleu céruléen du ciel semble une injure de plus.

Et puis, la nouvelle éclate : la France va signer l'armistice avec l'Allemagne en forêt de Compiègne. C'est fini ! Les derniers espoirs de quelques-uns sont laminés. La France a perdu et rien ne s'oppose désormais à leur sort funeste. Car Leo le sait, les Allemands les tueront tous, et avec plaisir encore. Ils sont nombreux sur la liste noire de la Gestapo. Faut-il mourir à cause de la lâcheté française ? En quelques jours, l'ambiance au camp s'est durcie : les mâchoires se sont serrées, les visages ont changé. Les discussions se font rares. Certains s'isolent et tentent même de se suicider. La mort plutôt que Dachau ou une balle dans la nuque à leur arrivée en Allemagne !

Énervés, les hommes cherchent des solutions.

— Il faut parler au commandant, le mettre face à ses responsabilités !

— Après tout, on a des droits, un statut de réfugiés politiques.

— On devrait se bouger, et vite, d'ailleurs !

Leo suit le groupe pour rédiger avec entrain une pétition et fait le siège devant le bureau du gradé.

— Vas-y, Leo, tu parles mieux français que nous. Il t'écoutera, toi.

Comment résister à la pression des copains ?

— Bonjour, mon capitaine, je m'appelle Leo Stein, je représente un groupe d'une centaine de détenus. Puis-je vous parler ?

— Allez-y.

Charles Goruchon tire sur sa pipe. Le visage rond, la moustache fine, la bedaine apparente, il inspire confiance. On dit qu'avant les Milles il vendait des chapeaux sur les marchés. *Notre destin se retrouve entre les mains d'un chapelier*, ironise Leo en silence.

— Vous devez décider de notre sort, mon capitaine, nombre d'entre nous ont été condamnés à mort par les nazis, leurs biens confisqués, leurs noms cités dans les journaux comme ennemis. Il nous faut sortir du piège que peut représenter le camp.

— Ne vous inquiétez pas, la France ne vous lâchera pas. Croyez-vous que l'état-major n'est pas conscient de vos problèmes ? J'ai reçu des instructions à ce sujet.

— Que comptez-vous entreprendre pour nous sauver, capitaine ?

— Vous serez évacués quand le danger sera sérieux. On va décompter les hommes prioritaires, constituer une commission *ad hoc*.

Leo soupire : si l'on attend une énième sélection de l'administration française, ils seront à Dachau avant que la liste ne soit prête !

— Mais pourquoi ne pas nous rendre nos papiers, notre argent ? S'ils arrivent, on pourra ainsi tenter seuls notre chance.

— Pas question ! s'emporte le capitaine. Laisser partir dans la nature des centaines d'étrangers ! Et puis quoi encore ! Ayez confiance en moi, que diable !

Quand Leo sort, une dispute a éclaté avec les gardiens. Oskar vocifère devant un type tout rouge :

— Interdit de s'approcher à moins de deux mètres des barbelés ! dit celui-ci.

— Et vous n'avez pas mieux à faire ? hurle Oskar. Vous devriez vous battre contre vos ennemis, et vous restez là, les bras ballants. Elle est belle, la France ! Et l'honneur, et le sacrifice ?

— Tu la fermes, oui ? Sinon...

— Sinon quoi ? Vous nous livrerez aux Allemands ? C'est ça, votre conception de la guerre ?

— Dis donc, toi, mon fils combat en ce moment même dans la Somme, répond le gardien, rubicond désormais. Vous, vous vous contentez de bouffer gratis, aux frais des Français. Qu'on vous enferme ne me dérange pas, moi !

Les hommes se sont massés derrière Oskar, menaçants. Ils grondent leur désarroi, leur sentiment d'être laissés pour compte, dindons de la farce. Hitler, ils connaissent, eux, et l'ont combattu de toutes leurs forces.

— Allez, ouste, bégaie de rage le gardien, bouclez-moi tout le monde au dortoir. Pas de soupe ce soir. Ça vous apprendra à jouer les marioles !

Les journées suivantes se passent dans le brouhaha continuel. Les gens continuent à affluer dans le camp, des gamins de dix-sept ans, des vieillards, certains bien fatigués. À chaque pas, on tombe sur quelqu'un que l'on connaît.

Pour rester sain d'esprit, chacun fait semblant de se préoccuper de l'eau, des prochains repas, du courrier à venir. Leo patiente à la pompe : se raser, dans ce chaos, paraît presque un acte de résistance.

Enfin, la situation semble se débloquer, il devrait y avoir une évacuation, mille deux cents hommes seraient concernés. Vers où ? Qu'importe. Les sourires reviennent. Leo imagine la suite, rejoindre l'Afrique du Nord, ou peut-être l'Angleterre, se battre… Quitter l'Europe avec les nazis à ses trousses, goûter de nouveau à la liberté !

Chapitre 7

Le lendemain, il ne se passe rien, le surlendemain non plus. La tension remonte d'un cran, l'abattement en guette certains. Et si le commandant se payait leur tête ? Et puis, soudain, une affiche placardée sur le portail annonce le départ d'un train le 22 juin au matin, il ne faut emporter que le strict nécessaire. Leo rassemble son baluchon, c'est vite fait, et dès sept heures du matin, avec Lisandro et aussi les copains de Sanary, il attend le train. Le voici qui s'avance, une locomotive flanquée de wagons hors d'âge, chacun y monte comme il peut, se hissant car l'échelle manque et le plancher est très haut. Il s'agit en fait d'un transport d'animaux et les détenus s'accroupissent ou restent debout. Les gardes sont des Sénégalais, à l'air sévère. Il faut se pousser sans cesse pour laisser entrer les nouveaux arrivants, bientôt des disputes éclatent, tant de monde dans un si petit espace, on suffoque. Les valises volumineuses doivent rester à quai.

— C'est toute ma vie qui est là, s'énerve un homme d'affaires.

Un officier se met à crier :

— Vous ne pensez quand même pas prendre la place de quelqu'un avec votre barda ?

Leo aperçoit soudain au fond du wagon un homme plus âgé que lui, cinquante ans peut-être, avec un nez rond, des yeux rieurs, un profil léonin. C'est impossible, pas lui ! Il le regarde avec une telle intensité que, se sentant observé, l'individu soutient son regard, étonné.

Leo joue des coudes pour se rapprocher, mais le nombre de détenus entassés fait barrage. Cet homme-là, aux cheveux blancs comme neige, traité comme un galeux, c'est Max Ernst, le grand peintre. L'un des pères du surréalisme, du dadaïsme, des mouvements artistiques que Leo vénère. De l'art dégénéré, selon les dires des nazis. Il lui faut absolument lui parler. Comment était-il arrivé jusqu'aux Milles, lui qui avait aussi émigré en France ? Se rendait-on compte que, en internant Max Ernst, on mettait en cage l'un des meilleurs artistes de son temps ?

Leo n'avait pas suivi d'études d'histoire de l'art, mais il avait grappillé de-ci, de-là, des techniques : celle du frottage qui consiste à laisser courir librement une mine de crayon à papier sur la feuille – inventée par Ernst justement – ou le grattage du pigment sur la toile, lui plaisent follement.

De cet artiste, à vrai dire, il aime tout, les sculptures, les illustrations et les romans-collages comme ce livre *La Femme 100 têtes*[1], qui l'impressionne. Max Ernst représentait son panthéon personnel, un être fait de crayons et de feuilles vierges dans son imagination. Et il se trouvait là, dans ce wagon, à quelques mètres de lui !

---

1. 147 collages dans ce livre préfacé par André Breton (Éditions du Carrefour, 1929).

Soudain, le train s'ébroue et des cris, des clameurs retentissent :

— On est partis !

Oskar embrasse Leo.

— On s'en va, on s'en va vraiment !

Mille poitrines se soulèvent à l'unisson, vibrant de joie et d'énergie. Le train avance lentement, car en ce mois de juin, la France entière semble jetée sur les routes, une foule hagarde marche, roule, envahit les rails, rendant la circulation impossible.

Enfin, on leur donne la permission, à un énième arrêt, de descendre se soulager dans la nature. C'est le moment. Leo s'approche d'Ernst et lui glisse :

— Je connais votre travail, j'ai découvert vos hommes à tête d'oiseau, ces femmes cernées par les dragons, ces statues de l'île de Pâques grâce à *Une semaine de bonté*[1].

— Vraiment, jeune homme ? Et quel bon vent vous amène ici ? Un repris de justice aussi ?

En un sourire, la glace est brisée entre eux et Leo aide son aîné à descendre, tandis que les détenus s'allongent dans l'herbe fraîche. Un régal après ces heures d'immobilité. Ils commencent à discuter au pied du wagon. Le grand homme a été interné six semaines dans une maison d'arrêt avant d'être envoyé aux Milles, où il partageait un grabat avec un autre artiste connu, Hans Bellmer. À deux, ils peignaient jour et nuit pour tromper l'ennui.

— J'ai imaginé un homme-oiseau qui, sur une colline, rencontre un serpent, dont je suis assez satisfait.

1. Édition de la galerie Jeanne Bucher, 1934.

Et Bellmer a réalisé un portrait de moi, le visage en brique.

— Ah, ces satanées briques des Milles !

Tous les deux sourient faiblement à cette évocation.

— J'aimerais bien voir ce portrait.

— On a dû tout laisser là-bas, s'attriste Ernst, vous savez.

— Là où nous irons, vous vous remettrez au travail, tente de le réconforter Leo.

— Vous croyez, mon ami ? Notre destination reste inconnue. Un camp de travaux forcés nous attend peut-être quelque part.

Leo aimerait l'interroger sur ses années de l'entre-deux-guerres à Montparnasse, les peintres qu'il y fréquentait, mais ils se contentent de regarder le paysage. On dirait que le vert est devenu fou, à force de tout colorier.

— À ce rythme-là, s'exclame Ernst, on arrivera quand la guerre sera terminée !

Tout le monde rit autour d'eux, et c'est si bon de plaisanter !

Bayonne s'annonce dans une odeur d'océan. L'air est ridé par la chaleur. À l'arrêt, près de l'entrée en gare, ils patientent encore. Un type arrive, essoufflé, hurlant :

— Les Allemands vont débarquer ici ! Ils seront là dans deux heures. Rebroussez chemin ! Il faut partir, et vite.

La guerre fait plus que rôder, elle pénètre jusque dans le wagon où les cris fusent de toute part.

Les ennemis déjà si près ? Cela paraît impossible. Faut-il filer vers la frontière espagnole, trouver un consulat ami et y demander refuge ? On ne peut rester ainsi dans ce train, à la merci des nazis et de la bureaucratie française. Leo réfléchit à toute vitesse, il ne supporte plus ce voyage à la façon d'un animal, ces querelles qui naissent d'un rien, l'odeur du wagon où certains souffrent de diarrhées violentes, l'immobilité forcée. Depuis combien de temps se trouvent-ils à l'arrêt ainsi ? Deux jours, trois ? Il perd la notion du temps. Il lui faut tenter sa chance, s'enfuir, même sans papiers, sans argent, au milieu d'une population hostile aux Allemands. Comme les autres, il est sale, pas rasé, amaigri : il doit faire peur mais ce n'est rien comparé à sa propre inquiétude.

Juste à ce moment-là, le train s'ébroue et, saisissant son baluchon, Leo saute du wagon. Malgré le vacarme, il l'entend distinctement, sa cheville produit un craquement sec, et une déchirure court dans son mollet. Il ressent un écoulement chaud à l'intérieur de l'articulation et peine à se remettre debout. Un gardien se précipite pour arrêter le convoi. Leo est traîné, poussé, hissé de nouveau, et échoue sur le plancher souillé du wagon, entouré par ses copains désolés pour lui :

— Tu comptais partir à pied pour l'Espagne, frère ?

Lisandro lui procure un mouchoir, pas très propre, et bande son membre blessé. La douleur est vive mais Leo s'en moque et se maudit, comment a-t-il pu se montrer aussi maladroit ? Il avait la possibilité de s'enfuir en traversant forêts et prés, mais il a raté sa chance. La nuit devient froide, dans cet équipage qui roule sans but, dans ce wagon qui suinte l'angoisse, il ne s'endort pas. La ville de Lourdes est à l'approche puis, à Pau, le train semble effectuer un demi-tour, s'immobiliser, repartir dans un sens, puis l'autre, un convoi fou et fantomatique dans un pays désorganisé et paniqué.

Comment allaient réagir les nazis ? Quelles parties de la France occuperaient-ils ?

— Tu devrais demander à aller à l'hôpital. Ton pied doit être cassé, s'inquiète Oskar.

Muet de rage, Leo ne répond pas.

Dans la soirée, il se met à vomir. Blême, il reste assis par terre, épuisé, empli d'une colère sourde contre lui, contre les Français, contre les nazis.

Bientôt, la rame s'arrête et les soldats leur ordonnent à tous de descendre.

— Terminus, tout le monde dehors !

Dans le pré luisant d'humidité, il faut patienter toute une nuit. Les prisonniers doivent continuer à pied au matin, ce sont les ordres, et un camion militaire attend Leo qui ne peut tenir sur sa jambe. Vers où se dirigent-ils ? Loin de Bayonne, en tout cas. Le mystère règne.

Chapitre 8

Au chauffeur, tout en rondeur, Leo ne répond pas ou presque. Sa cheville semble percée de clous et il ne sait pas où il est emmené. Vers un autre camp ? Sera-t-il extradé ? Comment s'évader avec une cheville impotente ? Ils traversent des bois de chênes roux, des montagnes mauves. Soudain, le jeune homme avise un journal, un quotidien qui traîne par terre.

— Je peux ? demande-t-il.

— Les nouvelles ne sont pas bonnes, mon pote.

Toute bordée de noir, la une date de plusieurs jours déjà. On y détaille l'armistice et ses clauses. L'article 19 saute au visage de Leo et provoque immédiatement une mauvaise sueur. Les Français s'engagent à livrer aux autorités allemandes tous les ressortissants de ce pays que les vainqueurs exigeraient. Leo ne peut réfréner un long soupir.

— Pas terrible, hein ? commente le chauffeur.

— Surtout pour nous, les réfugiés allemands, que les nazis veulent récupérer.

— Et vous croyez que Pétain laisserait faire ça ? s'étrangle le type. Il vous a accordé l'hospitalité, ce n'est pas pour vous livrer ensuite. Croyez-moi, côté honneur militaire, il s'y connaît, le vainqueur de Verdun ! Et rien de mal ne vous arrivera.

Leo aimerait le croire. Mais l'hospitalité avait ses limites. Et quand l'ogre allemand réclamerait de la chair fraîche, les Français plieraient. Dire que les soldats allemands défilaient en ce moment même sur les Champs-Élysées…

Le reste du voyage se passe en silence. Leo finit par s'endormir et, quand il se réveille, il lui semble reconnaître le paysage.

— Où va-t-on ?

— Eh bien, nous sommes à Aix. Bientôt, tu seras chez toi, aux Milles.

Aux Milles ? Leo a l'impression de tomber dans un puits sans fond. Il pensait rejoindre Marseille, d'où il aurait pu espérer parvenir à l'étranger, ou une autre ville française, et le voilà revenu au point de départ. Bientôt, les barbelés festonnent le camp et les gardiens apparaissent.

Rien n'a changé en cinq jours, mais tout paraît différent. Leo a perdu l'espoir d'être libéré, et c'est d'une humeur sombre qu'il gagne l'infirmerie à cloche-pied en s'appuyant sur le chauffeur admirateur de Pétain. Quel attelage ! Il y aurait de quoi rire s'il ne se retrouvait pas de nouveau coincé ici, éclopé et impuissant.

Chapitre 9

Six jours se passent ainsi à l'infirmerie. Leo a demandé du papier, a ressorti ses plumes et ses pinceaux, ses biens les plus précieux. Il se souvient de l'anniversaire de ses douze ans : pour la première fois, il avait montré à son père un de ses cahiers. Et celui-ci, qui ne jurait que par l'écrit, par la poésie, s'était mis à sangloter. Son fils avait donc du talent ! À partir de ce jour, fou de fierté paternelle, Jakob Stein avait accroché les dessins à la librairie. Les clients s'arrêtaient et commentaient, souvent aimablement. Un vieux monsieur fort élégant, en redingote, s'était immobilisé un jour devant une copie de sculpture antique. Il avait proposé des cours et incité l'enfant à découvrir Ingres ou Klimt. Friedrich Bober, tel était son nom. Où se trouvait-il aujourd'hui ? Dans un camp, malgré son âge ? Bober détestait les nazis, qui le lui rendaient bien. Il avait publié deux plaquettes de dessins jugés obscènes par le parti. Le vieil homme avait poussé Leo à poursuivre ses études mais celui-ci avait travaillé tout de suite. L'université attendrait. Et au lieu de la faculté, il y avait eu Dachau, son enfer de Dante…

— Allez, lève-toi. On va faire un tour !

Oskar passe une tête. Sans l'exprimer, il est inquiet pour son copain, qui de taciturne est devenu muet.

— Pas envie. Et puis sur une jambe…

— Mais si, l'infirmier a donné son accord.

Ce qu'on prétend être une infirmerie n'est qu'une pièce exiguë avec une petite lucarne. Il y règne une chaleur de fou et les médicaments manquent, mais Leo s'y trouve seul, et après la promiscuité du camp puis du train, ce moment de calme et de solitude lui convient. Il dessine des paysages, des nus, croque de mémoire tel ou tel visage de détenu. Tenir un crayon et donner la vie, rechercher la justesse du trait lui ont toujours paru un refuge, un plaisir, un exutoire.

Le lendemain, un garde arrive, essoufflé.

— Une femme pour vous, Stein. Et gironde, en plus.

Leo se lève à toute vitesse et la tête lui tourne. Un miroir lui renvoie l'image d'un détenu blême, barbu, aux yeux cernés. Tant pis. Annie l'attend. Il claudique jusqu'à l'entrée des Milles où des épouses éplorées se pressent tous les jours pour apercevoir leur moitié, leur parler, voler un baiser à travers les barbelés quand les gardiens se révèlent de bonne humeur.

Il la repère tout de suite avec ses cheveux bouclés dans lesquels le soleil glisse ses filets. Ils s'étaient rencontrés chez le boucher de Sanary, Leo sacrifiant avec bonheur au rite du *bifteck,* comme disent les Français, et elle l'avait aidé à traduire sa demande d'un ton légèrement moqueur. Ils s'étaient revus et Leo avait proposé une balade en barque le dimanche. Il avait écopé d'un coup de soleil brûlant sur le nez, ce qui avait fait rire la fille du Sud, camouflée sous un chapeau de paille. Il l'avait embrassée, elle était irrésistible ainsi et, très vite, ils s'étaient retrouvés en fin d'après-midi, sous un tilleul odorant. Annie ne l'avait suivi chez lui qu'au bout de quelques semaines. Disons que l'attente en avait valu la peine.

— Annie ! Tu as réussi à me trouver, c'est formidable !

— Oui, et je t'ai apporté des vivres !

Elle lui fait passer un panier bien rempli et un sac chargé de livres en français. Puis elle reste étrangement silencieuse, tandis que Leo cherche à lui prendre la main. Il se sent sale, diminué, humilié. Annie semble horrifiée par sa mine et l'état de ses cheveux, mais quelque chose de plus cloche, Leo le sent tout de suite.

— Comment as-tu su, *Schatzi*[1] ? Et comment as-tu pu arriver jusqu'ici ?

Les Milles sont situés à presque cent kilomètres de Sanary et Annie ne conduit pas. Elle garde les yeux baissés, la bouche fermée, ce qui ne lui ressemble pas. Chez elle, il avait aimé d'abord son accent provençal généreux, gouailleur.

— Ton père t'a emmenée ? persiste-t-il.

Ce serait étonnant, vu le peu d'enthousiasme de l'homme à voir sa fille fréquenter *un Schleu.*

D'un geste, elle désigne un gars non loin qui bat la semelle en fumant une gauloise, à en juger par l'odeur.

— Non, c'est André, un brave type de Menton. Il m'a à la bonne.

— Écoute, Annie, cette situation, ce camp, ça ne va pas durer. On va nous relâcher…

1. « Ma chérie », en allemand.

— Je pars m'installer à Menton. Avec lui.

Annie nourrit les enfants à la cantine de l'école. Du boulot, elle en trouvera partout sur la Côte d'Azur, où les *pitchounes*, comme elle les appelle, l'adorent. Leo se concentre sur cette pensée plutôt que sur cet André aux airs de belette.

— Je suis désolée, Leo, mais c'est trop compliqué pour moi. Il veut une famille, des gosses, la vie, quoi. Et puis mon paternel l'aime bien.

Annie laisse une larme tomber et Leo esquisse un geste pour l'essuyer sur son doux visage. Mais la jeune femme se recule, pressée soudain d'en terminer.

— Je te souhaite de quitter cet endroit très vite. Tu le mérites.

Sur ces mots, elle s'engouffre dans la Simca de l'inconnu. Leo reste longtemps contre le fil de fer à scruter le paysage, ces oliviers, ces prés d'un vert tendre, l'aqueduc romain au loin. Comment tant de beauté peut-elle coexister avec tant de laideur ? Il n'en veut guère à Annie, après tout, ils ne se sont rien promis et son statut de réfugié ne le pousse pas à planifier l'avenir. Mais leur vie simple à Sanary lui manque. Le petit port lui apparaît comme un paradis perdu, un lieu inaccessible. La tristesse s'empare de lui, tord son ventre. Cette rupture soudaine s'inscrit dans une longue ligne de fractures dans son existence et il se trouve las, amer, presque brisé. À quoi bon se battre ? Pourquoi ne pas s'abandonner à son sort ? Après les Allemands, les Français l'ont jugé indésirable, sujet ennemi, individu à enfermer, à priver de liberté avant de l'envoyer vers un ailleurs hypothétique. Il en a assez, de devoir justifier son existence encore et toujours, de cette vie d'exclus, de solitaire, de paria.

— Alors, montre, elle t'a apporté quoi, la miss ?

Oskar, qui a toujours faim, tourne autour du panier d'un air gourmand.

— Tiens, prends-le. Je n'en veux pas.

— Eh ben, dis donc, ça n'a pas l'air d'aller. Elle t'a largué, ta bourgeoise ?

— Évidemment.

Oskar lui pose une main compatissante sur l'épaule.

— Ne t'inquiète pas, on se tire bientôt. Rappelle-toi, les Milles ne sont qu'une étape, un camp de transit. Quand les choses se seront calmées, à nous les colonies françaises. Ça te va ?

Leo hausse les épaules. Il n'a pas envie de rêver, mais de s'apitoyer sur son sort. Cette dernière nuit à l'infirmerie, il revoit le joli minois d'Annie, leurs rendez-vous, la splendeur de sa peau mate et ferme. Ce soir, il a perdu beaucoup et son cœur se gonfle d'un chagrin indicible.

Chapitre 10

Il a bien fallu retourner au vacarme incessant, à l'odeur pestilentielle, à l'attente et à l'inactivité forcée. Sous le soleil qui devient du plomb fondu sur les chairs ou dans le noir du dortoir, les caractères se dévoilent vite : certains pleurnichent à longueur de journée, d'autres, colériques, explosent rapidement. Les bagarres sont légion, les injures fusent, parfois les coups. Car on vole beaucoup, et de tout. La nourriture est devenue une monnaie précieuse qu'on dérobe aux plus étourdis. Leo s'est battu deux fois déjà, d'abord une histoire de place près des cinq pauvres ampoules qui éclairent si mal leur grabat, ensuite à la distribution du repas, avec un type qui l'a bousculé dans la queue. Leo lui a jeté un regard noir et le gars, un Polonais, d'après les encouragements de ses copains excités, lui a alors envoyé un coup dans les côtes. Leo s'est rué, l'a frappé au visage. Un bruit d'écrasement, du sang qui a jailli et coulé sur le sol, le détenu qui a rampé. Le jeune homme s'est senti mieux un instant, puis honteux. Avait-il vraiment fallu lui casser la gueule pour une simple maladresse ? Le camp exacerbe les penchants de chacun. Impossible de cacher quoi que ce soit dans cet espace où l'on doit manger, respirer avec les autres, tous les autres. Chacun se bat ici contre les mêmes ennemis : l'incertitude, l'angoisse, l'errance immobile, l'absurdité et la poussière rouge. Celle-ci envahit tout, une fine couche sanguinolente qui pénètre dans les pores, la nourriture, les yeux, les vêtements. On la respire, on l'avale, on la chie.

Tu mangeras la poussière, et avec joie encore. Un professeur de littérature répète cette phrase inspirée de *Faust* à qui veut l'entendre dans la cour.

Après l'épisode du train, Leo n'a pas retrouvé Max Ernst, envoyé, paraît-il, dans un autre camp près de Nîmes[1]. Dommage, il aurait tant aimé admirer son travail, apprendre de lui, peut-être dessiner avec cet homme à l'intelligence si séduisante. Il devrait se mêler aux artistes du camp, qui, face à l'arbitraire, puisent des forces dans leurs œuvres, résistent chacun à leur manière, mais il n'en a pas la volonté. Avec les autres, il a appris le suicide d'un des leurs, le célèbre écrivain Walter Benjamin, le *vieux Benjamin*, comme on l'appelait avec affection parmi les émigrés allemands. À quarante-huit ans, l'intellectuel paraissait déjà usé, malade. On l'a arrêté à la frontière espagnole, son passeport soudain devenu non valide. Désespéré, le pauvre homme a avalé son stock entier de morphine une nuit de septembre. Est-ce là le sort qui les attend tous ?

1. Max Ernst émigrera aux États-Unis en 1941.

Chapitre 11

Des semaines passent ainsi, des mois aussi. L'été a laissé place à un automne radieux. Dans la campagne de Cézanne, le paysage semble illuminé d'or liquide. On occupe le temps comme on peut, à discuter de Roosevelt, ou de Bergson, et pourquoi pas du commerce du cuir ou de la fourrure. On parle jour et nuit, dans un camp, en marchant, en pissant, en mangeant. Un brouhaha permanent pour supporter l'insupportable. Leo, lui, se concentre sur son dossier. Il faut remplir des dizaines de formulaires, écrire pour obtenir la confirmation de son état civil, se présenter, patienter. Au cours des commissions dites de criblage, on libère les plus âgés et ceux réclamés par les nazis. Leo n'appartient à aucune de ces catégories mais il ne se décourage pas.

L'injustice devrait être la même pour tous. Cette phrase absurde lui revient en mémoire et le fait sourire. Apatride comme les copains, il ne rentre dans aucune case. Pas français, plus allemand par décision du Reich. Juif de surcroît ! Le statut qui date d'octobre prévoit l'internement des étrangers d'origine juive sur décision des préfets. Oskar et Leo frappent à toutes les portes, enfin, celles qui veulent bien s'ouvrir.

Le commandant du camp autorise les détenus à sortir pour se rendre à Marseille, tenter d'en savoir plus auprès des consulats étrangers. Pas question d'en profiter pour s'échapper, ils sont entourés de gendarmes, de gars du coin et aussi par une compagnie venue d'Autriche, mais l'espoir, ce sentiment si précieux, si fugace, renaît. Dans une semaine, peut-être deux, ils pourront plaider leur cause et peut-être, peut-être, s'envoler vers des cieux plus cléments.

Chapitre 12

— Tu viens au théâtre, ce soir ?

Lisandro apparaît comme par magie, juste au moment où Leo pense à lui. Sa tenue est mitée, son gilet déchiré, son pantalon trop court, mais il a conservé ce beau sourire, cette énergie brute intacte, malgré la saleté, le désarroi dans lequel ils baignent tous. Après la soupe, Leo va le suivre au sous-sol, il a envie de s'amuser, de boire une bière. Oui, après avoir payé deux cigarettes, on accède au cabaret, et le patron, un Rhénan, vend de tout. Leo, à qui l'on a retiré son argent comme aux autres, a trouvé un moyen de s'offrir quelques plaisirs et compte bien en profiter ce soir. Il vend désormais des caricatures à ceux qui ont pu conserver quelques billets, quelques pièces. Il croque avec un talent fou le caravansérail du camp et de ses habitants. Ici un vieil homme avec ses phylactères[1] se prépare à la prière du matin, là un cuisinier apporte la soupe, devenue beaucoup plus claire pour nourrir quelque mille trois cents détenus, là encore,

1. Petits boîtiers cubiques contenant des passages bibliques qu'on attache aux bras et sur la tête dans la religion juive au moment de la prière.

un sportif s'occupant à organiser un match de foot ou un type ressemelant ses chaussures si fatiguées. Le bouche à oreille a fonctionné : Leo n'avait pas son pareil pour faire émerger quelque chose de vous que l'on ne soupçonnait pas, faire jaillir sous le pinceau des expressions, des émotions. Quand il peint maintenant, on l'entoure de toute part, on commente son trait de crayon, on l'encourage. Leo aurait préféré travailler dans son coin, mais ce luxe-là aussi lui est interdit. Ce soir, il dispose de quelques billets et invite son ami.

— C'est moi qui régale ! Tu veux du vin ?

Lisandro acquiesce. Il a maigri, si c'est encore possible. La nourriture a diminué de manière drastique, vingt grammes de viande par jour seulement et des carottes ; trouver une betterave dans la soupe est une aubaine. Le jeune Espagnol n'a pas les moyens de s'offrir des vivres au marché noir qui fleurit. Ça traficote partout. Une gauloise se vend dix francs et une tranche de saucisson quatre ! Les colis sont réservés à ceux qui ont la chance d'avoir une famille proche. Ce qui n'est pas le cas des deux hommes.

— *Si, señor*, répond Lisandro. *Con placer*[1] !

Le bar se remplit et les hommes se pressent les uns contre les autres. L'alcool aidant, cette promiscuité se fait chaleureuse. À un moment, tous entonnent l'hymne du camp sur l'air des sept nains de *Blanche-Neige*.

Aux Milles, près d'Aix-en-Provence
Ils vivent dans un camp
À l'appel de la France

1. « Oui, monsieur, avec plaisir ! »

Nous disons « présent »
[...]
Le mistral ajoute à la saleté
Tout cela ne fait rien
Les apatrides, les Autrichiens
Vivent bien comme chiens et chats

Qui l'a composé ? Deux hommes : Adolphe Siebert et un certain Max, Max Schlesinger, dont Leo entend beaucoup parler. Homme de théâtre, il anime les soirées, dirige le journal du camp, baptisé drôlement *La Pomme de terre*, et écrit aussi des sketches comiques.

Ce soir, les acteurs jouent *L'auberge du Cheval pas tout blanc*, une pochade avec un pauvre animal fait de boîtes de conserve, un gendarme, et un véritable orchestre, avec violon, guitare et accordéon, s'il vous plaît ! C'est un triomphe et l'on oublie les acteurs en vieilles robes de chambre, les faux *soldats* sur scène aux casques de ferraille récupérée de-ci, de-là pour se concentrer sur l'essentiel, le besoin d'un peu de culture.

— Allez, présente-moi ce génie des planches, doit s'époumoner Leo, tant les applaudissements durent.

On frappe avec les mains, les pieds, à l'aide de casseroles, de cloches, de pierres cognées les unes contre les autres. Ce soir, on n'est pas aux Milles mais à SoHo, à Broadway, à Montparnasse, n'importe où, où ça vit, ça rit, ça exulte. Pour la première fois depuis longtemps, Leo se sent vivant : la création lui fait toujours cet effet-là, ce jaillissement qu'il trouve sous le pinceau, au détour d'une phrase ou dans une soirée de théâtre improvisée comme celle-ci.

Max Schlesinger a le regard vif, une allure d'aigle. Il s'assoit en face des jeunes hommes, en nage, malgré le froid qui règne. L'hiver 40 s'est annoncé tôt et tout le monde grelotte en dépit de la couverture dont on s'entoure. Ça sent mauvais. Les latrines sont proches et, avec l'augmentation du nombre des détenus, un véritable ruisseau de pisse coule à leurs pieds et jusqu'au village si proche. Certains en plaisantent : *les Français, on les emmerde*. Mais la plupart ressentent de la honte à vivre ainsi, dans des conditions si dégradantes. La culture leur permet donc de s'évader, ne serait-ce que quelques heures, de ce quotidien répugnant.

— Alors, qu'avez-vous pensé de notre petit show ? Pas mal, non ? Et vous n'avez pas tout vu. Après celui-ci, explique Schlesinger, nous nous attaquons à *Faust* !

— *Faust*, ici ? s'étrangle Leo.

— Eh oui, le prologue dans le Ciel, la scène de Marguerite, c'est beau, non ? Je ne me lasse pas de sa poésie.

— Une bonne idée, acquiesce Leo. Et vous choisissez comment vos acteurs ?

— À leur allure, leur capacité à montrer leurs émotions, à un petit je-ne-sais-quoi. D'ailleurs, je te verrais bien sur scène, toi. Un rôle d'étudiant, ça te dirait ?

— Moi ? sourit Leo. Je n'ai jamais joué. Et je pensais plutôt aux décors. Je peux les dessiner.

— Eh bien, l'un n'empêche pas l'autre, mon gars ! Et tu pourras aussi réaliser le programme, j'ai besoin de toutes les bonnes volontés !

Max Schlesinger, homme-orchestre, compose en français et en allemand, chante, fait chanter ses troupes, dirige saynètes et pièces.

— Il est très fort, tu verras, explique Lisandro. Et puis il fait partie des nôtres, tendance rouge, même, camarade.

Lisandro admire les communistes qui, en Espagne, promettent des terres aux paysans pauvres, comme sa famille. Leo, dont les convictions à gauche ne lui permettent pas d'oublier le pacte germano-soviétique, reste circonspect :

— Pas de politique ici, camarade !

Les deux copains éclatent de rire tandis que Max virevolte d'un endroit à l'autre. Ce soir, personne n'a envie de se coucher et un deuxième, un troisième rappel attendent les acteurs d'un soir. L'idée fait lentement son chemin chez Leo : pourquoi ne pas essayer, lui aussi ?

Chapitre 13

Comme Leo va s'en apercevoir, Max se révèle perfectionniste. Exilé allemand, il est interné aux Milles depuis septembre 39, avec une interruption quand le camp a fermé temporairement. C'est un ancien, donc, avec de l'autorité, de l'imagination, un esprit de repartie. Leo se retrouve emporté dans son tourbillon et répète tous les jours sous sa direction. Surprise : il aime la scène, se forger de nouvelles identités, improviser, bien campé sur ses jambes.

Bientôt, le grand soir s'annonce, et le jeune Allemand a le trac, même s'il trouve l'énergie de s'en moquer. Il a vécu des moments autrement plus angoissants ! N'empêche, les regards des spectateurs avides de distractions, tous rivés sur lui, lui serrent un peu le ventre. Alors il ferme les yeux un instant, puise de la force dans sa respiration et jette la première phrase, puis la deuxième. La foule rit au bon endroit, manifeste son plaisir bruyamment. Leo prend de l'assurance, les répliques s'enchaînent, c'est comme une partie de ping-pong ou une danse, le partenaire vous renvoie une image de vous-même telle qu'on a envie de continuer encore et encore. Leo sent à peine la sueur le long de son dos, bientôt le sketch se termine, sous les applaudissements.

Vingt-deux nationalités jubilent en même temps. Leo salue une fois, puis deux, et même trois, et rejoint Oskar qui, au premier rang, lui jette des fleurs imaginaires.

— Si j'avais un appareil photo, je t'immortaliserai !

Leo sourit largement. Il n'est pas près de changer de métier, dessinateur il est, et il le reste, mais cette expérience face à une salle comble, participer aux répétitions, donner un coup de main aux techniciens qui s'occupent du décor, des accessoires, et même vendre les billets l'amusent. Désormais, on le reconnaît, on le salue, et le commandant lui-même projette de se rendre au prochain spectacle malicieusement baptisé « Les Milles et Une Nuits ».

Avec Max, ils n'évoquent jamais le monde extérieur et ça lui va. La Gestapo a aussi donné à Schlesinger l'ordre de quitter l'Allemagne, c'est tout ce que Leo sait et aussi que Max a laissé un fils là-bas et garde cette tristesse tapie au fond de lui, sans la partager.

Un jour, pourtant, celui-ci lance :

— Quand tout ça sera terminé, on s'offrira la Comédie-Française. Et du champagne ! En attendant, bosse ton texte. Kleist, ça devrait te parler.

À sa grande honte, Leo n'a jamais entendu auparavant parler de *La Marquise d'O…*, le roman le plus connu de Kleist, et encore moins de *La Petite Catherine de Heilbronn*. Il se sent vaguement gêné, son père n'apprécierait pas, et il se dirige vers la bibliothèque. Eh oui ! Le camp possède en effet quelque six cents livres, et Leo s'efforce d'y trouver un ouvrage de l'aristocrate né à Francfort parmi les dictionnaires de français et les recueils de philosophie. En vain. Tant pis, il se contentera de feuilleter l'exemplaire unique de Schlesinger, dont ce dernier ne se sépare guère, même pour dormir.

Chapitre 14

Aujourd'hui est un grand jour. Oskar, Franz et Leo ont enfin obtenu la permission pour Marseille. Ils n'ont droit qu'à six heures sur place et doivent rentrer le soir sinon un mandat d'amener sera signé contre eux. La police française chasse et traque sans répit les étrangers, mais il s'agit là d'une étape cruciale pour obtenir un visa. Leo tente de se doucher, en plein air, et à l'eau froide évidemment, mais renonce à se raser, il faut patienter trois heures au seul robinet. Pas question de se mettre en retard. Il a lavé sa chemise comme il a pu, passé un peigne dans ses cheveux emmêlés, il se sent de nouveau humain et non plus une bête parmi d'autres, une *créature de brique,* comme disait Max Ernst.

Dans cette voiture à cheval qui les conduit à Saint-Martin, puis dans le train pour Marseille, il note tout. Les champs à longueur d'horizon, le mistral vif et coupant, *la montagne Sainte-Victoire à la fragilité et à la transparence d'une porcelaine à peine bleutée*[1]. Ici, on semble si loin de la guerre et de son fracas ! Les villages se blottissent les uns contre les autres, timides remparts contre le vent, et le soleil s'impose vite, vers l'heure du

1. Pour faire écho à une phrase de Jean Giono.

déjeuner on a presque chaud. Comme il serait bon d'explorer le labyrinthe des petites rues ou de peindre cette fontaine gracieuse, cette grande lumière, inondant les trottoirs, mais ils ne viennent pas là en touristes.

Marseille qu'il ne connaît pas l'étonne par le nombre d'étrangers qui y séjournent : sur le Vieux-Port, on parle toutes les langues, l'italien, l'arabe, le tchèque, le polonais, l'allemand, l'espagnol, le portugais. Des dizaines de nationalités semblent s'être donné rendez-vous ici, face à la mer. Marseille représente bien le bout de la route, la dernière étape avant l'exil vers des pays plus riants où la nationalité, l'appartenance ethnique ne condamnent pas un homme d'emblée. Leo et ses acolytes traversent les ruelles décorées de linge, longent les quais avant de trouver leur chemin. L'accent diffère ici de Sanary, s'impose, absorbe les fins de mot, semble caracoler et danser avec les éléments et, quand il demande son chemin, Leo a bien du mal à comprendre les explications. Il paraît que le maréchal Pétain est venu ici même, sur la Canebière, il y a deux semaines à peine. Une foule fervente a accueilli le vieillard, dont le sourire ornait les murs. Leo photographie tout dans son esprit, les marins au baluchon ventru, les gorges des femmes, les mâts en pleine ville, les crustacés vendus à la criée. Franz, lui, aimerait flâner.

— Viens, il y a la queue dès cinq heures du matin, paraît-il, aux différents consulats.

— Ne t'inquiète pas, la journée est longue et les filles jolies, répond Franz en lorgnant sur des grappes de jeunes femmes qui remontent la Canebière, bras dessus, bras dessous, hilares.

Là encore, la guerre ne semble qu'un songe, une idée inventée par les journaux pour effrayer la jeunesse. Leo sait pourtant qu'elle se rapproche, étend ses griffes, même ici, dans le Sud plus protégé. Ce n'est qu'une question de temps. Comment imaginer que l'Allemagne en restera là ?

Le trio s'arrête au siège de la HICEM, l'association d'émigration juive, rue de la République, qui se charge de trouver des places sur les paquebots. La queue s'étend jusqu'au coin de la rue et les copains ne se découragent pas. Aux Milles, ils sont habitués à ce temps qui s'étire, paresseux et insensible à l'impatience des hommes.

Vers quatorze heures, l'un d'eux s'esquive pour acheter du pain. Fourré aux olives, encore chaud, il se déguste comme une pâtisserie. Un goût qui rappelle à Leo Sanary Annie, leurs pique-niques aux odeurs de verveine, de tilleul et de foin.

— Bonjour. Que puis-je faire pour vous ?

Malgré la foule, l'accueil est aimable. La secrétaire qui reçoit Leo est large, très large, une espèce de cube aux cernes violines, qui semble disparaître sous les dossiers.

— Je dois partir… Je voudrais partir…

— Vous et tous les autres ! Sept mille cas à traiter, vous vous rendez compte ? Montrez-moi vos papiers, s'il vous plaît.

Leo lui donne le peu qu'il a pu réunir. Au départ du train, ils ont été des centaines à déchirer leur carte d'identité : s'ils tombaient aux mains de l'occupant, il valait mieux cacher son état civil, s'inventer un nouveau nom pour espérer leur échapper.

— Je vois. Ça ne fait pas beaucoup pour débuter, souligne l'employée. Et vous êtes depuis combien de temps aux Milles ?

— Sept mois.

— Et avant ? En Allemagne ?

— Non, en Espagne.

— Brigadiste ? Mais ça change la donne, jeune homme.

Elle regarde Leo avec un mélange d'admiration et de pitié.

— Eh bien, l'Espagne de Franco vous est fermée. Et je ne vous conseille pas de vous lancer illégalement à travers les Pyrénées, même avec un passeur. Vous seriez arrêté et livré tout de suite à la Gestapo.

Leo réfléchit, la piste de l'Espagne et surtout du Portugal, port ouvert sur le monde entier, s'éloigne. Aucune envie de croupir dans une geôle phalangiste et d'y être *suicidé* comme tant d'autres.

— Vous devez obtenir plusieurs visas, explique-t-elle d'un ton radouci : celui du pays de votre choix, puis un visa de transit si vous passez par un autre pays, une attestation médicale, une copie de votre casier judiciaire. Ah, j'oubliais ! Un visa de sortie de France, le plus dur à obtenir. Vous avez de l'argent ? Un peu, au moins ?

Leo regarde ses mains. Les caricatures lui ont rapporté quelques sous, de quoi améliorer l'ordinaire au camp, mais sûrement pas assez pour se payer un billet.

— Vous pouvez toujours remplir ce document, soupire la femme, déjà lassée. Il faut être patient, attendre les tampons, comme on dit.

— Mais c'est maintenant que j'ai besoin d'aide, s'énerve Leo.

La bénévole regarde déjà par-dessus son épaule.

— Je parle quatre langues, insiste-t-il : l'allemand, l'anglais, le français et l'espagnol, et je peux effectuer n'importe quel travail. J'ai de la force.

Leo se vante un peu : son espagnol reste rudimentaire. Mais il a l'oreille musicale et attrape vite les accents. À Sanary, certains émigrés lui trouvaient un phrasé provençal.

— Oui, je vois ça, sourit l'employée malgré elle.

— Les colonies françaises, la Martinique ?

Leo a conscience de son ton presque suppliant mais il ne peut s'en empêcher. Il ne veut pas croupir aux Milles, à attendre que les Allemands envahissent tout.

— Oui, c'est une option. Mais vous devez trouver de l'argent, le billet coûte cher. Je vous suggère d'en demander à votre famille, vos proches, et de revenir me voir dans un mois.

À ce moment-là, des cris se font entendre, une bousculade agite la queue.

— Laissez-moi passer, c'est intolérable ! Je suis Hans Linder.

Un petit homme, vêtu entièrement de noir, joue des coudes pour s'approcher du bureau.

— Madame Fleichman, j'attends depuis cinq heures ! Vous m'aviez promis un visa.

— Monsieur Linder, s'énerve l'employée de la HICEM, je vous l'ai déjà dit, vu votre passé, les États-Unis paraissent compromis. Nous essayons pour vous la route de la Chine.

— Mon passé, quel passé ? s'étrangle l'homme. Je suis fier d'être communiste, d'avoir organisé la ligue des Jeunes communistes. Je l'ai payé avec mon sang. Vous voulez voir ?

Et l'homme enlève son gant, il lui manque trois doigts.

— Dachau ! hurle-t-il. Ça vous dit quelque chose ?

Leo reste silencieux. Il imagine sans peine la scène car il en a été témoin, hélas, de nombreuses fois. À Dachau, les SS ne manquaient pas d'imagination et punissaient, estropiaient, battaient pour leur plaisir, un morceau de pain dérobé, un regard de travers.

— Tu l'as connu au camp, ce type ? demande Franz.

— Non, on était nombreux, là-bas, tu sais.

Imperturbable, l'employée s'affaire.

— Une question encore, ose Leo. Combien ça coûte, un billet ?

— En tout ? Il faut compter dix mille francs, plus une caution, monsieur. Au suivant !

Leo sort abattu de l'immeuble. Comment réunir une telle somme ? Il ne dispose que de cent francs environ. Il doit trouver de l'aide avant que l'Europe entière ne soit nazie.

— Psst ! Tu viens de l'Est, toi ?

Un vieillard pose sa main sur l'épaule de Leo.

— D'Allemagne. Pourquoi ?

— Eh bien, le consul de Tchécoslovaquie, paraît-il, aide des gens comme nous pour le Panama. Et certains fonctionnaires acceptent les pourboires. Je vends leurs noms…

Leo donne une pièce au malheureux et se réchauffe au soleil hivernal de Marseille en attendant ses deux copains.

— Alors ? interroge Franz.

— Alors, c'est râpé, Franz. Les USA ne veulent pas d'Allemands, surtout rouges.

— Même si on est en âge de combattre ?

— Tu penses ! Trop peur d'un conflit de loyauté. Allemand un jour, allemand toujours ! Sans compter la trouille des espions…

Les trois amis songent à l'Amérique qui s'apparente à une chimère de plus et se retrouvent sur le port, indifférents aux cris des mouettes en plein vol mélancolique.

— Et si on piquait une barque ? s'exclame Leo. Tu crois que les gendarmes qui patrouillent nous laisseraient prendre la mer ?

— Direction Tunis, c'est tout droit !

— Il nous faudrait davantage qu'une de ces barquettes, grommelle Franz. Et moi, je déteste l'eau !

Le trio rit de bon cœur. Ils sont jeunes, marchent dans la plus belle ville de France, une solution forcément s'offrira à eux !

L'après-midi est consacré à d'autres consulats. À celui de Suisse, surchargé de demandes, un type leur glisse le numéro de téléphone d'un inconnu qui aurait ses entrées. Leo empoche, remplit des documents, mais n'arrive pas à se trouver le moindre lien avec la Suisse. Les Stein étaient allemands depuis l'époque romaine, aimait à plaisanter son père, même s'il avait fallu attendre la République de Weimar pour que tous les citoyens allemands soient égaux et le judaïsme reconnu au même titre que le protestantisme.

Au consulat de Tchécoslovaquie, on lui propose un rendez-vous pour dans quatre mois. Une éternité !

Les copains décident de rallier la rue de la Paix, puis le cours Honoré, où se tient un marché qui les arrête un moment : cela fait si longtemps qu'ils n'ont pas vu de produits frais ! Au camp, l'ordinaire tient plutôt de la patate ou des lentilles. Ils s'offrent des oranges qu'ils dégustent sur un banc. Résignés, les voilà bientôt au numéro 49, au siège du CAR, le Comité d'assistance aux réfugiés, déménagé en hâte de Paris, qui gère des centres d'internement pour des détenues juives allemandes, autrichiennes, polonaises ou italiennes, depuis le début de la guerre. Au Levant, au Bompard ou au Terminus, des hôtels miteux, on abrite des mères et leurs enfants, gardés par des gendarmes. Là aussi, les fenêtres sont obstruées de planches avec interdiction de sortie : les femmes manquent de tout, de vêtements, de nourriture, de savon, mais surtout d'espoir. Juives, elles sont arrivées là, à Marseille, chassées par les régimes de l'Est, effrayées par l'antisémitisme galopant, fatiguées, parfois malades. Pour elles aussi, la cité phocéenne représente l'antichambre d'un départ rêvé. Elles sont plus de mille à espérer un autre exil, une autre émigration. Et le CAR, fidèle à sa mission depuis sa création en 1933, leur vient en aide.

Franz sonne à la porte qui s'ouvre sur une dizaine de gosses s'égosillant et courant dans tous les sens. Une jeune femme aux cheveux châtain clair, aux yeux verts comme des herbes du printemps, de grande taille, admoneste gentiment les petits dans un français mélodieux :

— Faites moins de bruit, voyons. Nous avons de la visite.

Leo, en s'approchant d'elle, capte une odeur de lavande, découvre de près des yeux étranges, très écartés et étirés à la façon d'un chat, un large sourire. Il n'ose regarder la peau blanche du décolleté qui palpite comme une petite bête.

— Bonjour, nous cherchons des renseignements.

Il raconte de nouveau son histoire, et l'inconnue le dévisage avec franchise.

— Ici, comme vous voyez, nous nous occupons beaucoup des enfants et de leurs mamans internées. Mais nous sommes en relation avec la préfecture pour les visas de sortie. Et l'on peut vous aider dans le dédale administratif, dit-elle dans un sourire comme un soleil.

Leo donne son nom, sa situation aux Milles, fait mine de consulter la documentation mise à la disposition des émigrants. Trois mille personnes sont déjà passées par le CAR pour leurs démarches, ou un lit pour une nuit, quelques repas. Certains arrivent avec les seuls vêtements qu'ils ont sur le dos. Leo se sent bien, ici, dans ce bureau tout en longueur, exigu mais chauffé, et observe la scène devant lui. Flanquée de ce qui ressemble à une infirmière, la jeune femme a disposé les enfants en cercle et distribue une cuillerée de sirop à chacun avant d'entonner « Sur le pont d'Avignon », facile à suivre, même pour des étrangers. Leo aimerait rester ici longtemps, à les écouter, se faire un nid sous le bureau et y passer la guerre.

— Bon, on décolle ? s'impatiente Oskar. J'ai envie de voir la mer, moi. Tu savais que Marseille était deux fois plus grand que Paris, toi ?

— Oui, attends un peu, répond Leo, subjugué par le spectacle.

À la fin de « Au clair de la lune », la jeune femme qui rit souvent, dévoilant des dents parfaites, se tourne vers Leo.

— Le mardi et le jeudi, nous accompagnons ceux qui en ont besoin à la préfecture. Venez nous voir si vous obtenez une permission.

— C'est noté. Je reviendrai, sourit à son tour Leo. Je ne connais pas votre nom, mademoiselle.

— Marguerite. Marguerite Keller. (Le sourire toujours sans réplique et enjôleur.) Mais tout le monde m'appelle Margot, surtout ces sacripants-là ! Je m'occupe d'eux tous les matins, et il faut bien les distraire.

Leo s'incline après avoir donné son nom. Il fixe une natte de cheveux qui bat au rythme de sa propriétaire.

Dans l'escalier et pendant tout le trajet du retour, Oskar se moque de lui. Le soleil paraît un disque pâle dans le crépuscule.

— Eh bien, c'est le coup de foudre, mon vieux !

— Mais non, pourquoi ?

— Elle te regardait d'une façon ! Et tu n'arrivais pas à détacher tes yeux de ses formes, disons... appétissantes. Une Française, en plus !

Leo se récrie en vain, mais ses copains hilares se jouent de lui pendant tout le trajet. Dans leur solitude de prisonniers, les femmes paraissent des continents oubliés. On en parlait, on fanfaronnait, on imaginait du bromure dans la nourriture pour calmer leurs ardeurs, mais chacun s'endormait avec en tête les bras d'une épouse, d'une bonne amie ou de leur mère. Les femmes avaient disparu de leur univers, et c'était une punition de plus. Alors cette Margot a réveillé quelque chose en eux, quelque chose qu'ils ont oublié, la douceur, la tendresse, la beauté, tout ce qu'on ne peut effacer de son âme. Leo cherche à détourner la conversation mais ses amis, déchaînés et un brin jaloux, rivalisent de blagues.

— Je lui composerai bien un poème, affirme Franz. Tu crois qu'elle aime la poésie ? Chez les Françaises, on ne sait jamais…

— Et moi, un portrait. Je l'imagine déjà posant nue sur une couverture…

— Bon, on se calme, les amis, tempère Leo. On doit acheter du papier, des timbres pour les copains.

Le trio inspecte ses poches, ils n'ont que quelques billets à dépenser. Pour les détenus, l'argent est une source d'angoisse majeure. Oskar a pu confier ses économies au patron du bar où il travaillait avant la guerre mais Franz a tout perdu. Quant à Leo, quand pourra-t-il toucher les chèques que son père lui envoyait au début à Sanary ? Sans fonds, la route du départ paraît compromise.

— Il faut qu'on trouve des fonds, les gars, souffle Leo. À part le marché noir, je ne vois pas.

— J'ai ma petite idée, souffle Franz.

Les copains le regardent, perplexes. Sa parole reste rare et précieuse. À quoi peut-il bien penser ?

Chapitre 15

Le retour au camp avec les gendarmes est un crève-cœur. Ils laissent Marseille, les avenues saturées de soleil, la foule qui s'ébroue, la mer couleur d'agate, les voiles bruissantes des bateaux fouettés par le vent, l'haleine de fleurs des ruelles, pour retrouver la captivité, l'ennui des jours, le noir et leur désespoir. Il leur faudra de nouveau écrire, quémander une autre permission, des secours, la promesse d'un visa, d'un document. Les nerfs écorchés, Leo retrouve la fadeur oppressante de la cour, ses compagnons d'infortune, le trou sombre du bâtiment. Il ne descend pas pour le repas, revivant en pensée cette journée mémorable. Le visage de cette Française, Margot, son sourire, ce menton rond, ces yeux de brasier. Et cette façon si naturelle de jouer avec les enfants ! Leo aurait aimé posséder ce trésor, un frère ou une sœur. Mais la mort de sa mère et le deuil perpétuel de son père l'en avaient privé. À l'école, il se retrouvait toujours du côté des petits : il aimait s'amuser avec eux, les consoler, sentir leur odeur de pain chaud. Ses copains se moquaient de lui, un garçon ne traîne pas avec les bébés. Mais il n'en avait cure et les gosses le suivaient comme dans *Le Joueur de flûte de Hamelin*, cette légende allemande immortalisée par Grimm. Alors cette fille, sa tendresse l'ont touché, oui. Mais lui a-t-elle plu ? Leo reste incertain. Il n'y a de place dans sa vie que pour un désir : la liberté. Et depuis Annie, le jeune homme sait que les Françaises peuvent être compliquées. Soudain, Leo se lève : dans ce dortoir sordide, quelques rais de lumière seulement filtrent à travers les volets et on a l'impression de se mouvoir dans un puits sans fond, dans une mer de brique.

Si je reste ici, je vais mourir, pense-t-il.

Impossible que ce monde-ci coexiste avec celui de Margot Keller. Partagent-ils le même ciel ? Voient-ils les mêmes nuages ? songe-t-il avant de se recoucher, mélancolique.

Franz, inhabituellement animé, le réveille.

— J'ai trouvé comment gagner de l'argent. On va proposer tous les deux des cours de dessin. Des vrais, comme à l'Académie de Vienne.

— À qui ? rétorque Leo. À des miséreux comme nous ?

— D'abord, tous ne sont pas démunis, ici. Tu as vu les gros bourgeois qui s'offrent des victuailles le soir, et servis à table, s'il vous plaît ? Et puis, peut-être que l'état-major, les gardiens ont envie de peindre.

— On peut toujours essayer.

Le lendemain, Leo et Franz sillonnent les allées surpeuplées. Tel un ogre jamais repu, le camp avale un nombre croissant de prisonniers. La police de Vichy chasse et interne les réfugiés, et c'est une vraie galaxie de camps qui s'étend désormais dans le Midi, dont les Milles constituent la tête. Des Salins d'Hyères à Nîmes, près de cent centres « d'hébergement » gravitent autour du soleil maléfique des Milles et les transferts viennent de toute la région. Comment nourrir tous ces gens, les loger, et surtout les aider à s'exiler ?

Franz sort le chevalet qu'il s'est confectionné. Leo s'installe sur une table de fortune. Ils forment l'attraction de l'après-midi, et les caricatures de Leo s'arrachent. Qui aurait pensé que ce grand Polonais ressemblait tant à un singe ? Et que ce gardien, la main sur le ventre, avait des airs de Napoléon ? Leo dessine à main levée ou au pochoir, l'un le visage constitué de légumes à la Arcimboldo, un peintre qu'il admire, l'autre au fusain. Les sifflets admiratifs, les quolibets moqueurs vont bon train. Ceux qui ont connu Paris se rappellent Montmartre et ses artistes, des billets changent de main et Leo exulte, embrassant Franz.

— Quelle bonne idée tu as eue là ! À nous l'Amérique, camarade !

— Chez les capitalistes ? Quelle bonne blague !

Les deux amis organisent désormais un cours l'après-midi, dessinent le matin. Leo se souvient avec nostalgie de ses premières planches et de sa fierté quand il avait été publié. Deux fois quand même dans l'*Arbeiter Illustrierte Zeitung*, le magazine proche du parti communiste qui tirait à plus de cent mille exemplaires chaque semaine. À dix-sept ans, il avait proposé le croquis d'un type la tête enfoncée dans les toilettes, avec cette légende : *Nous n'allons quand même pas plonger la tête la première dans le nazisme !*

Le second croquis montrait un brave paysan se nettoyant les fesses avec le *Stürmer*, cet hebdomadaire adepte de Hitler et de ses méthodes. C'était en 1932, autant dire une éternité, au temps de la presse libre en Allemagne. Ces deux dessins avaient conforté

Leo dans ses choix. Voilà quelle était sa passion, le domaine où il pourrait s'épanouir, grandir, dire ce qui lui brûlait l'âme et qu'il n'arrivait pas à articuler tout haut. Le dessin l'avait sauvé des nuages gris qui, depuis l'adolescence, menaçaient d'envahir son cœur, et de l'ambiance parfois grise à la maison. Jakob aimait tant sa femme disparue à l'âge de vingt-neuf ans seulement. Leo avait grandi dans la solitude et une certaine culpabilité. Tout était sa faute puisque, en venant au monde, il avait tué celle qui l'abritait dans ses flancs... Les jours tristes, son père s'enfermait dans la chambre conjugale et lisait de manière compulsive dès qu'il quittait la librairie où il était secondé par trois vendeurs, tous juifs. Où se trouvent-ils, désormais ?

Leo interrompt le fil de ses pensées : il est demandé chez le commandant Maulavé, Robert Maulavé. Celui-ci a succédé à Laurens et se révèle moins accommodant. Pour lui, les hommes du camp sont des indésirables que la France est bien bonne de nourrir. Mais il demeure correct et obéit aux ordres.

— C'est vous, le dessinateur ?

— Oui, capitaine.

— Eh bien, je vous félicite, vous avez l'œil. J'aimerais bien vous confier une tâche, si vous n'êtes pas trop débordé, ironise-t-il.

Leo ne relève pas car le capitaine a éveillé son intérêt.

— Il s'agit de coordonner des peintures murales pour égayer le réfectoire des gardiens. Ça vous semble dans vos cordes ?

Leo réfléchit à toute vitesse. Peut-être cette tâche lui rapportera-t-elle un peu d'argent, ou quelques libertés ? Et il faut se rendre en ville pour choisir les couleurs.

Il acquiesce.

— Parfait, vous travaillerez à plusieurs. Et pour les illustrations, je veux du gai, du léger, du vif. Je compte sur vous.

Leo sort du bureau, médusé. Il cherchait du travail, le voilà servi ! Entre les cours de dessin, les caricatures et ce projet, il ne va pas chômer, ce qui lui plaît bien. Et il n'oublie pas qu'il a rendez-vous à Marseille avec un sourire à fossettes, dès que l'occasion se présentera.

— Moi, c'est Bodek, dit l'homme qui lui fait face. Karl Bodek. Et toi ?

— Leo Stein.

— J'ai entendu parler de toi. Le nazi sur l'âne, c'est bien ça ?

Leo regarde avec curiosité son vis-à-vis. Un front immense, une bouche bien dessinée, l'air propre malgré la saleté ambiante.

— Je suis dessinateur, ami. De Czernowitz.

Leo a reconnu l'accent de cette ville cosmopolite de l'Empire austro-hongrois.

— Après l'invasion des Soviets, je suis parti, direction la France. Les camps de Saint-Cyprien, puis Gurs, et me voilà aux Milles, comme toi.

— Et vous comptez rester longtemps ? blague Leo.

Bodek éclate de rire.

— Tu peux me tutoyer, tu sais. Je ne suis pas si vieux ! Et pour répondre à ta question, je préfère encore les Milles aux Allemands. Ici, au moins, on ne va pas nous tuer. Et puis, on peut travailler. C'est d'ailleurs ce qui m'amène. Pour le réfectoire, j'ai des idées.

Leo a entendu parler de Bodek. À soixante ans, cet artiste est vite devenu une célébrité au camp. Il fabrique des faux timbres qui retracent la vie de prisonniers, des vignettes qui s'arrachent. Et sa réputation l'a précédé : il photographie, peint, invente des pantins désarticulés ou des marcheurs sans regard illustrant le sort commun ou se moque des gardiens bien français. Dans ces conditions, peindre devient une façon de ne pas désespérer, de continuer à respirer. L'homme inspire le respect de tous, même de la hiérarchie du camp.

— Je serai heureux de travailler avec toi, affirme Leo. J'ai déjà quelques idées aussi et j'ai établi une liste de matériel nécessaire.

Et c'est ainsi que tout commence entre eux. Le matin, Leo et Franz, qui s'est joint à l'aventure, rejoignent un certain Max Lingner et discutent sans fin de ce qu'ils veulent pour le réfectoire. À les entendre, on les croirait occupés à repeindre la chapelle Sixtine, se moquent certains. Mais ils n'en ont cure, ils trouvent refuge dans leur art et s'expriment à l'aide de leurs dessins. Ils recréent ainsi une communauté, un groupe soudé par une passion commune. Citoyens de l'ombre, ils retrouvent par la grâce du jaune, du vert ou de l'ocre, un peu de lumière.

— Du bleu, du bleu, toujours du bleu, s'enthousiasme Bodek.

— De l'ocre, répond Leo.

— N'oubliez pas le message politique, les interrompt Max, qui en impose.

Dans une autre vie, Max Lingner a été l'illustrateur en chef de *L'Humanité* et il en a gardé une sacrée autorité.

Chacun y va de son avis pour les motifs, parfois saugrenu. Une foule en pleine manifestation, un paysage provençal, l'arche de Noé, les Tables de la Loi… Et puis un jour, ça fuse ! Un banquet avec des hommes partageant un beau repas, une scène de fenaison, de vendanges et de solidarité. La notion du collectif associée à la nourriture, cette préoccupation quotidienne, les rassemble.

— Pendant qu'on dessine, au moins on ne pense pas à nos ventres, s'amuse Leo qui se souvient d'une conversation avec son père.

— Tu veux vivre ou dessiner, fils ?

— Quelle est la différence, *Vater*[1] ? avait-il répliqué, content de sa trouvaille.

La pitance s'est faite plus maigre encore et l'on se couche souvent le ventre creux, les nerfs écorchés. L'hiver 41 s'éternise et des rafales hurlantes, des tourbillons glacés envahissent la cour. Sous le ciel piqueté de nuages, l'espoir s'amenuise : fouettés par le vent, écrasés par la noirceur, les prisonniers doivent affronter des trombes d'eau. Il n'existe aucun refuge contre la boue, l'eau fangeuse qui s'immisce partout jusque dans le réfectoire. Leo regarde ses copains : teint hâve, joues maigres, pantalon tombant sur leurs hanches, ils ressemblent désormais à des clochards.

Alors, effectivement, il faut de la couleur, des tonalités stridentes, des messages optimistes, des formes effrontées et grasses pour éclairer ces murs. Et tant pis si seuls les gardiens profiteront du spectacle dans leur pièce commune.

---

1. « Papa », en allemand.

Chapitre 16

Jour après jour, le travail prend forme. Leo et les autres se donnent à fond. Ils ont choisi de colorier directement sur le béton, au lieu de peindre sur un enduit frais. Tous les matins, ils s'y consacrent, en discutent, se disputent parfois. Dans *Le Banquet des nations,* parodie de *La Cène*, Bodek a imaginé un Esquimau, un Noir, un fakir indien, un cow-boy attablés ensemble. L'impression est joyeuse, les assiettes bien garnies, les aplats simples et colorés. Derrière, à quelques mètres, isolé, se tient un convive vêtu d'un smoking, se morfondant seul, devant une assiette vide. Leo et les autres l'ont voulu ainsi, à l'écart, le Juif repoussé désormais à la périphérie de la vie, loin de la fête... Un rappel de leur condition à tous, car chaque jour apporte son lot de mesures antisémites. Un Commissariat général aux questions juives vient d'être créé en France, afin d'organiser la spoliation des biens juifs et d'orchestrer une vaste campagne antisémite. Les Juifs sont maintenant jugés responsables de tous les maux : fauteurs de guerre, révolutionnaires, grands argentiers. L'opinion adhère et en redemande. Enfermés, détroussés, vilipendés, que peut-il leur arriver encore ? Leo chasse ses idées noires en griffonnant des esquisses, en ébauchant des couleurs, un délire fiévreux de bleu et d'ocre, piqué de jaune où la lumière perce et transfigure le tout. Il peint rapidement, sa main déliée au début, puis qui fatigue, les doigts lourds. Il aime soigner les détails, une sardine, un gros jambon, un chapeau. L'assemblée prend vie, s'anime, comme ses planches de dessins auparavant. Ce projet qui va durer jusqu'à la fin du printemps les fait tenir et leur permet de redevenir ceux qu'ils n'ont jamais cessé d'être : des artistes. Leo songe souvent à Max Ernst, libre à présent à New York. Qu'aurait-il pensé de leur travail, lui qui excelle à dessiner des silhouettes tout entières faites de limes, symboles d'évasion, dans cet endroit sinistre oublié de tous ?

Chapitre 17

— Il n'en est pas question !

— Mais pourquoi, je ne comprends pas.

Franz se met rarement en colère. Mais ce matin, face à un Bodek résolu, il explose.

— Une œuvre comme celle-ci, on en est fiers et on la signe, nom de Dieu !

Bodek a créé la surprise en décrétant que les peintures murales dont il a la responsabilité resteraient anonymes. Nul besoin, estime-t-il, de coucher leurs noms en bas des tableaux.

— On travaille comme des imagiers du Moyen Âge, Franz. Et le dessinateur doit s'effacer derrière son œuvre. Fais-moi confiance, c'est mieux ainsi.

Leo n'a aucun avis sur la question. Peu lui importent la gloire future et les prochaines générations. Il veut finir les scènes, se noyer dans ce pays de cocagne, sur les murs. Il en mangerait, de ce pain peint par ses soins, il en boirait, de ce vin qui s'affiche. Et au goulot, encore !

— On a travaillé pour rien, tonne Franz. Et au final, pour ceux qui nous ont enfermés. Laisser notre nom, c'est ne pas sombrer dans l'oubli…

Leo tente de calmer son ami qui claque la porte, furieux. Ils se retrouvent dans la cour et observent en silence le vol des oiseaux dans le ciel. Pinsons, étourneaux et chardonnerets semblent les émissaires d'un autre monde, les combattants d'une liberté impossible pour les pauvres humains, cloués ici.

— Il faut qu'on se tire, Leo, dit Franz. Il n'y a pas d'autres solutions.

— Oui, je le sais bien. Attendons Marseille et notre prochaine permission.

— Ça n'aboutira jamais ! La guerre des papiers, on l'a déjà perdue. On doit s'enfuir.

Franz ne se l'avoue pas, mais il se couche le soir avec une angoisse tapie dans son ventre, si profonde qu'elle ressemble à une bête cruelle. Il n'en peut plus malgré la camaraderie, malgré les œuvres réalisées ensemble. Cette histoire de signatures n'est qu'une goutte de plus dans l'océan de son désarroi.

— Écoute, on devrait essayer les associations, ici, dans le camp. L'OSE, la Cimade[1]...

— L'OSE s'occupe des enfants et on n'a plus dix ans, rétorque Leo. Et tu crois qu'ils vont t'envoyer en colonie ?

— Mais non ! Ils entrent et sortent du camp comme ils l'entendent. Pourquoi ne pas se glisser sous un camion et s'enfuir ainsi ?

Leo laisse échapper un soupir et réfléchit rapidement. Il veut quitter cet endroit, se rendre utile, combattre, donc, rendre coup pour coup. Franz a raison, ils doivent tenter leur chance.

— Je suis ton homme. Tout plutôt que de moisir ici.

1. Œuvre de secours aux enfants et Comité inter-mouvements auprès des évacués.

Pendant deux semaines, les deux amis surveillent les bénévoles de l'Œuvre de secours aux enfants qui, avec d'autres associations comme la YMCA, cherchent à adoucir la vie des détenus, par des vivres, des produits de première nécessité, des brosses à dents, des cigarettes, des livres. Ils apportent aussi des secours médicaux, fournissent le matériel pour les ateliers de menuiserie, de mécanique, du bois, de la laine, du cuir. Et c'est en camion qu'ils arrivent tous les matins, à huit heures précises. Les bénévoles sont rarement contrôlés et se déplacent à leur guise dans le camp. Ils représentent la vie de l'extérieur, un soutien moral, et offrent de quoi s'occuper les mains ou l'esprit. Et tant pis si des professeurs d'université, des journalistes, des hommes d'affaires, des avocats, tous ces cerveaux réunis ici sous un même ciel gris en sont réduits à raccommoder de vieilles hardes, à ressemeler des chaussures hors d'âge, l'oisiveté est l'ennemie et chacun la combat comme il peut, avec les armes laissées à sa disposition.

C'est presque la fin de l'après-midi et le ciel s'embrase de rouge avant que la nuit ne vienne gommer le monde. Les deux garçons l'ont décidé, c'est pour aujourd'hui. Leo laisse tout en place, à part son crayon fétiche, acheté dans sa ville natale, et il a calé contre son ventre son argent, ses papiers et l'un de ses dessins. Il représente une scène du cabaret des Milles, avec des prisonniers qui chantent à côté des anciens fours de cuisson. Car cela aussi a existé, et pas seulement la peur et la solitude.

Franz s'est glissé à côté de lui, telle une ombre, à surveiller la cour et les hommes de l'OSE. Bientôt, les gardiens feront rentrer les détenus et le camp tout entier se retranchera comme il le peut contre le vent et le froid. On entendra certains rire ou vociférer. Les soirées sont longues et personne n'a sommeil. Leo se tend. Un bénévole harassé, puis un autre, casquette vissée sur le crâne, se dirigent vers le camion, c'est le moment. Leo et Franz courent, en s'accroupissant comme ils le peuvent, et se faufilent, l'un sous le châssis, l'autre sous la bâche. Leo, qui s'est caché dans l'habitacle, sent son cœur battre dans sa poitrine. La liberté semble si proche ! Le camion démarre enfin et les deux prisonniers, chacun à sa place, arrêtent de respirer. Quelques mètres encore, et c'est le portail, mais tout à coup des voix autoritaires se font entendre et Leo perçoit un bruit sourd, des ordres criés. Il se camoufle derrière des planches en bois, cherche à se faire tout petit. Hélas, on le découvre, on le tire de là, et Leo comprend soudain. Mal accroché, Franz est tombé au premier soubresaut, les gardiens, éberlués, l'ont découvert étendu de tout son long dans la cour. Ils ont stoppé le camion et, bien entendu, inspecté la cargaison. Humiliés, les deux prisonniers sont séparés : on les interroge, on les garde enfermés dans une petite pièce. Mais il n'y a pas de prison aux Milles et on les relâche. Seule punition, et de taille : ils n'auront plus le droit de se rendre à Marseille, même sous bonne garde. Ils devront attendre une autorisation future qui pourrait bien ne jamais arriver. Ce n'est pas la première fois qu'on cherche à se faire la belle d'ici, mais le commandant fulmine : narguer ainsi l'autorité, et sous leur nez encore ! Il n'est pas enclin à la clémence ni à l'oubli. Il en va de sa réputation. Et pour un militaire, celle-ci, estime-t-il, représente à peu près tout ce qu'il possède.

— Mais que s'est-il passé ?

Leo interroge son ami dès qu'ils se retrouvent dans le dortoir.

— J'ai attrapé un tuyau encore chaud en me faufilant sous le camion, explique Franz, les yeux baissés. En voulant bouger, je suis tombé. Je suis désolé, Leo, vraiment.

— Cela aurait pu m'arriver aussi.

Leo tente de le réconforter, mais il sent la colère envahir chaque fibre de son être, l'empêcher de respirer, lui serrer la gorge : ils ont raté, lamentablement raté, leur évasion. Deux amateurs en balade, voilà ce qu'ils sont. Après son saut malheureux du train et sa blessure à la cheville qui se rappelle à lui quand la pluie menace, le voilà de nouveau au camp. Et il ne s'en remet pas. Compatissants, les copains le laissent tranquille : dans ce bourdonnement de ruche que représentent des milliers d'hommes, il ne s'entend plus penser et c'est une autre punition. Il donnerait cher pour retrouver le silence de la mer à Sanary et ses promenades, seul, le long du port. Il déserte le chantier presque terminé, de toute façon, il ne dessine plus, même pour vendre ses croquis. À quoi lui sert son argent, s'il ne peut aller nulle part ? Même le printemps qui explose autour d'eux n'apaise pas son angoisse. Et ces lettres d'Allemagne qui n'arrivent toujours pas… Chaque matin, Leo guette l'arrivée du courrier désormais bien plus régulier. Il a écrit, encore et encore, à Mannheim et chez sa tante où son père a dû se réfugier. Personne ne lui répond, et cette situation lui pèse, il connaît le sort réservé aux Juifs en Allemagne en cette année 41 : couvre-feu, rations alimentaires moins importantes, interdiction de posséder un vélo, une voiture, une radio. On les envoie travailler dans des usines d'armement et bientôt, paraît-il, on fermera les écoles juives, on imposera une sorte d'insigne pour mieux les reconnaître. Est-il possible de tomber aussi bas ? Le camp bruit de rumeurs, toutes plus sinistres les unes que les autres, et l'état de santé général ne fait qu'aggraver le sentiment de désarroi. La dysenterie a en effet fait son apparition, et les détenus se lèvent jusqu'à dix fois par nuit pour se soulager, enjambant les corps endormis, terrassés par un mal qui vide leurs viscères, là, dans la paille malodorante, sous les injures de quelques-uns. Pas étonnant que les tentatives de suicide se succèdent, certains réussissent et avalent les médicaments qu'ils ont apportés, un autre se pend. Découverte macabre un matin au réveil de celui qui a choisi de quitter la vie à la dérobée. Lisandro, qui a perdu une bonne dizaine de kilos, se signe devant le cadavre puis éclate en sanglots dans les bras de Leo :

— Que va-t-on devenir, Leo ? Je préférerais combattre les fascistes chez moi plutôt que de croupir ici. De défenseurs de la liberté jadis, on est devenus la lie de la Terre, tu te rends compte ?

Leo le serre contre lui, à court de mots. Le noir semble gagner chaque jour du terrain dans leurs âmes angoissées.

Chapitre 18

Ce matin-là, Leo ressent l'impérieuse envie de sentir la chaleur du soleil. C'est déjà presque l'été et l'air embaume le tilleul, le ciel sculpte les nuages en lourdes volutes et semble plus bleu encore, comme si la couleur s'obstinait à suivre le vent. Les cigales s'en donnent à cœur joie et l'on entend au loin bêler dans les pâtures. Tant de beauté si proche… Le jeune homme ferme les yeux un moment et, quand il les rouvre, il croit imaginer cette silhouette déliée, cette natte sur un dos droit, cette nuque fière. C'est elle, la fille du CAR, Marguerite aux cheveux couleur de miel, la taille élancée qui lui donne parfois l'air attendrissant d'une girafe dans la foule. Une jolie girafe, estime Leo, et ce drôle de fichu sur la tête qui la fait ressembler à l'une de ces paysannes provençales croisées sur les marchés. Elle s'affaire avec des caisses de médicaments et coche des listes. Les hommes la dévisagent avec insistance et convoitise et Leo déteste ces regards lourds et sales. Il se sent déjà protecteur envers elle ! Après tout, ils se sont déjà parlé longuement.

— Bonjour, dit-il en français, vous vous souvenez de moi ?

La jeune femme le scrute pendant un moment qui lui semble trop long. A-t-il tant changé ?

— Je m'appelle Leo Stein. Nous nous sommes rencontrés à Marseille.

— Mais oui, évidemment, répond-elle dans un allemand parfait. Je suis désolée, il y a tant de monde et il fait si chaud.

Elle sort un mouchoir brodé et, à la vue de ce morceau de tissu immaculé et si finement orné, les yeux de Leo s'humidifient. Dans cet enfer où il vit, celui-ci symbolise la beauté, la pureté, la civilisation, tout ce qui leur fait si cruellement défaut.

Margot fait gracieusement mine de ne pas s'en apercevoir et désigne les caisses.

— Vous me donnez un coup de main ?

Leo et elle travaillent côte à côte, il s'agit de trier les médicaments fournis par les pharmacies de la région, un véritable trésor qu'ils apportent à l'infirmerie qui ne possède rien, pas même de l'aspirine. Leo contemple son visage, le rebondi de la pommette, ce front large, sa peau de nacre et ces fossettes qu'il aimerait dessiner. Une grâce indescriptible semble l'entourer comme un parfum. Il aimerait s'approcher davantage, mais il doit sentir fort, comme tous ici. Et puis cette fille, qui manie l'allemand aussi bien que le français, l'intrigue et l'impressionne. Il se sent étranger, misérable, diminué, impuissant à enclencher la conversation. C'est elle qui, volubile, parle de son travail, de Marseille, et lui demande des nouvelles de son dossier.

— Je n'ai guère progressé, avoue-t-il. Je comptais revenir vers vous, remplir des formulaires, mais on nous bloque ici, désormais.

Leo passe sous silence sa tentative d'évasion ridicule, il lui reste un peu d'amour-propre.

— Et Cuba ? demande-t-elle. En ce moment, les autorités se révèlent moins exigeantes, question papiers.

— Je signe tout de suite, dit-il. Banco pour le prochain passage.

Margot sourit : émigrer prendra davantage de temps, mais à sa prochaine visite elle accepte de lui apporter les formulaires adéquats. Sa joie de vivre éclate, lumineuse comme un clair de lune, et ces yeux de félin semblent curieux de tout. Leo la remercie et cherche à la faire parler encore. Une voix de femme, dans l'univers où il baigne, représente un trésor à savourer, un fleuve dans lequel s'immerger. Cette voix lui insuffle un courage et un élan nouveaux.

— Pourquoi parlez-vous si bien allemand ? ose-t-il.

— Et vous si bien français ? répond-elle.

Ce rire encore, frais comme un pichet d'eau en terrasse.

— C'est tout simple, mes parents viennent de Budapest, en Hongrie, et je suis née à Marseille. Un pur produit du Panier et de la bouillabaisse. J'aime tout de ma ville, le soleil trop ardent, les terrasses bondées, marcher à l'ombre, les odeurs de poisson.

Leo ne comprend rien mais se laisse bercer par le ton.

— Mon père enseigne l'anglais au lycée Victor-Hugo, ma mère reste à la maison. Voilà, vous savez tout.

— Loin de là. Et comment se retrouve-t-on dans le midi de la France quand on vient de Budapest ?

— Après l'arrivée au pouvoir de Horthy, mes parents ont choisi d'émigrer. Par sécurité. Mon père, déjà professeur, était menacé par le *numerus clausus*.

— Mais pourquoi ?

— Eh bien, nous sommes juifs, voyons ! Comme tout le monde au CAR.

Leo la regarde, étonné. Il n'aurait jamais cru que cette fille-là soit juive. Il savait bien entendu que la *communauté israélite*, comme on disait, était nombreuse en France, son père lui avait parlé de l'affaire Dreyfus, de Léon Blum, de Marcel Proust. Par la suite, il avait découvert Chagall, Soutine ou Modigliani, tous étrangers, qui avaient fait le renom de la France, mais il n'avait jamais rencontré de Française juive.

— Et vous êtes croyante ?

— Disons que je fréquente la synagogue de Breteuil pour les grandes fêtes. Et j'y ai effectué ma confirmation[1] dans une robe blanche, comme une mariée. Mais croyante ? Je ne sais pas, surtout en ce moment...

Margot laisse planer un silence et ne dévoile rien de la situation actuelle. Elle sait l'inquiétude des hommes parqués là. Le deuxième statut des Juifs vient d'être promulgué en France, Marseille reste submergée par le flux de réfugiés, plus de quinze mille personnes, souvent à la rue, et à Paris des milliers de Juifs ont été parqués dans un gymnase, puis envoyés à Pithiviers et à Beaune-la-Rolande[2]. Dans quel but ? Nul ne le sait.

Même ici, en zone libre, elle avait dû se déclarer avec sa famille comme Juive, et le *numerus clausus* avait été institué à l'université. Pour elle qui souhaitait

---

1. Cérémonie religieuse pour les filles.

2. Rafle dite du billet vert, le 14 mai 1941, à Paris, au cours de laquelle 3 700 Juifs ont été arrêtés.

poursuivre des études de lettres, c'était la catastrophe. Et que dire de son père écarté du lycée ? Aron Keller a dû se résoudre à rester à la maison. Vingt ans d'enseignement liquidés en un petit après-midi ! Depuis, il se traîne, de la cuisine au salon, désœuvré. Et les nouvelles venant de Hongrie les inquiètent, les Juifs y sont expulsés, envoyés sur le front de l'Est, livrés à la vindicte populaire. Chez elle comme au travail, Margot a appris à se montrer légère, à rester positive. Avec les femmes dont elle s'occupe, elle se concentre sur les enfants, leurs besoins, leurs jeux. Tout pour oublier l'incertitude des jours.

Cet homme en face d'elle l'intrigue : son allure, ses yeux qui changent de couleur au gré de la lumière, parfois gris, souvent couleur d'eau, ses belles mains malgré la crasse sous les ongles. Quel est son parcours ? Elle ressent un trouble inhabituel, de drôles de papillons dans le ventre. À Marseille, elle a l'habitude d'être regardée, sifflée, abordée même par les plus entreprenants. Mais elle s'est toujours moquée de ses prétendants. Des flirts, il y en avait eu forcément, mais elle les avait tenus à distance. Personne n'avait pu pénétrer son cœur. D'où venait son émoi présent ? Elle ne croyait pas au coup de foudre, ce cliché pour adolescentes naïves, tout ce qu'elle n'est pas. Mais quelque chose en cet homme lui donne envie d'en savoir plus. Elle en est persuadée, depuis que sa mère le lui a dit un jour, on peut savoir au premier regard si une personne aura une influence sur sa vie. Et ce Leo Stein, tout déguenillé qu'il est, semble avoir accroché son âme d'une manière inconnue jusque-là. À lui, elle raconte Marseille, le sifflement du tramway qui la réveille tous les matins, le mistral qui rend fou et glace les sangs, l'éclat dur des étoiles du haut de Notre-Dame-de-la-Garde, la Bonne Mère des Marseillais, les aubergines joufflues au marché du Prado, la ville entière qui hésite puis embrasse la mer.

— Vous m'y emmènerez un de ces jours ?

Ils demeurent silencieux côte à côte, avec l'envie de prolonger l'instant, mais il faut déjà partir, les gardiens s'impatientent. Elle reviendra dès que possible et, en attendant, elle lui conseille de préparer son dossier, d'écrire. Même à Cuba, sous le régime de Batista qui élabore une Constitution et penche vers des droits civiques, il doit justifier son départ, obtenir une attestation de bonne conduite en France, décliner son orientation politique. Une volée de papiers, encore et toujours, ces papiers qui créent ou nient le droit à l'existence, finalement.

Leo voudrait cesser de la fixer, mais il n'y arrive pas. Et s'il la voyait pour la dernière fois ? Bénévole, elle pourrait arrêter de travailler, trouver un autre poste, rester dans les bureaux, ne plus vouloir se confronter à la promiscuité, la saleté, aux regards perçants des détenus. Dans un monde appauvri, elle représente une bouffée d'oxygène, l'espoir d'une aide, d'un soutien et d'une conversation loin, très loin de la guerre et de ses difficultés.

Margot a dû sentir son désarroi : elle pose une main fraîche sur son bras. Autour d'eux, les hommes qui les dévisagent laissent échapper des bruits obscènes. Leo se fige, voudrait saisir cette main, mais comment se comporter ainsi, face à un tel public ?

— Je vous attendrai. Je ne pense pas déménager, hélas, dans un futur proche.

Margot sourit faiblement et, d'un geste délié, se hisse dans le camion, sa jupe lui battant les jambes. Un bras s'agite, la voilà qui disparaît.

— Tu viens écouter la conférence ?

Ce soir, pas de théâtre aux Milles, mais deux professeurs lancés dans une exégèse du roman autobiographique de Goethe *Les Souffrances du jeune Werther*. La semaine dernière, il s'agissait d'une œuvre de Zweig, *Le Voyage dans le passé*, qui a remporté un franc succès. On a applaudi longtemps, les hommes tous debout, battant de la semelle, enthousiastes.

Leo décline l'invitation de Franz. Il voudrait écrire une lettre, encore une, au consulat de Cuba. Toutes ses missives sont restées sans réponse et il s'inquiète. Il n'a pas revu Margot depuis trois semaines et son énergie, le courage lui manquent. Pourquoi personne ne lui répond ? Il frappe à toutes les portes, envoie du courrier toutes les semaines, mais ils sont si nombreux à s'agiter ainsi, autour de lui… Ils ont parfois l'impression de gravir l'Everest, les entrailles couvertes de givre. Les visas se périment, et c'est eux qui se sentent mis au rancart, d'être caducs, rayés de la population des vivants. On dit qu'une centaine d'internés seulement ont pu embarquer sur l'un des bateaux affrétés par la HICEM à Marseille. Le Portugal réduit puis ferme ses consulats. La route vers la Martinique semble compromise elle aussi. Existe-t-il une voie qui n'est pas interdite aux damnés de la Terre, coupables sans avoir été condamnés ?

Alors, Werther et son désespoir amoureux dans une société corsetée, franchement, qui s'en soucie encore ? Leo respecte le besoin d'apprendre, de se distraire des autres, mais il doit travailler, encore et encore, peaufiner ses demandes, et dessiner un visage, des dents éblouissantes, un regard qui l'aimante.

Il l'attend.

Et miracle, un jour, elle revient. Toujours aussi vive, aussi charmante.

— Je suis désolée, lance-t-elle, essoufflée, dès qu'elle l'aperçoit. J'ai été retenue à Marseille, les enfants ont besoin de moi. Et toute cette misère…

Leo revoit la scène, elle au milieu de ces gosses.

— On a organisé des cours en allemand, en français, en hongrois. Et puis, j'ai emmené les plus grands à la plage des Catalans. Quelle journée !

— Vous avez l'air de vraiment les aimer, ces enfants.

— Oui, je suis fille unique. Ma mère a perdu trois bébés avant moi. J'aurais aimé grandir avec un petit frère, une sœur. À la place, j'ai eu un teckel, Simy, pas vraiment pareil…

— C'est drôle, répond Leo. Moi aussi j'aurais voulu me bagarrer avec un frère… J'aime bien les petits.

Ils se regardent, amusés. Un point commun à chérir, à faire fructifier, à découvrir ensemble.

— Quand vous serez libéré, peut-être pourrez-vous m'aider ? Que savez-vous faire, Leo Stein, de la couture, de la popote ?

— Je vais vous montrer.

Ensemble, ils traversent la cour. Le spectacle devant elle, des prisonniers en tenue de plus en plus légère car la chaleur ronge les chairs, laisse la jeune fille imperturbable. Certains ont noué leur chemise en turban pour se protéger d'un soleil implacable, ce qui les fait ressembler à des Turcs, d'autres ont découpé leur pantalon pour s'en faire des shorts. Les chapeaux, quand il y en a, sont de feutre, ou de laine, ce qui donne à l'assemblée une étrange dégaine. Leo voudrait s'excuser de cette crasse, de ces mollets nus et maigres, de ces dos courbés, mais elle avance, droite, sans se laisser impressionner.

Le jeune homme ouvre une porte et les voilà enfin seuls. Il leur faut s'habituer à la pénombre soudaine.

— Mais c'est prodigieux ! Où sommes-nous, au musée ?

Huit peintures murales, dont le célèbre festin des peuples du monde, s'offrent à leurs yeux.

— Voilà à quoi plusieurs d'entre nous s'occupent.

Margot le fixe, incrédule, puis contemple le tableau devant elle. Il y a un Noir, un Asiatique, et tiens, là, un Américain !

— Vous êtes peintre ? Mais c'est merveilleux ! Sur quel personnage avez-vous travaillé ?

— Mon vrai métier est celui de dessinateur de presse. Mais à mon arrivée en France, j'ai dessiné des cartes de vœux, des logos d'entreprise, des manuels scolaires pour gagner de l'argent. Vous voyez, cet Hindou, là, avec le turban et la boucle d'oreille ? C'est lui, mon sujet, et d'autres encore.

— Incroyable, de tomber sur de telles œuvres ici ! Comment les avez-vous conçues ?

— Eh bien, on a travaillé directement sur le ciment, à la colle, avec des couleurs de la région.

— Même pour le bleu ?

— Mais alors, vous vous y connaissez ?

— J'ai accompagné mon père dans les calanques des dimanches entiers à lui porter son chevalet. Forcément, ça marque. Et puis, au lycée, j'ai un peu travaillé sur Van Gogh et ses iris. Après tout, c'est un voisin !

— Vous avez entendu parler du bleu Guimet ?

— Du nom de la lessive ?

— Oui, répond Leo, celui-là. Nous l'avons détourné pour créer ce bleu, ici et là. C'est un chantier à six qui nous a bien occupés.

— J'aime cette fête, cette fraternité… Croyez-vous que nous y arriverons un jour ? Ces ordures de nazis…

— Oui, et je reste les bras ballants, opine Leo tristement, alors que je pourrais me battre. En Afrique, à Londres, ou ailleurs.

— Moi, j'aimerais partir au Liban ou en Syrie. Savez-vous que les gaullistes ont chassé les vichystes il y a deux semaines ?

Leo ne savait pas, les nouvelles du monde arrivent au camp avec retard.

Margot sent son désarroi et change de conversation.

— Montrez-m'en davantage !

— Eh bien, vous avez faim ? Je vous offre du jambon, des ananas, des saucisses géantes !

Margot découvre les fresques et rit devant une meule de gruyère et un navet extraordinaire. La situation alimentaire est tendue, à Marseille, et tout manque. Au CAR, elle cherche à améliorer l'ordinaire des familles car cuisiner dans les hôtels reste très difficile. Alors elle apporte des œufs durs, des fruits, des sardines pour varier les menus, des denrées payées souvent de sa poche, les fonds et les bienfaiteurs se faisant rares. Beaucoup ont fui le pays dès le début de la guerre.

Ils passent devant le portrait officiel de Pétain accroché au mur et Margot, dans un geste enfantin, qui ravit Leo, tire aussitôt une langue rosée.

— Ah, vous l'appréciez autant que moi !

— Je n'ai pas supporté sa venue à Marseille, l'an dernier, la foule en délire, les bébés qu'on lui tendait ! Ce type nous a précipités dans une paix honteuse. Depuis, il collabore, et avec joie encore !

Margot écoute les nouvelles de Londres sur sa TSF en rêvant à l'avenir. Pour l'instant, elle soulage le sort de tous ces émigrés candidats au départ. Pas question pour elle de rester bras croisés face à l'ignominie de ce qui se passe ! Des femmes et des enfants parqués dans des conditions misérables, des hommes enfermés derrière des barbelés. Comment est-ce possible en France ? Et qu'on ne lui parle pas des Allemands. Ici, en zone libre, il n'y a que des Français et des étrangers pauvres à leur merci.

Les jeunes gens s'arrêtent devant l'inscription qui court sur la fresque au mur et les fait sourire : *Si vos assiettes ne sont pas très garnies, puissent nos dessins vous calmer l'appétit.*

— Voilà toute notre philosophie, s'amuse Leo.

— Moi, ça m'ouvre l'appétit, répond Margot. D'ailleurs, je vous ai apporté deux boîtes de sardines.

— Merci.

Le jeune homme se rapproche, mû par le besoin de témoigner sa reconnaissance et par autre chose qu'il ne saurait définir, quelque chose d'infiniment précieux. Il pose une main sur l'épaule de Margot et la sent frémir. Au moment où il s'apprête à la faire pivoter, deux gardiens, furieux, font irruption.

— Vous n'avez pas le droit de vous trouver ici, c'est interdit, vous comprenez ? Interdit.

— C'est moi qui ai demandé à voir ces peintures, intervient Margot d'une voix hautaine.

— Alors, c'est bon, répond le gardien, radouci.

La jeune femme n'a pas l'air de lui être indifférente.

L'instant d'intimité est perdu, et ils sortent tous les deux dans la cour, admirant l'azur pommelé et tendre, les nuages comme des sillons d'écume dans le ciel d'été.

— Si on pouvait les suivre, où nous conduiraient-ils ?

— Loin, très loin d'ici, énonce Margot. Vers la liberté… Je vous ai apporté quelque chose qui devrait vous plaire davantage que des conserves. Un papier officiel !

Leo ressent une décharge électrique dans la nuque. Enfin du nouveau !

Margot sort de son sac une enveloppe et Leo l'ouvre d'un geste pressé. C'est une lettre du vice-consul cubain, Manuel Secades, donnant un avis positif au voyage.

— Je pars pour Cuba ? s'exclame le jeune homme, stupéfait.

— Vous possédez une lettre, c'est déjà formidable. Mais il vous faut encore obtenir l'autorisation de quitter les Milles et la France et puis, bien sûr, le visa cubain. Je vous aiderai.

— Pourquoi faire tout ça pour moi ? lance Leo, en proie à une grande émotion.

— Disons qu'il faut nous entraider, et puis, à Cuba, peut-être auront-ils besoin d'un bon dessinateur. Au pire, vous peindrez des maisons !

— Le travail ne m'effraie pas. Je ne connais rien sur Cuba. Et vous ?

— Eh bien, l'île est dirigée aujourd'hui par un homme fort, Batista, plutôt antifasciste.

Margot se rembrunit.

— Vous avez entendu parler du *Saint Louis* ?

— Et comment ! opine Leo.

Au camp, à un moment, on ne discutait que de ce paquebot allemand qui transportait quelque mille réfugiés juifs vers Cuba. Mais le gouvernement cubain avait refusé de les laisser débarquer sans visas. Les pauvres hères avaient dû rebrousser chemin et, terrible ironie du sort, étaient revenus à Hambourg, jetés ainsi directement dans la gueule du loup bien qu'opposants politiques ! Et c'est ainsi que certains avaient fini aux Milles, raflés d'Allemagne ou réfugiés sur la Côte d'Azur, comme ceux de Sanary.

— Ils n'ont pas eu de chance, ajoute Leo. J'en aurai davantage. Comptez sur moi !

Chapitre 19

Ce soir-là, pour la première fois, Leo s'endort le sourire aux lèvres, son secret sur son cœur. Il n'a rien dit à personne, ni à Lisandro ni à Franz, occupés à leurs propres rêves. Si ce dernier visait le Mexique, ce qui semblait en bonne voie, le premier veut rejoindre l'URSS, mais les événements récents lui ont ôté le peu d'espoir qui lui restait le 22 juin 41. L'Allemagne avait en effet envahi l'URSS, rendant tout exil impossible. On raconte que les SS construisaient des ghettos, comme au Moyen Âge, se lançant même dans des opérations d'extermination de masse contre les populations juives. Mais au camp, on raconte tant de choses ! Lisandro doit tout recommencer et il écumait, cherchant la bagarre avec d'autres détenus, trichant aux cartes, volant parfois quand il n'avait plus de quoi participer aux parties : toutes ces démarches pour rien, l'air fermé des employés en uniforme et l'obligation encore et encore de se justifier pour tout…

Demain, Leo évoquera Cuba, après tout, Lisandro parlait déjà la langue. Et peut-être Margot arrivera-t-elle à aider aussi son ami… Leo rêve de langoustes lui chatouillant les pieds. Ce n'est qu'au réveil qu'il découvre son voisin, de l'autre côté de Lisandro, endormi sur ses chevilles, comme un chat ! Il s'efforce de ne pas le réveiller et rejoint les autres, l'air mystérieux. Le café l'attend. Enfin, ce qui en tient lieu ici, mais il s'en contentera !

Pendant ce temps, en rentrant rue des Flots-Bleus, dans le 7e arrondissement de la ville, Margot a dû passer à l'hôtel Bompard apporter des cahiers aux gosses. Dix-sept enfants l'ont fêtée, comme si elle leur donnait un vrai trésor ! Elle aimerait tant pouvoir davantage agir pour eux. Une mère, Jana, et un tout petit, Tomas, de Cracovie, lui serrent particulièrement le cœur. Ils n'ont aucune nouvelle du papa, disparu dans les geôles polonaises, et sont arrivés à Marseille avec leurs seuls vêtements sur le dos, et une adresse, celle du CAR. Margot offre son soutien, rédige à la place de Jana, qui rêve d'Amérique, des lettres émouvantes. Mais l'Amérique, Margot le sait bien, la méprise, elle et tous les pauvres êtres en haillons, sans le sou. Isolationnistes, les États-Unis d'aujourd'hui s'éloignent de la statue de la Liberté et des vagues d'immigration qu'elle a abritées. Mais comment expliquer ça à des désespérées ?

Margot a pris soin d'amener des navettes, ces biscuits en forme de barques au bon goût de fleur d'oranger. On raconte qu'ils symbolisent une barque, prête à protéger les marins. La jeune fille y voit surtout une forme féminine intime, un symbole de fécondité et de maturité qu'elle aime offrir à ces mères en difficulté. Elle connaît chaque histoire douloureuse, chaque prénom d'enfant, même des plus petits. Le joli paquet de pâtisseries, orné d'un bolduc, facilite les échanges et apporte de la douceur dans ce monde si sombre.

Une femme corpulente la prend à part et veut lui montrer quelque chose. Dans la chambre où les mères dorment à quatre dans un lit, tête-bêche, et les enfants par terre sur une couverture, celle-ci remonte sa jupe. Margot ne peut réfréner un hoquet de surprise. La jambe est gonflée, rouge, et sent terriblement mauvais. Une infection, la gangrène ? Il lui faut l'hôpital, et vite. Mais la femme, une Polonaise elle aussi, cache son visage dans la couverture. Elle refuse les soins par peur d'être séparée de ses enfants, envoyée seule au camp de Gurs, ou ailleurs. Il faut du temps, une interprète en la personne de Jana, et pas mal de coups de fil pour obtenir une place à l'hôpital de l'Immaculée Conception[1] qui ferme les yeux sur les origines des malades. Là-bas, on répare les thermomètres cassés avec du sparadrap et l'on doit apporter ses propres draps. Encore ces restrictions qui, décidément, frappent partout !

Vaincue par la douleur, la malade a fini par accepter et une voiture l'a emmenée boulevard Baille, où se trouve l'hôpital.

Il est tard quand Margot, épuisée, rentre chez elle. Comme à son habitude, sa mère lui a préparé un tilleul chaud et odorant, agrémenté de miel de lavande. Ce qu'elle préfère de son enfance, avec les dimanches passés au bord de la mer, à regarder son père peindre.

---

1. Plus tard, lors des grandes rafles de 1943, des médecins et des membres du personnel de cet hôpital sauvèrent des enfants juifs.

Celui-ci lui a permis de développer son œil, de se former à Cézanne, à Van Gogh, mais aussi aux artistes marseillais comme Jean-Baptiste Brunel ou Raymond Allègre qui peignaient avec *les couleurs du soleil*. Elle repense aux fresques des Milles et à leur sensualité au cœur même des ténèbres. Elle aimerait emmener son père là-bas pour lui faire découvrir ce travail. Peut-être que l'énergie créatrice déployée par Leo et ses camarades l'inciterait à revenir à ses pinceaux. Aron Keller semble ailleurs, se couche vers cinq heures du matin, se lève pour le déjeuner, ne porte plus ni guêtres ni chapeau dehors, comme absent à lui-même. La Hongrie avait déclaré la guerre à l'URSS le 27 juin, mais que peut-elle face à la machine de guerre ennemie ? Et quand donc l'Amérique entrera-t-elle aussi en action ?

— Alors, tu as passé une bonne journée ?

Dora Keller apporte une tasse brûlante. Margot esquisse un sourire fatigué. Sa mère l'accueille avec ces mêmes mots depuis ses six ans et la considère encore comme une écolière ! Elle ignore les difficultés auxquelles sa fille est confrontée au quotidien et vit pour son mari, son intérieur, comme si la guerre n'avait pas lieu, à Marseille, à Paris, ou à Budapest. Elle représente à peu près tout ce que Margot ne veut pas devenir, ce qui n'empêche en rien l'amour. Sa mère sait la réconforter, lui donner confiance et se couperait en quatre pour sa seule enfant. Quand Margot a dû abandonner la danse, le drame de ses jeunes années, Dora avait tout mis en œuvre pour adoucir sa peine. Margot voulait en effet danser depuis ses trois ans. Elle avait intégré le cours d'une ballerine russe, boulevard de Paris, où les rejetons des meilleures familles de la ville apprenaient pliés et pas chassés. Contrairement aux autres, Marguerite était douée, très douée même, ses arabesques, selon Mademoiselle Irina, étaient incomparables. Peut-être un jour l'Opéra de Paris lui ouvrirait-il ses portes. Margot s'imaginait déjà petit rat à la capitale, et la tête lui tournait. Mais à partir de dix ans, elle avait commencé à grandir… pour ne pas s'arrêter ou presque. Un mètre soixante-dix à quatorze ans, qui aurait pu imaginer une telle infortune ? Impossible de monter sur scène en dépassant les autres, surtout quand on est dotée en plus d'une poitrine certes ferme et haute, mais surtout généreuse et encombrante. Margot avait dû ravaler ses rêves de ballet et ne dansait plus que pour elle, incapable d'assister à l'envol d'autres ballerines. Sa mère, elle, avait compris cette blessure profonde et surveillait sa fille, l'étouffant presque sous les attentions. Et puis la guerre était arrivée et on avait oublié la danse : qui avait encore le goût aux sauts de l'ange quand la France se voyait livrée à l'ennemi en quelques semaines ?

Margot se blottit contre sa mère, et celle-ci lui caresse avec délicatesse l'arc du sourcil : un geste de réconfort qui n'appartient qu'à elles deux et remonte aux nuits de l'enfance.

— Quand donc te concentreras-tu sur tes études ?

— Maman, soupire Margot, on en a déjà parlé. L'université m'attendra. Et puis je te rappelle que les étudiants juifs ne sont plus les bienvenus.

Après la danse, Margot avait envisagé les lettres avec la littérature anglaise en tête, mais pas question d'enseigner année après année, comme son père.

Elle avait envie d'ailleurs, besoin d'aider les autres. Pourquoi pas médecin ? Elle trouvera sa voie, quand la guerre sera terminée. Elle ressent la nécessité d'évoquer ce garçon si grand aux yeux mordorés, mais elle n'ose pas. Il reste dans ses pensées.

Chapitre 20

Après la lettre du vice-consul, Leo a reçu un autre courrier. On lui demande comment il compte gagner sa vie à Cuba. Leo se rêve en architecte ou en conducteur de bus. Peu lui importe ! D'abord sortir, ensuite il avisera. Qui sait ce que la guerre promet encore aux hommes ? Cuba restera-t-elle neutre ou penchera-t-elle vers les Alliés ? Leo cherche à se renseigner et loue le journal : un exemplaire passe ainsi parfois par plus de cinquante mains différentes et arrive jusqu'à lui maculé de poussière et de saleté. Mais les nouvelles sont bonnes. Hitler rencontre de grandes difficultés, l'Amérique devrait elle aussi se jeter dans la bataille. L'espoir change de camp et les détenus en discutent sans fin. Leo, lui, se fait discret de peur que son projet ne s'évanouisse telle une chimère. Et si la solidarité est réelle, comme le fonds d'assistance pour les plus pauvres en témoigne, l'envie, la jalousie, l'aigreur s'invitent également, et c'est humain.

Ceux qui arrivent à partir, une poignée d'hommes, sont applaudis, escortés jusqu'à l'entrée, parfois portés en triomphe par leurs amis, mais les commentaires, pas toujours bienveillants, vont bon train aussi.

— Pourquoi pas moi ? se lamente un vieillard qui rêve de rejoindre sa fille au Brésil.

— Bientôt, ce sera mon tour, espère un homme comme Oskar.

— Je n'y arriverai jamais, soupire un type entre deux âges, célèbre pour ses deux évasions ratées.

Il avait scié les barbelés, essayé comme Leo d'atteindre un camion et finalement entrepris de creuser un tunnel mais, chaque fois, les gardiens l'ont rattrapé et mis au trou. Un trou qu'il a fallu construire juste pour lui !

Le rendez-vous avec l'officier de camp chargé de délivrer les visas de sortie est fixé. Leo ressent une pointe d'appréhension, il n'aime guère la morgue et la condescendance des uns, l'air indifférent des autres. Mais il n'a pas le choix. Alors il attend en peaufinant ses arguments, en dessinant aussi pour lui et pour les autres. Il vend quelques œuvres. Celles qui se moquent des soldats allemands défilant au pas de l'oie remportent un franc succès, tout comme Marianne refusant d'embrasser Pétain. Il croque un professeur occupé à un bureau de fortune composé de briques, un homme mûr en plein épouillage, un autre en corvée de pluches. Quand les garçons du village viennent jouer au football le dimanche avec les internés, il les dessine aussi et ceux-ci rapportent les esquisses chez eux, fiers comme tout.

Chapitre 21

— Leo, Leo, ça y est !

Le jeune homme l'a tellement imaginée derrière ses paupières, et la voilà, si fraîche, si dispose.

— Vous avez dû vous appliquer dans votre dossier, chuchote-t-elle d'un ton joyeux. Le consulat de Cuba nous a envoyé une lettre. Visa accepté !

Leo brûle d'envie de l'entraîner dans une danse exubérante mais on les regarde, les espionne, les envie. Ils s'éloignent vers les latrines où des essaims de mouches forment un nuage gris. Ici, au moins, ils bénéficient d'un minimum de tranquillité.

— J'ai le visa ? Vraiment ? Décidément, vous êtes un ange gardien !

Margot rit et ce rire contient toute sa joie juvénile, sa fierté aussi.

— Mais je n'y suis pour rien ! Regardez, c'est signé du vice-consul, un certain Manuel Secades. Tout paraît en règle.

Leo contemple la lettre, ses doigts tremblent d'une excitation intérieure. À Cuba, il respirera plus large, il pourra choisir son destin. Rejoindre la guerre et se battre avec les troupes britanniques présentes dans la région, rendre coup pour coup.

— Les bateaux partent quand ?

Margot le dévisage, de la tendresse dans les yeux.

— Vous n'avez plus qu'à passer votre entretien pour le visa de sortie. Combien possédez-vous ?

— Cinq cents dollars en tout, dit-il, soudain anxieux. Ça suffira ?

— Eh bien, nous compléterons. Le prix du billet est établi à huit cents en ce moment, mais il varie tous les jours.

Les deux jeunes gens fixent les champs plus loin habillés de silence. Leo sent monter en lui des envies saugrenues de pique-nique, de roulades dans l'herbe écrasée de soleil, avec Margot. Comme si la guerre n'était qu'un vilain rêve et que le temps leur était offert. Elle se retourne vers lui, moqueuse.

— Vous avez tellement hâte de me quitter, c'est ça ?

Leo ne réfléchit pas et répond d'une traite :

— Venez avec moi, Marguerite. Là-bas, une nouvelle chance nous attend.

Margot le regarde, interloquée. Elle n'a jamais envisagé une telle réponse ! Partir avec lui !

Elle lui sourit. Un sourire, lui semble-t-il, empreint d'un voile de tristesse.

— Mais ma vie se trouve ici, Leo…

À ce moment, Oskar arrive à grandes enjambées.

— C'est Lisandro, tu dois venir. Vite.

Leo suit Oskar qui court en direction du bâtiment. Comme d'habitude, le noir cueille Leo après le grand bleu du ciel. Il monte l'escalier et aperçoit un groupe de cinq ou six dans le dortoir. Face à eux, Lisandro est comme recouvert d'une sorte de peinture foncée. Dans sa main, il tient un rasoir et le brandit dès que quelqu'un s'approche. Leo peine à comprendre : la peinture qui dégouline du visage de son copain, c'est du sang ! Celui-ci s'est tailladé le front, les tempes, les joues, et dissuade quiconque de faire un pas, en poussant de grands cris.

— Lisandro ! Je suis là, ami. Pose ça, veux-tu !

Leo s'avance en tendant la main. Le jeune Espagnol a un geste menaçant avec son arme de fortune.

— C'est moi. Tu ne vas pas faire ça ! Parle-moi. Que se passe-t-il ?

Les yeux du garçon injectés eux aussi de sang peinent à se concentrer sur Leo. On le dirait drogué ou soûl. D'un mouvement souple, presque aérien, Lisandro se donne un autre coup, près de la pommette. Le sang surgit, d'un rouge vif. Et il dirige maintenant l'arme contre sa gorge.

— Arrête, mais arrête donc ! J'ai trouvé une solution. On va partir à Cuba. Cuba, Lisandro ! Pose ce rasoir, enfin !

Mais le jeune homme ne paraît pas l'entendre.

Sans quitter Leo des yeux, il approche le rasoir de sa glotte et commence à peser sur la lame, entaillant sa gorge. Le public lâche un « Oh » d'horreur et d'excitation malsaine mêlées. Leo se lance en avant mais on le bouscule : Margot se précipite et, d'un réflexe de la main, fait tomber le rasoir ensanglanté sur la paille. Elle enlace Lisandro, malgré le sang, malgré les sanglots de celui-ci, et lui murmure des mots de consolation.

L'attroupement se disperse. Le spectacle choquant est terminé. Ils restent ainsi dans la pénombre, Oskar, Leo, Lisandro, et Margot. Celle-ci cherche un morceau de linge pas trop sale pour nettoyer les plaies.

— Je vais l'emmener à l'infirmerie, décide la jeune fille.

— Non, pas l'infirmerie, gémit Lisandro.

— Ils le mettront à l'isolement, explique Leo. On va s'occuper de lui, c'est mieux ainsi.

Margot nettoie le plus gros, puis sort avec Leo. Ses bras sont tachés et dans le camion elle prend un mouchoir. Comme l'eau vaut de l'or, ici, elle l'humecte avec sa propre salive. Un geste enfantin que Leo trouve irrésistible.

— Eh bien, dis donc ! Là-haut, on aurait dit une vraie guerrière ! Où avez-vous appris ça ?

— Dans mon métier, je dois souvent improviser. Comme cet après-midi.

Leo a eu si peur pour son ami : voulait-il vraiment en finir, ou lançait-il un cri d'alerte ? Leo sent la colère familière l'envahir et ses mâchoires se serrent dans une douleur lancinante. Voilà ce qui arrive quand un garçon comme Lisandro, même pas vingt ans, est poussé à bout ! La guerre ne tue pas seulement les hommes, elle massacre aussi les rêves, les espoirs de toute une génération. Comme d'autres, l'Espagnol n'en peut plus, de cette captivité sans fin, de cette oisiveté forcée… Il s'en prend à tout, y compris et surtout à lui-même.

— Vous croyez qu'il a une chance, pour Cuba ?

— Aidez-le de votre côté et j'apporterai son dossier au consulat de Cuba moi-même.

— Que ferait-on, sans vous ?

— Oh, vous avez l'air de très bien vous débrouiller, Leo.

Ils reviennent à un badinage léger et cela convient à Leo. Aujourd'hui, il a envie de chanter, de rire, malgré la scène éprouvante de l'après-midi. Incapable de la laisser, il accompagne la jeune fille dans ses obligations. Elle a apporté des caisses de livres et des outils pour l'atelier de reliure.

— Je dispose même de dictionnaires grâce à un libraire qui liquidait son stock.

— Vous allez en faire, des heureux ! répond Leo. Et vous lisez beaucoup ?

— En théorie, oui. Mais quand j'arrive au lit, je m'endors *illico* ! Et si j'ai une heure de liberté, direction la mer pour nager jusqu'à l'épuisement.

— J'aimerais vous accompagner.

— Mais à Cuba, le taquine-t-elle, il y a aussi la mer, vous savez. Et chaude, paraît-il !

Leo imagine des jambes, des bras nus, des peaux humides. À la bibliothèque, en rangeant les livres, leurs mains se frôlent, se trouvent, ne se lâchent plus. L'instant est précieux car un détenu peut arriver à n'importe quel moment. Le désir naît, embrase leur peau. Leo trace de ses doigts des arabesques sur la main de la jeune femme qui semble s'abandonner, yeux clos, lèvres ouvertes. Chaque minute est comptée et les tempes du jeune homme battent : il prend le beau visage de Margot dans sa paume et l'embrasse doucement. Il se noie dans un océan de velours, respire une odeur de menthe, mais des pas dans un recoin se font entendre. Ils ne sont plus seuls.

— Dis, l'infirmière, les livres, c'est bien, mais la bouffe, c'est mieux. Tu peux pas rapporter du fromage au lieu de bouquins ?

Le type qui leur fait face, figure plate, dents en moins, sourit. Au camp, la dénutrition est telle que les hommes perdent leurs dents une à une.

— Je ne suis pas infirmière, ni cantinière, mais je vais essayer, promis, répond Margot, le visage encore rouge.

— Et du lait ? J'ai du mal à croquer, ma jolie.

— Et du lait, promet-elle.

Elle a vu l'amaigrissement progressif de certains et sait la faim, les portions qui rapetissent. À Gurs, où les œuvres de bienfaisance travaillent aussi, la situation est encore pire : une tranche de pain et un pauvre godet de soupe claire de topinambours. Les femmes font la queue devant l'infirmerie, affaiblies par les privations ou malades.

Ensuite, il leur faut se séparer.

— Je reviens très vite, ne m'oubliez pas, plaisante Margot.

Leo sourit : comment l'oublier ? Il vient juste de la rencontrer et tout son être en vibre d'émotion. Comment s'aperçoit-on que l'on est tombé amoureux ? Par une contraction de son âme, découvre-t-il, le sentiment que sa vie entière vient de basculer, une vague qui le submerge.

— Je vais essayer, s'amuse-t-il, mais la concurrence est très rude, ici. Je ne vous promets rien, mademoiselle…

Le soir, au dîner, il n'arrive pas à oublier cette bouche tendre mêlée à la sienne.

À l'hôtel Bompard où les étrangères végètent dans une promiscuité et une crasse affreuses, la situation s'est tendue. Margot pénètre dans le hall quand monsieur Legrand l'apostrophe :

— Vous êtes en retard pour le paiement, mademoiselle Keller. Ça ne peut plus durer ! Je ne dirige pas une colonie de vacances, moi.

— Dois-je vous rappeler que votre hôtel (Margot prononce ce mot avec dédain tant l'établissement est défraîchi : les peintures se décollent, les sanitaires laissent à désirer et il y a des trous dans les tapis) tient lieu en ce moment de camp de transit, rattaché administrativement aux Milles ? Vous logez deux cent cinquante détenues dans vingt-cinq chambres et cela dans des conditions indignes. Et pourtant l'argent arrive tous les mois. Si vous n'êtes pas content, allez vous plaindre au ministère de l'Intérieur.

— Petite garce ! éructe le propriétaire. Tout ça pour des Juives ? Et si vous rentriez chez vous, plutôt que d'occuper mon hôtel ?

— Je suis née ici, monsieur Legrand. À Marseille. Et vous ?

Le type rentre dans le cagibi qui lui sert de bureau, furieux. Il préférerait de loin une autre clientèle. Le maréchal Pétain avait raison, les Israélites n'apporteront jamais rien de bon aux pays, et il applaudit les nouvelles mesures leur interdisant d'acquérir un fonds de commerce. Il subit ces étrangères et leur marmaille, ces indésirables aux odeurs écœurantes de cuisine, aux demandes sans fin, car il ne peut se dérober aux ordres du préfet. Pourvu qu'on le débarrasse vite de toute cette clique !

Margot monte les marches rapidement afin de retrouver ses enfants. Elle en a compté trente-deux ! Oui, trente-deux petits à nourrir, à amuser, à instruire aussi. Une tâche colossale à laquelle le CAR et l'OSE se dévouent jour après jour. Comment les abandonner à leur sort ? La jeune femme cherche du regard Amalia, six ans, qui l'accueille chaque fois avec un dessin. Margot s'est attachée à cette enfant d'une beauté rare avec ses dents du bonheur et ses yeux étincelants. Sa mère et elle viennent de Békéscsaba, dans le sud-est de la Hongrie, expulsées comme apatrides. Le père, juif hongrois, a été envoyé sur le front de l'Est pour servir l'armée hongroise et aucune nouvelle ne filtre. On sait juste que le froid, la faim, le manque de soins tuaient là-bas autant que les Allemands. La mère et la fille ont échoué à Marseille après un voyage éprouvant en camion et pour une partie à pied. Pour ajouter aux difficultés actuelles, la maman a découvert sa grossesse, à quarante ans, ici, loin, si loin de son pays. Aujourd'hui, pas d'Amalia dans les couloirs, Margot distribue caisses et cahiers avant de débuter un cours en anglais pour les plus grands. La petite fille apparaît dans l'encadrement de la porte, pâle, les cheveux emmêlés.

— Tout va bien ? lui demande Margot en hongrois.

— Maman a mal au ventre. Viens voir. Dis, c'est vrai qu'en Amérique, il y a des géants ? Et des ours ?

Margot la suit d'un pas pressé et découvre Sara Polak, d'une blancheur de craie, recroquevillée sur le lit, entourée par quelques femmes.

— Que se passe-t-il, Sara ? Depuis quand souffrez-vous ?

La jeune femme glisse d'une voix hachée par la douleur :

— Plus de douze heures.

— Laissez-moi regarder, allongez-vous.

Sara se laisse aller, épuisée. En ôtant le drap, Margot voit le rouge, beaucoup trop de rouge. Une fausse couche ! Elle fait sortir Amalia et accompagne Sara aux toilettes de l'étage où la mère expulse des tissus blanchâtres en gémissant. Faut-il l'emmener à l'hôpital ? Margot n'y connaît pas grand-chose, mais Sara a l'air de mieux respirer, son visage reprend des couleurs : l'épreuve semble terminée, en tout cas physiquement. Dans le lit où elle recouche la mère, Margot la berce doucement. Les mots paraissent dérisoires et inutiles : perdre la promesse d'un bébé doit être terrible, cependant, dans la situation où Sara et les autres se trouvent, n'est-ce pas un mal pour un bien ? La mère d'Amalia espère un visa pour l'Amérique latine, elle possède de la famille au Venezuela, mais rien n'arrive, ou si peu. Margot a beau se démener, et multiplier les demandes, le monde en cet été se rétrécit à toute vitesse, les portes se ferment partout. La jeune femme ne ressent aucune peur pour elle-même. Après tout, elle est française – juive, c'est entendu, mais française –, que pourrait-il lui arriver ? Elle espère néanmoins écarter le danger qui rôde autour de ces étrangères pauvres, isolées et seules. Et si Vichy décidait de les envoyer au camp de Gurs où tant de femmes croupissent déjà dans la boue et le froid ?

À un moment, Amalia vient se blottir contre sa mère et elles restent là, toutes les trois, pelotonnées. Les autres femmes se sont retirées pour offrir un moment d'intimité à la maman souffrante. Celle-ci pleure avant de s'endormir contre Margot. Comme la vie peut être difficile, ces temps-ci.

Chapitre 22

Malgré la queue et les deux heures d'attente, l'eau du seau presque glacée, Leo a entrepris une grande toilette. Comme dit Oskar, ils puent tous le cadavre avant d'être morts. Il a rendez-vous pour son autorisation de sortie. Il a confiance mais quelque chose en lui tressaute de manière spasmodique. Il se peigne comme il peut. Habitué aux coupes presque militaires, son père désapprouverait, mais Oskar qui, jusque-là, lui coupait les cheveux, avait été emmené après une algarade de plus avec un gardien pour interrogatoire, et on ne le voyait pas revenir. Leo porte une chemise à peu près propre, si on n'y regarde pas de trop près. Il arrive en avance, et patiente, dossier à la main.

— Votre nom, s'il vous plaît.

— Leonard Stein.

Le militaire qui le reçoit porte de grosses lunettes cerclées de métal et Leo voit son regard s'attarder sur la chemise élimée aux poignets, les lacets qui servent de ceinture, la sienne lui ayant été volée dès les premières semaines.

— Vous avez les documents ?

Leo remet la précieuse lettre de Cuba à l'homme à la mine fermée. Il note des informations dans un dossier et Leo sent son cœur se serrer.

— Requête refusée ! lance-t-il tout d'un coup.

— Non ! Mais pourquoi ?

— Vous possédez un casier judiciaire. Et vous avez oublié, jeune homme, de le mentionner.

Leo le fixe, éperdu. En Allemagne, oui, mais en France ? Puis il se souvient : à Sanary, il avait grillé un stop et la gendarmerie l'avait arrêté puis laissé repartir. Comment est-ce possible ? En France, on le garderait enfermé pour une banale affaire de circulation ? Ce serait risible s'il avait eu le cœur à rire. Mais cette infraction mineure le condamnait à rester aux Milles.

— Je ne suis pas un criminel, j'ai juste raté un panneau. Vous ne pouvez pas me bloquer pour cette sottise ! J'exige de voir le capitaine.

— Gardez votre calme, je vous prie.

— Mais mon visa cubain est valable pour un mois seulement ! Vous ne comprenez pas ? Sans autorisation de sortie, je vais le perdre. Et qui sait quand on m'en octroiera un autre ?

— Vous resterez l'hôte de la France pour quelque temps de plus, voilà tout, philosophe le gradé.

— Salopard. Je vais…

— Bon, ça suffit, ferme ta gueule, lâche l'homme, sinon il va t'arriver des trucs. Allez, du balai, au suivant.

Leo se retrouve dehors, parmi les détenus qui espèrent eux aussi un papier, une permission, du courrier. Il doit parler à Margot, la prévenir. Un copain qui a décroché un rendez-vous à Marseille va se charger du message expliquant ce qui vient de se passer. Les ténèbres se referment sur Leo qui en pleurerait de rage. Cuba et ses rivages s'éloignent, il ne reste que ce camp et un cauchemar sans fin.

Chapitre 23

— Leo, je suis désolée, vraiment.

Arrivée au plus vite, Margot a réfléchi toute la nuit. Après le fiasco cubain, elle a peut-être trouvé une solution. Au consulat américain, place Félix-Baret, elle est tombée sur un homme dont toute la ville parle avec révérence. Il se nomme Fry, Varian Fry, et c'est lui qui l'a abordée :

— Bonjour, vous travaillez bien pour les associations juives, n'est-ce pas ?

— Tout à fait, a répondu Margot, étonnée, face à cet Américain bien mis, aux cheveux noirs, aux lunettes fines et à l'allure d'un étudiant juste sorti de Harvard.

— Connaîtriez-vous quelqu'un pour m'aider ? Une secrétaire qui parlerait anglais mais aussi allemand ? Et si elle prenait en sténo à la vitesse de l'éclair, ce serait formidable !

Margot a éclaté de rire.

— Vous cherchez la perle rare, monsieur Fry. Pas sûr que vous la trouviez dans le port de Marseille. Mais vous tombez bien, je parle anglais, allemand, yiddish et un peu polonais aussi. Sans oublier le hongrois, évidemment !

— C'est vrai ? Vous voilà ma Providence ! Venez me voir, nous en discuterons.

L'homme a donné sa carte et une adresse avenue Jean-Lombard, villa Air-Bel.

La réputation de Varian Fry s'était vite étendue. Ce journaliste de gauche avait été missionné dès l'été 40 par l'American Emergency Committee pour permettre à des intellectuels, des écrivains, des artistes en danger dans le sud de la France de rallier les États-Unis grâce à un visa d'urgence. Eleanor Roosevelt elle-même, la femme du Président, courageuse dans sa lutte contre le racisme et le fascisme, militante des droits des Noirs et des femmes, l'aide dans ses démarches. Varian Fry a déjà secouru l'écrivain André Breton, le peintre André Masson, Konrad Heiden, le biographe de Hitler dont le dictateur veut la peau, le prix Nobel de physiologie Otto Meyerhof, et l'immense Marc Chagall, ou encore Hannah Arendt. De manière légale mais aussi clandestine, en payant, paraît-il, des faux papiers réalisés par des faussaires, des filières d'évasion qui, parfois, capotent au dernier moment. Mais peut-être pouvait-il ouvrir les portes de l'Amérique pour Leo aussi ?

Elle raconte au jeune homme cette première visite chez Fry et les suivantes dans la villa qui surplombe les collines aux toits roses et d'où l'on voit l'or de la Méditerranée. C'est une belle maison à une demi-heure de tram de la ville, avec une terrasse en belvédère, un jardin à la française charmant, et dix-huit pièces, oui, dix-huit pièces !

L'ensemble paraît un peu défraîchi, mais possède un charme fou. Varian Fry y règne en maître, travaille ses dossiers, rencontre une foule toujours plus dense – on se refile son adresse sous le manteau – et passe son temps à appeler New York ou Washington pour demander de l'argent, des visas. Il faut plus de fonds, davantage de papiers, plus d'assistance et de compréhension. Les États-Unis ne voient pas d'un bon œil l'arrivée des rouges, comme on dit, Margot le sait qui désormais tape des rapports pour Fry, l'assiste quand il s'agit de poser des questions en allemand ou en polonais. En quelques semaines, elle est devenue une habituée de la villa Air-Bel, comme les lézards de la terrasse qui reviennent tous les jours. Elle aime travailler avec Fry qui charme son monde mais elle ne néglige pas pour autant l'hôtel Bompard et ses hôtes. Elle court donc non-stop et elle a perdu du poids, sautant pour aller plus vite des repas déjà maigres à base d'artichauts et de navets. Quand la journée s'achève, elle reste un peu, profite de toute une communauté d'artistes *dégénérés* selon les critères de l'occupant allemand. Une femme, Consuelo de Saint-Exupéry, l'impressionne par sa beauté et son humour ravageur. Le soir, l'épouse de l'aviateur raconte des histoires de son enfance excentrique en Amérique centrale.

Margot l'écoute, bercée par ses récits et le coassement des grenouilles dans la nuit.

— Vous croyez que ce Fry peut m'aider ?

Leo est impressionné par le rythme des départs obtenus par l'Américain.

— Oui, je vais lui en parler. Ne vous inquiétez pas.

— Si je pouvais sortir, plaider ma cause en personne…

— Bientôt, Leo, bientôt.

Margot tait l'air de liberté qui règne dans la villa. On boit, on chante, on avale un mauvais café à la saccharine – le sucre n'est plus qu'un souvenir –, on grimpe aux arbres et certains s'éclipsent pour la nuit. La morale bourgeoise n'a pas cours, ici. Margot n'y est pas passée inaperçue avec sa taille fine, ses cheveux dorés, son allure gracile. Elle sourit, plaisante mais reste concentrée sur sa tâche : trouver des places pour les États-Unis, la Martinique, Rabat, n'importe où tant la situation est devenue difficile pour tous les étrangers, les détenus dans les camps en tête. Et si le Sud, terre de refuge, devenait un piège ? Margot en a des cauchemars pour toutes celles dont elle s'occupe, mais aussi pour les habitués de la belle villa.

Chapitre 24

Le commandant qui dirige le camp a-t-il éprouvé des regrets face au peu de visas de sortie délivrés ? Ou veut-il seulement désengorger les Milles par le départ de quelques-uns ? Leo ne le saura jamais et s'en moque. On lui a de nouveau accordé le droit à une permission spéciale à Marseille pour démarches administratives. Il va pouvoir retrouver Margot loin de l'ambiance de plus en plus lourde du camp, revoir la Méditerranée et avancer vers le but, l'obsession commune, quitter la France soumise à l'occupant pour d'autres cieux. Il rejoint Margot sur la Canebière, près de la mer. Même dans la foule où tant de femmes font assaut d'élégance, malgré les restrictions, on ne voit qu'elle dans une robe volantée. Elle l'entraîne dans les rues du Panier, le quartier des marins. Quel bonheur infini, de bouger enfin et de se dérouiller les jambes dans les impasses gorgées de soleil ! L'air sent l'Orient et les façades jaunes, l'éclat du ciel forment un tableau. La ville ne ressemble à rien de ce qu'il connaît, elle paraît à des années-lumière de l'Allemagne bourgeoise, convenue et paresseuse. Là, on crie, on s'apostrophe, ça se bouscule dans une atmosphère qu'il imagine proche de Naples, ville si souvent rêvée. Pas de rues ou presque, des myriades d'escaliers, et Margot évoque Rimbaud qui meurt ruiné à l'hôpital de la Conception, ou Stendhal, grand admirateur de la ville. Leo songe à son père qui peut réciter des dizaines de poèmes français par cœur, et les déclamait le dimanche en dégustant un reichensteiner[1]. Où se trouve-t-il, en ce moment ? Une place, celle des Pistoles, les arrête un instant sous des volets bleus. Comme tous les amoureux du monde, ils s'embrassent, sans se soucier pour une fois du regard des autres.

— Je vous remercie, confie Leo à Margot.

— Pourquoi donc ?

— Pour cette journée, votre aide, tout ceci autour de nous, explique-t-il, traçant d'un doigt le contour de ses pommettes, d'un geste tendu. Hélas, je ne peux rien vous apporter, rien vous promettre.

Margot pose une main sur sa bouche.

— Leo Stein, et si vous respiriez un instant ? Vous voyez des fils de barbelés là, devant vous ? Non. Alors, profitez-en. Et racontez-moi l'Allemagne, ou l'Espagne, tenez.

Leo évoque enfin son enfance à la librairie, des vacances en Forêt-Noire, des gâteaux *mit Sahne* (« avec de la crème ») que Birgit leur préparait le week-end. Il n'a pas été malheureux, choyé comme il l'était par sa nounou, même si l'idée d'une mère, ses bras lui manquaient. Mais rester à Mannheim, y reprendre la librairie paternelle, épouser une fille bien née parmi la communauté juive s'était révélé impossible. Et puis, l'arrivée de Hitler avait changé la

1. Cépage blanc allemand.

donne, il était devenu un paria dans son propre pays, obligé de fuir. Margot n'a jamais vécu cette blessure de l'exil, elle se définit d'abord comme Marseillaise, puis Juive française. Il y a bien eu quelques *sale youpine* crachés dans la cour de récréation, comme des *sales Macaronis* ou *sales Polaks*, tout cela crié, certes avec exaltation, mais sans réelle méchanceté. Les habitants ici ont toujours accueilli l'étranger et, depuis l'Antiquité, la ville bruisse des nombreux accents qui la constituent. Margot est née dans l'une de ces rues tortueuses et parle avec le charmant accent du coin. Le reste, et les tracasseries de Pétain n'auront qu'un temps. Voilà quelle était la position de ses parents qui n'en démordaient pas : en zone libre, malgré le recensement tout récent, les Juifs n'avaient guère de souci à se faire. Il suffisait de se montrer discrets. Margot veut partager leur optimisme mais, contrairement à eux, elle reçoit des informations de partout, de la Belgique à la Hollande, en passant par Paris, et celles-ci deviennent préoccupantes. La France maréchalesque n'aime ni les Juifs ni les métèques, les homosexuels ou les francs-maçons. Ça fait du monde, à Marseille !

Alors aujourd'hui, elle s'esclaffe de bon cœur avec Leo au récit des descentes en luge avec ses cousins.

— Je n'ai jamais vu la montagne, lui confie-t-elle. J'aimerais apprendre à skier.

— Je vous montrerai, répond Leo d'un air tendre.

— Pour l'heure, nous avons rendez-vous. Savez-vous comment on surnomme la maison ? La villa « Espère Visa » ! Pourvu qu'elle nous porte chance.

Margot achète à un gamin muni d'un panier deux miches de pain rondes garnies de légumes. Leo croque avec ferveur : le basilic, les olives, les anchois, les tomates lui explosent en bouche.

— Oh ! Des pans-bagnats, comme à Sanary !

— Oui, confirme Margot, le sandwich des marins, des pauvres gens.

Leo, affamé, engloutit le sien à toute vitesse.

— Arrêtez, vous ressemblez à Fernandel, ainsi !

— À qui ?

— À Fernandel, l'homme à la tête de cheval, le comédien.

— Hélas, ironise Leo, ma culture provençale laisse un peu à désirer.

— Mon père, qui adore le cinéma, reprend Margot, m'a emmenée voir tous ses films avant guerre.

Il flotte dans l'air une odeur de grand large qui enivre Leo. La ville semble s'estomper, les immeubles se fondre dans le paysage, c'est l'heure de la sieste, et même les chats ont disparu chercher de l'ombre. Leo dépose sa tête sur les genoux de Margot et contemple le ciel, on le dirait différent de celui des Milles. Plus ample, plus large, plus bleu encore, l'été a pris ici comme un incendie.

Ils attrapent le tram et quittent les petites maisons pour les grandes demeures patriciennes de la bourgeoisie marseillaise. Tous les sons arrivent assourdis, comme feutrés. Même les nuages semblent s'éclipser en douceur. À leur arrivée, Margot désigne le jardin, le bassin aux poissons rouges. Puis ils traversent un hall imposant au dallage blanc et noir et se retrouvent dans une bibliothèque riche de volumes en cuir. C'est là que Varian Fry les reçoit dans une chemise blanche luxueuse et fraîchement repassée. À côté de son hôte,

Leo se sent miteux, un pauvre type venu demander l'aumône. Mais Margot lui tient la main, et à deux ils se sentent plus forts.

— Bonjour, monsieur Stein. Marguerite m'a beaucoup parlé de vous.

— Et réciproquement, dit Leo en serrant une main manucurée.

— Votre parcours, jeune homme, est impressionnant. De Dachau à l'Espagne, et puis aujourd'hui le sud de la France…

— Hélas, les Milles n'ont rien d'une villégiature, croyez-moi. Je souhaite me battre, me rendre utile.

Varian Fry étend un bras apaisant sur l'épaule de Leo.

— Je n'ignore pas hélas votre situation. J'ai bien connu Walter Benjamin avant sa fuite pour l'Espagne, et aussi Max Ernst. Ce dernier m'a raconté les Milles.

Par modestie, Fry ne s'appesantit pas sur l'aide apportée à ces deux géants. Ernst vient de quitter Lisbonne en avion pour les États-Unis et épousera Peggy Guggenheim, la célèbre collectionneuse qui finance aussi Fry depuis son arrivée en France. Mais celui-ci a échoué à sauver le grand Walter Benjamin qui s'est suicidé après avoir été refoulé à la frontière espagnole. Un souvenir encore douloureux.

— Je connais votre pays, explique Fry, j'y suis allé en 35.

— Alors, vous avez vu l'Allemagne sous l'ordre nouveau d'un fou.

— Oui, quel choc, à Berlin, ces manifestations, cette jeunesse embrigadée, ces mesures antijuives !

Impuissant, il avait observé des SA avinés tabassant un vieux rabbin. Bouleversé, Fry avait décidé d'agir. Son article au vitriol dans le *New York Times* n'avait malheureusement pas remporté un grand succès. Qu'importe ! Il avait accepté une mission de sauvetage en France et débarqué à Marseille en août 40.

— Hélas, peut-être arriverons-nous ici aussi à la même situation. Cette histoire de recensement, s'indigne Margot, ne me dit rien qui vaille.

— À New York, répond Fry, on se mobilise enfin. Il faut faire sortir les réfugiés, juifs ou non.

Le journaliste dévisage Leo. Il va aider ce garçon qui lui plaît bien car il a la fougue de la jeunesse et l'on a besoin de types comme lui, mais aussi pour Margot dont il apprécie le travail acharné, souvent si tard le soir alors qu'il n'y a plus de tramway. Il la raccompagne alors en voiture pendant qu'elle lui raconte la Côte d'Azur avant la guerre, si exotique à ses oreilles d'Américain du New Jersey.

Tant pis si des mandataires new-yorkais commencent à émettre des doutes sur ses choix : on lui reproche d'envoyer aux États-Unis *trop* de socialistes et de Juifs. Fry doit s'en tenir à une liste, riche de deux cents noms de personnalités, des cerveaux connus jusque de l'autre côté de l'Atlantique. Un jeune caricaturiste allemand méconnu, rescapé de Dachau, n'en fait pas partie. Fry trouvera sans doute un moyen grâce à son réseau : certains fonctionnaires français ferment les yeux, d'autres acceptent une enveloppe. Heureusement, il conserve ses donateurs, ce qui lui permet de verser de l'argent à cinq mille réfugiés tous les mois, de trouver des faux papiers, parfois avec l'aide de la pègre locale. Varian Fry agit par conviction, il a quitté New York, sa femme Eileen, un bon poste dans l'édition, pour cette mission. Il continuera, malgré la fatigue, les obstacles, le mal du pays.

— Apportez-moi certains de vos dessins, Leo. Pour votre dossier, c'est important.

— Aux Milles, il a peint une fresque magnifique, explique Margot. Dommage que vous ne puissiez la voir sur place.

Malgré ses efforts, Varian Fry n'a pas réussi à pénétrer dans le camp. On se méfie de lui. Citoyen américain, opposant à Vichy et aux Allemands, personne ne se rue pour lui octroyer les autorisations nécessaires.

— C'est formidable. J'avais vu le travail de Ernst produit au camp, ces limes qui deviennent des personnages. Impressionnant, vraiment.

— Max est incroyable, répond Leo. Je me réjouis pour lui de ce nouveau départ aux États-Unis.

— Je ferai de mon mieux, Leo. Je vous le promets. Essayez de ne pas trop vous inquiéter. Et profitez de la villa tant que vous le souhaitez, je dois hélas retourner à mes dossiers. Je laisse Margot vous montrer l'endroit et les oiseaux.

Fry est fou des merles, pinsons et autres geais qui fréquentent le jardin.

La poignée de main entre les deux hommes est chaleureuse. Leo s'en remet à cet étranger qui se mue en bon Samaritain. C'est la première fois qu'il rencontre un Américain et, malgré sa réserve initiale, Leo lui trouve l'air sincère et concerné. Et celui-ci représente son seul espoir.

— Combien de temps cela va-t-il prendre ? demande-t-il à Margot qui l'entraîne vers la cuisine, avec son vieil évier en pierre et sa longue cuisinière en bois.

Elle leur sert un grand verre d'eau fraîche et Leo se rapproche d'elle, l'enlaçant par-derrière. Ils sont seuls, peut-être ne le seront-ils plus avant longtemps. Et le départ de Leo se profile désormais à l'horizon. Alors, sans un mot, Margot se saisit de sa main et l'entraîne sous les combles, dans une petite chambre mansardée. Leo n'ose y croire et goûte son cou, ses lobes, son odeur. Le souffle de Margot se fait saccadé. Elle lui glisse à l'oreille :

— Je n'ai jamais… vous savez.

Pour toute réponse, il respire ses cheveux laissés libres aujourd'hui, dévoile une épaule déjà bronzée. Ils basculent sur le lit étroit et n'entendent plus que le battement de leurs cœurs. Leo ressent une émotion si forte qu'il ne peut parler et suit les contours parfaits de ce corps tant de fois imaginé. Ce contact si doux, si sensuel le bouleverse, comme si ces mois de dureté, de faim, de malheur s'évanouissaient en quelques secondes par la grâce de l'instant. Il s'agenouille devant celle qu'il rêve de dessiner ainsi, la robe ouverte. Son désir est si fort qu'il en tremble. Tout amour est une houle, une vague, une folie où l'on plonge, quelque chose qui dépasse et transcende. Le reste n'appartient qu'à eux, à leurs corps soudain électriques, à leur jeunesse triomphante. Il n'y a plus de guerre, plus d'ennemis, plus de privations : seulement la joie pure de deux êtres qui se cherchent, s'aimantent et se trouvent enfin.

Chapitre 25

Margot presse le pas en centre-ville. Sur les murs s'affichent le slogan : *Faites confiance au soldat allemand* et des réclames pour *Le Juif Süss*, ce brûlot antisémite qui la fait frissonner de dégoût. Mais les Marseillais en général ne se laissent pas berner par l'occupant. Ici, on écoute Radio Londres en cachette et les croix de Lorraine fleurissent, vite effacées par la police. Le peuple a faim et gronde : il n'y a plus de viande, de beurre, de charbon, les Allemands vident les magasins. Et la pêche, dernier moyen de se nourrir, est interdite.

Marseille hausse le ton et ne se cache plus. Chacun connaît une famille où une place reste vide, la prison Saint-Pierre regorge d'opposants. En mars, une manifestation à la mémoire du roi de Yougoslavie, Alexandre Ier, tué à Marseille en 1934, et qui avait combattu l'Autriche, donc l'ennemi, avec courage, avait rassemblé une foule nombreuse hostile à l'Allemagne actuelle. Celle-ci avait chanté « La Marseillaise » et l'hymne national anglais. La jeune femme y avait participé, sans le dire chez elle. Pas question d'inquiéter davantage sa mère qui passait ses journées à faire la queue au Prado pour quelques maigres provisions et rentrait souvent bredouille. Dora Keller regrettait sa Hongrie natale, ce qui donnait lieu à des disputes incessantes avec son mari. Celui-ci passe désormais ses après-midi au café avec des réfugiés hongrois de fraîche date et en rapporte les nouvelles du pays. Connaissait-elle la politique de Horthy, l'homme fort du pays ? Savait-elle que les mariages entre Juifs et non-Juifs sont maintenant interdits, qu'on meurt en masse au travail forcé, pour les Juifs valides ?

— Ici, au moins, affirme Aron Keller, on est protégés. Pétain et la population française ne laisseront pas les Allemands agir, croyez-moi.

Margot claque la porte de sa chambre tandis que ses parents se retranchent dans un silence hostile. On ne rit plus souvent, chez eux, et les soirées s'étirent, sinistres. Sa mère se plonge dans des prières, un fait nouveau, là aussi, et s'en remet à Dieu. Margot, elle, cherche à oublier dans l'action sa colère. Comment la France peut-elle se comporter aussi mal avec des malheureux venus de partout ? Les parquer, leur faire miroiter des papiers, des visas, une autre vie possible, sans jamais ou presque respecter sa promesse ? Avec Fry, elle veut de nouveau y croire. L'efficacité américaine, ça fonctionne ! Pourvu que Fry trouve une solution pour Leo.

Au souvenir de la journée, la poitrine de Margot se gonfle. Loin d'être embarrassée de sa nudité, elle s'est sentie renaître au monde. Dans les yeux du jeune homme, elle a puisé de la force, du courage. Elle s'est perdue en lui, en leur étreinte, et s'est retrouvée. Avec ses mains longues, son sourire franc, ce garçon lui plaît infiniment. Et s'il se révélait être toute sa vie ? Elle ne regrette rien de son après-midi. Le temps leur est compté et elle a agi selon son instinct. Elle n'a pas à rougir de ses actes, même si, mise au courant, sa mère verserait des larmes. Sa petite fille n'est plus si petite.

Chapitre 26

Dès son arrivée dans les locaux, l'inquiétude est palpable. Élie, à l'accueil, a la mine triste, les yeux cernés.

— Que se passe-t-il ?

— Chut, répond le jeune homme. Je te raconterai.

Il ne veut pas parler devant les hommes et les femmes harassés qui viennent chercher à l'association un peu d'espoir, de quoi tenir encore. Margot distribue des vivres, glisse une enveloppe ici ou là, offre des jouets aux enfants. Si dérisoire face à la misère et à l'angoisse croissantes. Quand elle ne tient plus, elle emmène Joseph dans la pièce à l'arrière.

— Alors ? Ça ne peut pas être si terrible.

— Fry a été arrêté à son bureau ce matin et embarqué à l'Évêché, l'hôtel de police. Impossible d'en savoir davantage.

— Non, pas Varian ! Mais pourquoi ?

— Tu sais bien que Vichy l'a à l'œil. Et depuis le début. Ses amis de gauche, son travail en faveur des antinazis, des Juifs. Le consulat américain le voit en plus comme un électron libre, ils veulent le lâcher.

— Mais que va-t-il lui arriver ?

— J'ai peur qu'il ne soit obligé de quitter la France, de rentrer chez lui.

— C'est une catastrophe !

Margot ne le sait pas encore mais, aux États-Unis, Fry est désormais considéré comme incontrôlable. Le Centre américain de secours qu'il a ouvert à Marseille est allé trop loin, en travaillant de manière illégale. Même Eleanor Roosevelt lui a retiré son soutien. Fry triche, ment, fabrique de faux papiers : l'Amérique ne peut cautionner de tels actes. Il doit rentrer, et vite. Bientôt les autorités françaises lui signifieront son expulsion.

Margot éclate en sanglots. Et comment, après Cuba, annoncer une autre mauvaise nouvelle à Leo ? Pour la première fois depuis longtemps, elle se sent impuissante. L'Américain possédait des moyens, de l'entregent, de l'aisance et une vraie passion au cœur. Un caractère d'*emmerdeur*, ou plutôt d'*ornery* en anglais, c'est-à-dire difficile et têtu. Idéal pour extorquer à Vichy quelques visas de plus.

Au bureau de Fry, où elle se précipite, l'équipe a les yeux rouges. On lui raconte le zèle du haut fonctionnaire de police, Maurice de Rodellec du Porzic, fort aise à l'idée de se débarrasser de cet Américain trop entreprenant. Le centre perdurera mais différemment, avec des gens plus malléables, qui sait ? Certains veulent se rendre à Vichy plaider la cause de Fry, d'autres l'accompagner jusqu'à Lisbonne d'où il s'envolera pour New York.

— Il devait aider un ami, Leo, Leo Stein. Il vous en a parlé ?

Le collègue de Fry hausse les épaules d'un geste désolé.

— Il secourait tant de monde, Fry, c'était l'homme inespéré. Sais-tu qu'il a sauvé près de deux mille personnes ?

À la gare Saint-Charles, où l'Américain doit prendre le train, son équipe l'attend au grand complet. Margot, la gorge nouée, se jette contre lui.

— Ne partez pas, Varian. On peut vous cacher dans la région.

— Très chère Marguerite, j'ai été expulsé, répond Fry, les yeux embués à son tour. Je ne peux plus agir… Et les fonds me seront coupés. Ne vous inquiétez pas, je vais continuer à œuvrer, mais de chez moi, à New York.

— Alors, dites-leur, dites-leur, Varian, ce qui se passe ici ! s'exclame la jeune fille. Le sort de tous ceux qui attendent à Marseille.

— Je ne vous abandonnerai pas et eux non plus, répond Fry. À l'Emergency Rescue Committee, on va entendre parler de vous.

Après, chacun l'embrasse, lui serre les mains, l'épaule. Du wagon, Varian agite un mouchoir alors que le train s'ébranle lentement. Margot a perdu un ami, un confident, un soutien inestimable. Elle sait que, sans lui, la vie à Marseille sera encore plus dure pour ceux qu'elle défend. Il va falloir trouver des fonds, de nouvelles routes d'exil, au Maroc par exemple, se procurer des billets. Quelques chanceux partent pour la Palestine. Heureusement, car certaines voies, comme Shanghai, la Martinique, Saigon, se ferment.

En cette fin d'été 41, les bateaux se font rares et chers, les liaisons aléatoires.

Margot part se promener sur le port. Les odeurs salines, les nacelles claquant au vent, l'or roux de la lumière apaisent son cœur. Petite, avec ses parents, elle venait nourrir les poissons. Aujourd'hui, même le pain rassis est précieux et sa mère en fait des dîners en jetant les morceaux dans la poêle à peine graissée. Margot se souvient des poissons rouges de la villa Air-Bel, des invités affamés avaient proposé de les faire griller ! Il avait fallu toute la diplomatie de Fry pour éviter le carnage. Margot sourit à cette évocation. Elle ne se laissera pas abattre, cc n'est pas dans son caractère. On a besoin d'elle, et elle trouvera les moyens nécessaires.

Chapitre 27

Il lui a fallu plus de deux semaines pour reprendre le chemin des Milles. Les trains sont bondés comme d'habitude, le vieux camion connaît des ratés, mais il s'agit là d'un prétexte, elle le sait bien. Annoncer la triste nouvelle du départ de Fry à Leo pèse sur son cœur. L'air a fraîchi, l'automne est déjà là, et les détenus, habitués à la présence de la jeune Marseillaise, se réchauffent en marchant dans la cour ou en effectuant quelques mouvements. Certains la saluent d'un air las. Les rares hommes consignés aux corvées s'estiment chanceux : tout pour échapper à la torpeur des jours qui se ressemblent, à l'inaction qui rend fous. Le camp avale les hommes, en commençant par leur esprit, et recrache des êtres brisés, à la limite de la folie. Alerté par Radio Milles, comme on appelle ici les rumeurs, Leo accourt, le sourire aux lèvres. Mais l'air trop sérieux de Margot le stoppe.

— Que se passe-t-il ? Tout va bien ?

— Oui, enfin non.

Elle se sent rougir malgré elle, coupable d'avoir insufflé de l'espoir au jeune homme pour mieux le décevoir ensuite.

— C'est Varian. Ils l'ont, ils l'ont...

— Tué ? Ce n'est pas possible.

— Non, Leo, répond tristement la jeune fille. Ils n'oseraient pas s'attaquer à un diplomate américain. Mais on l'a expulsé, il a dû partir, tout abandonner en l'espace de quelques heures.

Leo pâlit et serre les poings : il se sent nu, à vif, exposé dans cette cour où souffle un mauvais mistral. Il recule de deux pas. Il ne va quand même pas s'évanouir là, devant Margot ! La jeune femme cherche à s'avancer mais le regard de son aimé la freine. Il a besoin d'un instant pour se reprendre. Encore un espoir déçu, encore ce camp et ses murs qui semblent se refermer sur lui. Il use sa jeunesse ici, comme les autres, alors que tout son être veut être libre, se battre contre ceux qui confisquent l'Europe pour mieux l'asservir. La colère, cette compagne familière, revient se loger dans son plexus et brûle dans ses veines. Margot place une main discrète sur lui en murmurant des propos réconfortants.

— Il existe d'autres chemins. Des passeurs, des routes qui s'ouvrent. Ne perdons pas espoir, Leo. Jamais.

— Pas question en effet de leur faire ce plaisir, répond le jeune homme malgré, ou peut-être grâce à cette rage qui le maintient vivant.

Il est remercié par un sourire éblouissant et par un drôle d'objet, enveloppé d'un torchon à carreaux, glissé dans sa main.

— C'est un couteau pour couper les barbelés ?

— Pas tout à fait, attends d'être seul pour l'ouvrir.

Il s'agit d'un saucisson, obtenu grâce aux voisins dont les parents vivent dans une ferme à vingt kilomètres de Marseille. Margot l'a échangé contre trois robes cousues par sa mère pour elle. Celle-ci n'appréciera sans doute pas. Mais qui a besoin d'une nouvelle tenue, en ce moment ? De toute façon, Margot préfère les pantalons et les vêtements d'homme : elle chipe les chemises blanches de son père, s'est offert une casquette et se dissimule ainsi des regards. À l'hôtel Bompard, les femmes s'en amusent : elles l'appellent *meyn teyere*, « ma chérie » en yiddish. Margot ou pire encore Marguerite se révèlent bien trop difficiles à prononcer pour des bouches étrangères.

— Je vois, grimace Leo, tu veux m'engraisser.

— Tu as l'air d'en avoir besoin.

Tous les deux songent à leurs corps nus, à leurs mains entremêlées, à l'aisance avec laquelle leurs gestes se sont enchaînés. Quand retrouveront-ils quelques moments d'intimité ?

— Je suis désolée, soupire Margot. Apparemment, je te porte malchance. D'abord Cuba, maintenant les États-Unis...

— Au contraire, Margot, tu m'apportes des rêves. Si tu savais comme je t'en suis reconnaissant... Et moi aussi, j'ai un cadeau pour toi. Et même deux.

— Pour moi ?

Leo lui donne un classeur gris qu'elle entrouvre avec avidité. Le premier dessin représente Varian Fry tel qu'il leur est apparu, en dandy, à la villa. On le reconnaît aisément, Leo a su capter ses yeux espiègles sur un visage plutôt sérieux, son exigence, son idéalisme. Quant au deuxième dessin, il lui arrache un hoquet de stupéfaction. C'est elle, renversée sur le lit, le drap à moitié glissé sur sa poitrine. Elle sourit, et on jurerait que ce sourire s'adresse directement à l'artiste. Leo a croqué cette fossette au creux du menton, cette épaule ronde, l'éclat de ses vingt ans, avec véracité, c'est certain, mais ce n'est pas ce qui la touche le plus. Dans ce portrait, sa peau paraît comme parcourue de frissons, ses cheveux en bataille forment un halo de lumière sur l'oreille et ses yeux brillent d'un éclat nouveau. Elle rayonne de sensualité, de joie pure. Elle semble différente, tentatrice, comme porteuse d'un secret...

— C'est merveilleux, Leo. Tu possèdes vraiment du talent. Mais, ajoute-t-elle dans un clin d'œil, je ne vais pas exposer ce tableau chez moi.

— Et tu as sans doute raison ! Disons que ce sera notre cachotterie à nous !

Margot se sent bouleversée : outre la liberté des corps, elle voit sur la feuille ses sentiments exposés, en pleine lumière. Elle aime ce garçon entré dans sa vie alors qu'elle ne s'y attendait pas, cet homme qui a tant vécu, tant subi, cet artiste reconnu, juif allemand traqué par les nazis. C'est bête, mais ce portrait lui fait comprendre pour la première fois l'importance de son amour pour Leonard Stein. Elle le trouve beau à sa façon, il l'attire physiquement, mais elle se rend compte aussi du besoin qu'elle a de lui tendre la main, de le protéger. Dans cette cour, ouverte à tous les vents, bousculés par des hommes sales autour d'eux, l'intensité de ses sentiments lui apparaît. Elle le veut à elle, partager avec lui la liberté, ne plus avoir à le quitter. Elle ressent une exaltation inconnue jusqu'alors : Leonard Stein sera son compagnon, son double. Elle ne peut le laisser moisir ainsi, il lui faut le sauver.

Une fois Margot repartie, Leo cherche à cacher son précieux saucisson. Pas dans ses affaires, elles sont régulièrement visitées, et les vols sont monnaie courante dans les dortoirs. Il trouve un vieux four bien sombre et y glisse le cadeau inestimable. L'endroit est sale comme tout le reste, parcouru par des rats de la taille d'un avant-bras, mais ça fera l'affaire. Il cherche les copains, Franz et Lisandro, pour partager son butin et trouve le premier, à son habitude, en train de peindre. Leo lui a montré les dessins qu'il compte offrir à Margot, et Franz, drapé dans son silence, comme un manteau, l'a complimenté. Leo faisait preuve d'une réelle sensibilité : après la guerre, pourquoi ne pas tenter les Beaux-Arts, au lieu de se contenter de crayonner l'actualité ? C'est un débat habituel entre eux qui les distrait, chacun défendant une vision de la vie, finalement. L'immédiateté d'une caricature contre le projet mûri et réfléchi de longs mois, parfois une année, d'un tableau.

Quant à l'après-guerre, comment y songer ? Celle-ci paraît si loin, incertaine et irréelle. Les nazis coloniseraient-ils le monde entier ? Ou bien les Alliés, aidés de l'Amérique, rétabliraient-ils la démocratie ? Personne ne se projette dans un avenir aussi hypothétique. Il reste donc le présent, des crayons et quelques feuilles de papier pour conjurer le sort. En apercevant le saucisson, Franz laisse échapper un cri de joie.

— Chut, tu vas ameuter tout le camp !

Même Lisandro a le regard qui brille enfin. Le jeune Espagnol fait pitié à voir. Il s'enfonce jour après jour dans une tristesse qui ne dit pas son nom mais se lit aisément à son regard battu, à ce corps qui semble rapetisser, se fondre dans le paysage sinistre des Milles. Lisandro ne participe plus depuis longtemps aux soirées du bar Die Katakombe et saute régulièrement des repas. Il prétend que le mistral altère le goût des aliments, soulève cette poussière abjecte, et que les fourmis achèvent de le dégoûter de la nourriture. Il a raison, le menu laisse à désirer mais il faut manger, sinon on s'affaiblit et on ne pourra tenir. La vue de la charcuterie lui arrache un rictus. Cela lui rappelle chez lui quand on tuait le cochon, la fête, après, du village tout entier, les danses et les chants. Quand reverra-t-il l'Espagne ? Sa mère lui manque, ses nombreux frères et sœurs aussi. Les imaginer seuls dans leur maison mal isolée lui serre le cœur.

Et le régime fasciste de Franco qui apporte son aide en main-d'œuvre pour fabriquer des canons contre les Alliés ! Le garçon a honte, honte pour son pays idéologiquement si proche de l'Allemagne, mais aussi honte de lui... il ne peut aider sa mère et, depuis la mort du père, Lisandro envisage sans peine la misère, les repas constitués de *patatas* tous les jours et la difficulté pour les siens de vivre des champs.

Leo coupe la charcuterie avec soin, en tranches fines, il faut que ce trésor dure, les amis laissent la viande longtemps en bouche, en salivent à l'avance. C'est le goût de l'avant, de la camaraderie, des jours heureux. Le jeune homme tait sa mésaventure avec Varian Fry. Pourquoi plomber davantage le moral de ses camarades ? Au camp, on apprend le silence, le repli sur soi, les secrets, pour survivre à la détention, surtout quand celle-ci est absurde, sans fin envisageable, sans informations ou presque venant de l'extérieur.

Ce soir, une fois les lumières éteintes, dans le dortoir malodorant où les hommes se tournent, sans trouver le repos, Leo songera à Fry, à son énergie, son travail infatigable, son optimiste si américain sous la grêle des mauvaises nouvelles. Il imagine le visage de Margot, son ton à la fois drôle et doux quand elle s'adresse à lui, sa natte qu'il rêve de défaire et d'explorer ses cheveux comme un continent nouveau. Le sommeil met du temps à le gagner tant son cœur est serré par la tristesse, la déconvenue et l'amour mêlés.

Chapitre 28

L'incroyable nouvelle a circulé à la vitesse d'un feu follet et, l'espace d'un moment, le camp semble figé tant l'information paraît à la fois invraisemblable et exaltante. Ce 7 décembre 41, les Japonais ont attaqué une base navale dans les îles Hawaï, du joli nom de Pearl Harbor, et ont détruit une grande partie de la flotte américaine. Les États-Unis sont entrés en guerre le lendemain, le 8 décembre, rompant avec leur isolationnisme. C'est énorme, aussi bouleversant que la fin du pacte germano-soviétique en juin. Les communistes des Milles, au fait des actions de Hitler, s'en étaient félicités. L'URSS massacrerait les ennemis, comme au temps de Napoléon. La fête avait été belle.

Ici aussi, les premiers chapeaux volent dans l'air, des hurlements de joie se font bientôt entendre. Les hommes se regroupent par dizaines, se tapent dans le dos, s'apostrophent dans toutes les langues. Même les gardiens, ébahis, commentent l'extraordinaire nouvelle. Bientôt on improvise une sorte de chenille, et Leo, flanqué de Franz, y participe volontiers. Aujourd'hui, c'est la joie, la joie qui cavale dans leurs veines, jeunes, vieux, Allemands, Tchèques, Polonais, Autrichiens, juifs, catholiques ou protestants :

un même espoir fou les soulève. Avec les États-Unis dans la bagarre, l'Axe n'a qu'à bien se tenir ! Et comment imaginer que Roosevelt, avec ses centaines de milliers d'avions, de canons, de chars, ne puisse écraser Hitler ? Une « Marseillaise » à fort accent étranger claque, suivie du « Deutschlandlied[1] », puis de « L'Internationale ». Ça danse, ça chante, un type exécute des acrobaties. Des gobelets en fer, une casserole apparaissent : un orchestre de fortune s'improvise. Dire que certains, musiciens de renom, ont joué pour les plus grandes scènes, attirant des milliers d'admirateurs à leurs concerts ! Ici, il s'agit surtout de faire du bruit, de montrer qu'aux Milles, au milieu de cette Provence de Pagnol, des hommes oubliés de tous conservent la volonté de s'opposer aux nazis, de participer eux aussi, malgré la détention, à la joie des démocraties. Certains gardiens, vichystes dans l'âme, cherchent à rétablir le calme, mais la liesse envahit tout et ils ne peuvent que maugréer en regardant passer les détenus surexcités.

Leo songe à Margot. Il aimerait la serrer dans ses bras, danser avec elle. L'Oncle Sam se réveillait enfin ! Des bouteilles sortent de nulle part, on trinque et l'on divague de groupe en groupe. Ce soir, il n'y a plus de nationalités différentes mais un seul corps, une seule voix, une seule âme. Celle qui aime la liberté et les Ricains, la paix et les filles. On chante des chansons paillardes au bar bondé, et certains ont tellement bu qu'ils s'endorment le nez sur leurs genoux, malgré le vacarme des casseroles. Max Schlesinger fait monter

1. Le chant national de la République de Weimar.

sa troupe sur scène et Leo, qui a un peu négligé le théâtre, se donne avec abandon, joue au clown, improvise des poèmes. Ce soir, il baisse la garde et beugle avec les autres car il est heureux.

C'est le petit matin glacial quand ils regagnent le dortoir, les uns soutenant les autres. Un Tchèque évoque avec émotion sa mère, un Polonais sa fiancée, et ils finissent par s'enlacer, leurs femmes leur manquant terriblement. Des ombres s'éloignent discrètement vers les cabinets, si l'on peut désigner ainsi de tels endroits. Mais on y est seul, et parfois d'autres besoins sont comblés dans le noir, hâtivement. Qui pourrait juger les détenus ? Aux Milles, comme dans n'importe quel centre de détention, on se débrouille pour survivre, manger, et parfois jouir de la peau d'un autre, et tant pis si ça ne correspond pas à sa nature profonde. Leo cherche à marcher à peu près droit quand quelque chose soudain lui égratigne la conscience. Durant toute la soirée, il n'a à aucun moment croisé le regard de Lisandro ou sa silhouette élancée à la manière d'un fouet. Ni au bar, ni sur la scène, ni parmi les spectateurs. Depuis l'affolante nouvelle des États-Unis entrant dans le conflit, le jeune homme a disparu. Or, celui-ci se comporte souvent comme un jeune chiot, toujours à le suivre, à chercher son approbation, ses attentions, son sourire. Tout à fait dégrisé désormais, Leo cherche Franz : il dort déjà et maugrée dans son sommeil quand Leo le pousse. De l'autre côté, à la place de Lisandro, il ne touche que le vide et son manteau élimé. Où l'Espagnol a-t-il pu aller sans celui-ci ? Leo sent la nausée qui monte et il a peur de vomir en plein dortoir. Il a trop bu, peu mangé et beaucoup fumé. Une mauvaise combinaison. Il devrait dormir quelques heures avant l'appel mais quelque chose l'en empêche, une crainte insidieuse s'est posée sur son thorax et menace de l'étouffer. Le sommeil ne viendra pas, il décide de partir à la recherche de son ami. Son pas est lourd, mal assuré, il pourrait se casser le cou dans l'escalier sombre. Les hommes dorment dans un sommeil d'écurie et ronflent parfois à l'unisson. Leo cherche à apercevoir le visage de Lisandro, sa masse de cheveux noirs, ce n'est jamais lui. Mû par un instinct dont il peinera ensuite à comprendre l'origine, il se glisse, silencieux, vers les pièces communes, là où une ampoule permet d'éclairer faiblement les murs. Rien. Il a l'idée d'appeler dehors, pas trop fort, pour ne pas réveiller les gardiens. Il n'aperçoit aucune ombre, le froid mord ses proies. Les détenus sont tous partis se coucher, vaincus par la fatigue. Ses pas le guident vers le réfectoire des gardiens où avec Bodek et les autres il a peint la fresque. Le dîner de ce soir a dû être tendu, entre les adeptes de Pétain et ses opposants, héros de Verdun pour les premiers, vieillard sénile pour les seconds... Il ouvre la porte avec la clé utilisée pour peindre et qu'il a « oublié » de rendre. Au camp, tout peut avoir une valeur potentielle : il suffit de se montrer patient.

Son cerveau n'assimile pas ce qu'il aperçoit alors : un paquet sombre se balance. Il pousse un grand cri car, avant de le savoir, il a compris, comme si son âme le lui avait soufflé. Habillé à son habitude de noir, Lisandro s'est pendu. Son visage est recouvert d'un pull. Leo tente de le décrocher, de le porter sur ses épaules. Le jeune Espagnol a cessé de vivre depuis au moins quelques heures, son corps paraît de bois. Leo le sait, mais il s'obstine, souffle dans la bouche aux lèvres bleues, cherche à insuffler un peu de vie à celui qui ne connaîtra plus jamais le soleil sur sa peau, un bon repas, une baignade. Leo tremble, il en a déjà vu, des morts, par dizaines, par centaines, habillés, nus, abattus, torturés, civils ou militaires, jeunes ou vieux. Ils se fondaient en une masse, demeuraient comme invisibles, soldats d'une armée à laquelle personne ne veut appartenir, indifférenciés. Mais on parle ici de Lisandro, de ce jeune prêt à tout contre Franco et sa meute d'assassins, celui qui a suivi les brigadistes avec son bâton et sa peau tannée par le soleil. À Madrid, alors que les grenades jetées dans les cafés causaient des morts tous les jours, Lisandro avait conservé un regard d'enfant émerveillé : il voulait tout voir de la ville, manger des churros ou s'asseoir dans le parc El Retiro. Il avait fallu lui rappeler qu'ils ne venaient pas dans la capitale en touristes, mais en combattants de la liberté. Leo se roule en boule et parle à son ami, tout bas, comme pour ne pas l'inquiéter. En venant prendre leur café, les gardiens trouvent les deux copains, l'un debout, le visage bleu, les lèvres gonflées, figé pour l'éternité, l'autre recroquevillé sur son chagrin.

— Merde ! Encore un ! Faut croire que c'est la saison ! s'égosille un garde.

— Et le sale travail, c'est encore pour nous, dit l'homme en attrapant le cadavre par les pieds.

Leo s'interpose, il ne veut pas qu'on touche au garçon.

Franz arrive alors.

— Pauvre gosse ! crie-t-il de rage et d'angoisse mêlées. Décidément, Dieu ne croit plus en nous !

— Pauvres de nous tous, répond Leo. Il n'a pas supporté tout ceci, le camp...

À bout de peine, Leo ne cache pas ses larmes, Franz non plus. Ils suivent le corps du jeune homme jusqu'au camion qui l'emmènera au vieux cimetière d'Aix, loin de l'Espagne et de ses paysages ocre. Leo embrasse son visage devenu séculaire. Combien de camarades faudra-t-il enterrer avant de rompre leurs chaînes ? À sa propre surprise, Leo demande au Juif religieux de réciter le Kaddish, la prière des endeuillés. Et il jure de ne jamais oublier Lisandro Gomez, dix-neuf ans à jamais.

Chapitre 29

Margot aborde la Bonne Mère quand elle entend les voix excitées des passants. L'Amérique entre enfin en guerre ! De joie, elle pénètre dans la basilique qui l'a toujours impressionnée. Elle ne l'avouera à personne, et surtout pas à ses parents, mais elle aime l'odeur des cierges, les nombreux ex-voto dans la nef, et la beauté byzantine des lieux. Petite, elle avait eu une période où elle rêvait de robe blanche, de communion et d'hosties, pour faire comme les autres. Elle se rêvait en Blandine face aux loups. Ses parents avaient alors menacé de la retirer de l'école et l'avaient inscrite à des cours d'éducation religieuse juive. Elle n'avait pas compris leur réaction, il y avait donc plusieurs dieux ?

À Notre-Dame, elle n'est pas la seule : entendant la nouvelle, de nombreux Marseillais ont spontanément emprunté le funiculaire pour se rassembler et prier dans le monument le plus connu de la ville. On parle de milliers de morts américains, d'une riposte de Roosevelt, de croiseurs et de destroyers détruits. Margot l'embrasserait, ce président qui boutera, elle en est persuadée, les nazis hors de l'Europe ! Elle prie pour lui, dans cette basilique, en communion avec tous, chrétiens ou juifs. Entamant la descente vers Endoume, l'une de ses balades favorites malgré le froid mordant, elle se fait siffler deux fois et en rit. Aujourd'hui, l'espoir renaît et elle a hâte de partager ce bonheur avec Leo. L'imaginer derrière les barbelés, surtout aujourd'hui, est un crève-cœur. Elle se promet de redoubler d'efforts, de harceler la HICEM, de contacter tous les fonctionnaires qu'elle connaît. Curieusement, des voyageurs plus vieux, pourvus d'épouses, arrivent davantage à partir : on se méfie encore d'un homme jeune, célibataire, de peur qu'il ne s'engage, qu'il ne soit un agent secret, ou pire. Margot se bat donc contre des fantômes, des rumeurs, des préjugés. Mais elle possède une force, une énergie qui l'aident à affronter ce labyrinthe de problèmes. Comme elle désire revoir Leo ! Les Milles sont loin, et le temps passé ensemble si court... Elle en voudrait plus, tellement plus.

L'ironie de la situation ne lui échappe pas : elle consacre une partie de son précieux temps à trouver une solution pour que l'homme qu'elle aime réussisse à prendre un bateau, un train, loin d'elle. Ils seront de nouveau séparés par des frontières, une mer ou un océan. Mais Leo est en danger, en réel danger, et elle doit le sortir de là, par tous les moyens. La guerre finie, ils pourront se retrouver.

Lorsqu'elle pousse la porte du petit appartement, le flot de musique qui se déverse jusqu'au palier la surprend. Elle reconnaît les *Danses hongroises* de Brahms avec ses airs tziganes. Son père apprécie cette série inspirée du folklore hongrois et, avec sa mère, ils dansaient autrefois, serrés, dans le salon, sous les yeux admiratifs de leur fille. Mais cela fait bien longtemps qu'ils n'ont pas chaloupé ensemble, perdus dans un monde qui n'appartient qu'à eux. Une odeur sucrée et chaude lui chatouille agréablement les narines. Des Károly Gundel[1].

— *Anya*[2], comment as-tu réussi ?

— Je me suis débrouillée, chérie... Chut ! Aujourd'hui est un grand jour, un jour de fête ! Va chercher ton père !

À son habitude, Aron Keller est assis dans son fauteuil, un livre dans les mains et tout près de lui un verre de Picon dont le goût d'orange amère flotte autour de lui. Il lisait auparavant *Le Petit Marseillais*, mais maintenant son journal soutient Vichy. Alors, il se réfugie dans la littérature anglaise, son cher Dickens, Oscar Wilde et même Agatha Christie. En s'approchant, Margot découvre que des larmes irisent le regard de son père.

— *Apu*[3], que se passe-t-il ?

— Ma fille, ma petite fille. C'est de joie, que je pleure. Nous allons la gagner, cette guerre.

Aron Keller déguste les crêpes en famille, il y a même du chocolat, un petit miracle, ce sera leur dîner, un dîner de gala, comme en plaisante son père, ragaillardi. Pourvu que sa bonne humeur perdure ! La dépression qui le frappe est pour Margot une épreuve, une épreuve de plus.

---

1. Crêpes fourrées de noix et de raisins secs, agrémentées de rhum.
2. « Maman », en hongrois.
3. « Papa », en hongrois.

Chapitre 30

Après, Leo a perdu la notion du temps : les jours, les semaines, semblent se confondre. Comment différencier un mardi d'un vendredi ? Sa peine, immense, le cloue sur place : tous les jours des gestes identiques, des conversations en boucle, des interrogations sans fin. Le suicide de Lisandro par sa mise en scène en forme de pied de nez à l'autorité a ébranlé le camp, et au début les hommes ne parlaient que de ça, surtout le soir, quand l'angoisse montait. Mais assez vite, les détenus sont revenus à leurs préoccupations : il faut manger, se protéger du froid intense, espérer ce courrier ou ce visa.

Contre l'hiver, Leo porte ses trois chemises, ses deux pulls : en permanence gelé, son esprit est engourdi par la morsure humide du vent qui s'engouffre dans le bâtiment. Il a perdu du poids, son estomac se révolte et n'accepte plus que du pain, du thé, un bol de soupe. Il reste le plus souvent avec Franz, vigile muet qui comprend sa douleur et sa culpabilité. Aurait-il pu davantage soutenir Lisandro ? Le surveiller et l'empêcher de finir sa vie ainsi accroché à une corde ? Le remords lui tord l'âme et, telle une créature des mers, s'accroche à lui, l'enserrant dans ses filets. Il n'avait pas compris, pas voulu voir, malgré la scène du rasoir, le visage ravagé de l'Espagnol, son retrait progressif de l'existence. Contrairement à ce qu'on croit, on ne meurt pas d'un coup, en une fois. Lisandro a commencé à mourir en quittant son pays, en arrivant aux Milles, en supportant de moins en moins bien le camp jusqu'à son évasion finale. Leo essaie de laminer en lui les dernières images, les paupières gonflées, le cou tordu, la flaque de pisse sous le jeune martyr, mais c'est comme s'il frottait son cœur sur une pierre sèche. Certains détenus voient dans ce suicide un pied de nez définitif à l'administration française et admirent le jeune homme, avec une note de jalousie : là où il se trouve, celui-ci est enfin libre, alors qu'eux végètent depuis des mois derrière les fils de fer barbelés. Quelle folie collective ! Lisandro n'avait pas vingt ans...

Leo ne le supporte pas, comme il ne supporte plus les autres. Le visage fermé à double tour, les dents serrées, il s'isole comme il peut, loin des gars nerveux comme des crotales, copains un jour et prêts soudain à s'entretuer pour une carte mal distribuée ou un regard de travers. Il n'attend que Margot, et celle-ci ne revient pas. Il sait que le nombre de réfugiés augmente et que la pression sur les organisations juives s'accroît. Au moins, aux Milles, contrairement à Gurs, il n'y a ni femmes ni enfants. La vision de mères, de bébés, de vieilles, dans ce chaudron de boue, doit être terrible à encaisser. Il imagine Margot, sa *Mädel*[1], dans les rues de Marseille, le visage au vent, et il reste en lui-même, indifférent aux clameurs du camp, dans le souvenir

1. « Bien-aimée », en allemand.

de Lisandro. Plus question de dessin et encore moins de théâtre : il n'a rien à offrir aux autres, à part son chagrin, et lit pour passer les heures, en allemand bien sûr, mais aussi en français, de manière hésitante, suivant chaque ligne du doigt. Son père en serait surpris et fier, mais il songe surtout à Margot : il doit mieux connaître sa langue, découvrir les classiques provençaux dont elle a parlé, bref, pénétrer un peu son monde, même par effraction.

Chapitre 31

Quand Margot prend le train pour Aix-en-Provence – le camion a rendu l'âme et il faudra attendre la générosité d'un bienfaiteur pour en racheter un –, l'impatience fait trembler ses mains. Comme cette locomotive s'ébroue lentement ! Il y a foule dans le compartiment car les Marseillais ont la bougeotte et les routes sont encombrées, même en plein hiver. Margot voyage debout, serrée contre une octogénaire un peu perdue.

— Attention, il y a des Boches, ici, s'inquiète-t-elle régulièrement.

— Mais non, rassurez-vous. Ici, c'est la zone libre, madame.

La vieille dame comprend mal la division de la France, comme les réfugiés dont Margot s'occupe. Elle semble paniquée et explique à qui veut l'entendre que son fils l'attend à Aix. Margot reste avec elle jusqu'à l'arrivée d'un homme bedonnant et essoufflé.

— Maman, excuse-moi pour le retard. Une affaire à régler. Le voyage s'est bien passé ?

— Très bien, intervient Margot, mais je ne voulais pas la laisser seule.

— Dieu vous le rendra, mademoiselle. Bon séjour à Aix.

Que dirait-il, s'il savait qu'elle se rend aux Milles ? Dans la région, on sait, évidemment, pour le camp. Mais celui-ci ne s'invite guère dans les conversations. On préfère éluder : ce qui se passe là-bas concerne des étrangers, des types louches, des indésirables, des Juifs. Même ceux qui y travaillent demeurent discrets. Être gardien dans cet endroit oublié de tous, c'est une façon de gagner sa croûte, pas une vocation. Les hommes par ici préfèrent de loin garder le bétail, mais il faut régler les factures. Margot prend congé et, attendrie, observe la vieille dame flétrie par l'âge s'appuyer sur son fils pour marcher.

Depuis quand aime-t-elle ainsi secourir les autres ? Petite, elle « soignait » ses poupées, recueillait des animaux, un hamster miteux, un chat à la patte cassée, un moineau mélancolique et même un pigeon à l'aile abîmée. Que d'efforts, pour sauver sa *ménagerie*, comme l'appelait sa mère, en guerre contre les odeurs, le bruit et le reste. En grandissant, elle donnait toujours une pièce au mendiant au coin de la rue et portait les courses du maçon du troisième étage au dos cassé sur les chantiers. Ses parents dans ce domaine n'ont rien eu à lui apprendre. Chez Margot, c'est inné, et elle trouve un plaisir fou à dépanner, encourager, épauler ceux qui en ont besoin. Mais personne ne peut voir dans cette grande générosité une abnégation niaise de soi, une faiblesse quelconque. La jeune fille ne se laisse pas marcher sur les pieds et sait dire non quand il le faut. Munie d'un radar assez aiguisé, elle repère, à l'association, les profiteuses, les faiseuses de drames, les personnalités difficiles et, d'un mot, d'un geste, elle sait remettre les unes et les autres sur le droit chemin, sans se les aliéner. Pareil avec les enfants, nul besoin d'élever la voix. Subjugués, ils font cercle autour d'elle, l'écoutent avec ferveur, même s'ils ne comprennent pas tout ce qu'elle dit. Elle adore ça, ce sentiment d'être une reine entourée de ses jeunes sujets. L'enfance est un pays éphémère dont on est chassé trop tôt. Et ces gosses-là, privés de père, ayant quitté leur maison, leur école, méritent un moment de répit face à l'angoisse des adultes autour d'eux, un peu de joie dans un quotidien répétitif et morne.

À l'arrivée, le bâtiment des Milles l'impressionne toujours autant : sous le ciel couleur de nacre de l'hiver, l'usine paraît sinistre. Le vent s'engouffre dans la cour et il n'y a rien pour s'en protéger. Elle aperçoit des hommes engoncés dans des manteaux car ils superposent les couches. Au camp, impossible de rester propre ou au chaud. On ne devine pas du dehors l'obsession du linge, chaque jour un peu plus sali, des chaussettes usées et malodorantes. Comment laver et faire sécher ? La captivité est une liste de misères, avec les engelures, les poux, les pieds gelés.

Elle cherche Leo du regard dans la foule mais ne le trouve pas : toutes les silhouettes se ressemblent, comme s'il s'agissait du même homme multiplié à l'infini. Le camp détruit ainsi toute individualité, toute velléité de se démarquer des autres. On fait partie d'un troupeau, celui des internés.

Franz l'aperçoit enfin et avertit Leo qui se hâte à sa rencontre.

— Enfin ! Je suis heureux de te revoir.

Margot a du mal à cacher sa stupéfaction. Leo a fondu, et les os de son visage forment autant d'arêtes, ses pommettes sont biseautées, son nez paraît plus grand. Il porte une barbe exubérante - c'est nouveau et dérangeant - qui lui donne l'air d'un vagabond. Mais c'est son regard surtout qui la stoppe. Ses yeux sont battus et ternes, noirs à la façon d'un étang boueux, comme si toute la lumière s'en était allée. D'un geste impulsif, elle prend ses mains dans les siennes. Celles-ci apparaissent griffées, déformées, et si froides !

— Des engelures, explique-t-il. À cause de l'eau glacée. Et c'est pareil pour mes pieds, hélas.

— Je t'apporterai des sabots, c'est le plus efficace. Et des gants de laine.

Elle sait que les engelures deviennent facilement des crevasses, puis des plaies, rendant le quotidien des hommes de plus en plus difficile. Et l'infirmerie réclamait toujours de tout en vain. Pour l'administration, les détenus n'étaient guère prioritaires.

— Alors, tu as vu ? Les Américains...

— Oui, c'est formidable. Et Hitler a décidément du souci à se faire.

En marchant, ils gagnent l'arrière du bâtiment, *leur* endroit habituel. Ce n'est guère plaisant, de la terre épaisse où l'on s'enfonce, des détritus et souvent des rats qui passent, indifférents aux êtres humains.

— Tu m'as tellement manqué, Margot, commence Leo, dont la voix se casse. Tu ne peux pas savoir...

Quelque chose dans le ton alerte la jeune femme. Plus que la tenue, l'allure physique, c'est l'enveloppe morale du jeune homme qui semble atteinte. On le dirait éteint, à l'extérieur de lui-même, spectateur impuissant de ses épreuves. Le cœur vrillé, elle prend de nouveau ses mains dans les siennes et embrasse ses pauvres doigts, apportant de la chaleur, de la douceur, de la tendresse à la douleur de Leo. Celui-ci étouffe mal un sanglot.

— Dis-moi, dis-moi, Leo.

— C'est Lisandro.

Leo pleure désormais, ouvertement. Margot se serre contre lui pour la suite qu'elle pressent terrible. Leo lui a souvent parlé du jeune Espagnol idéaliste et généreux. Elle voudrait faire barrière de son corps contre ce qu'elle va entendre.

— Il s'est pendu. Et tout est ma faute !

— Mais non. Pourquoi le penses-tu ?

— Je ne l'ai pas protégé, je n'ai pas compris qu'il était fragile, qu'il pouvait se briser net, telle une branche sous le givre.

— Je suis sûre, Leo, que tu as fait ce que tu as pu pour lui. Tu ne dois pas te sentir coupable !

— Et pourtant...

Margot cherche ses lèvres, y dépose un baiser d'abord timide puis plus pressant. Elle voudrait lui donner de la force, du courage pour deux. Elle pense au consulat du Venezuela où elle possède un contact, un homme qui, au téléphone, lui a fait bonne impression et qui a délivré de nombreux visas pour son pays. Elle n'en dit rien à Leo : après les récents fiascos, elle ne veut pas le décevoir encore.

Ils restent ainsi longtemps, l'un contre l'autre, le mistral rôdant autour d'eux. Personne ne les dérange, même si des centaines d'hommes parcourent le camp en tous sens, ici la marche et la conversation permettent de rester debout. On respecte ainsi leur intimité, on leur offre ces précieuses minutes car l'amour naissant est un trésor à préserver, partout et surtout dans ces conditions-là. On dirait que le camp entier les a adoptés, avec naturel : les voilà mascottes des Milles, la preuve que la vie dans toute sa richesse, sa merveilleuse imprévisibilité trouve même ici à s'épanouir. Respirant l'odeur de Margot, se réchauffant à sa poitrine, à ses hanches, Leo s'apaise, les monstres s'éloignent et le fantôme de Lisandro semble les bénir. La mort est inconcevable quand une femme vous aime !

Chapitre 32

Ce matin, elle a soigné sa tenue, espérant faire bonne impression au consulat et montrer son sérieux. Confectionnée par sa mère, sa robe bleu marine met en valeur la blancheur de son décolleté. En ville, il n'y a plus ni coton, ni soie, ni laine. Il a fallu utiliser un rideau comme dans *Autant en emporte le vent*, que Margot avait vu en 39 au cinéma avec des copines. Elles en ont ri de bon cœur, sa mère et elle. À l'image de Scarlett, on doit s'adapter ! Margot sortait les jambes teintes avec du thé pour imiter des bas de soie, comme pas mal de filles. Mais pas aujourd'hui. Elle a échangé une paire contre des tickets de pain et, avec ses chaussures à semelles compensées qui la grandissent encore, elle paraît invulnérable.

— Où vas-tu ainsi, Marguerite ? s'inquiète sa mère. Je n'aime pas te voir maquillée.

— C'est pour la bonne cause, maman, ne t'inquiète pas.

Dora Keller s'effraie du moindre retard, attend sa fille toute la journée. Elle croit Marseille grouillant d'agents allemands prêts à les dénoncer et à les emprisonner. Pourquoi son enfant persistait-elle à vouloir travailler au lieu de rester à la maison ? Mais arrêter

Margot dans son élan, c'est comme détourner un fleuve. Une tâche impossible depuis l'enfance. Alors Dora se contente d'admirer sa fille, une vraie Française qui a du chien, et de patienter sur son canapé avant son retour.

— Ne prends pas froid. Et surtout, ne rentre pas trop tard.

Avec un sourire ironique, après tout elle a entendu ces recommandations, toujours les mêmes, des milliers de fois, elle s'engouffre dans l'escalier étroit. Tiens, elle n'a pas vu son voisin depuis longtemps, ce soir elle lui rendra une petite visite.

Au consulat du Venezuela, les rares chaises ont été prises d'assaut. Margot patiente parmi la foule – beaucoup d'hommes seuls – devant un panneau indiquant *Dios y Federación*. On parle toutes les langues, et le brouhaha monte encore d'un cran quand l'attente se poursuit. Les candidats au départ, en majorité juifs, n'ont pas oublié que le Venezuela a accueilli trois cents des leurs, soit deux bateaux entiers en provenance d'Allemagne, alors que le Honduras ou la Guyane britannique, les pays voisins, refusent de laisser accoster ces malheureux. Les futurs émigrants espèrent être employés dans l'agriculture ou, mieux encore, l'industrie pétrolière qui a fait la richesse de cette terre.

Quand le nom de Margot résonne enfin, elle défroisse sa robe, passe une main dans ses cheveux et fait face à une secrétaire à l'air soupçonneux.

— Vous avez vraiment rendez-vous avec monsieur Edouardo Perez ? Mais pourquoi votre dossier ne passe-t-il pas par moi ?

Margot tente une réponse quand un type au crâne lisse sort une tête de son bureau.

— Daniela, c'est mademoiselle Keller ? Je m'en occupe.

Le bureau paraît imposant, et un portemanteau recouvert d'écharpes multicolores et des célèbres panamas agrémentés de rubans trône en majesté.

— Vous admirez ma collection ? interroge le vice-consul. Vous savez, le panama, curieusement, ne vient pas de chez nous, mais d'Équateur. Il se révèle fort utile pour résister aux températures extrêmes de votre magnifique cité.

Margot sourit.

— Alors, ainsi, vous souhaitez connaître notre contrée ? Comme je vous comprends !

— Il ne s'agit pas de moi, non. Mais de réfugiés dont je m'occupe dans le cadre du CAR.

— Mais je pensais, je croyais... Chez nous, vous savez, confie-t-il, extatique, il existe une cinquantaine d'îles, le fleuve Orénoque, la plus haute chute d'eau du monde. Et Caracas, la jungle guyanaise...

Margot n'est pas venue discuter tourisme ou villégiature. Sentant sa gêne, le diplomate change de tactique et souffle d'une haleine chargée :

— Vous devriez faire attention à vous, belle mademoiselle, les Juifs sont en danger, de nos jours. Étrangers ou français, tous en grand danger.

La jeune femme reste interdite. Elle connaît évidemment les mesures antisémites qui se juxtaposent les unes aux autres. Mais ici, en zone libre ? La phrase du diplomate donne une forme, une consistance à ses peurs. Les étrangers comme les Français. Elle doit protéger ses parents autant que Leo.

— J'ai en fait besoin de votre aide pour un interné des Milles. Il s'appelle Leonard Stein et se trouve sur la liste noire des nazis. Je vous ai apporté son dossier.

— Montrez-le-moi. Et approchez donc. Ce bureau est ridiculement vaste.

Margot détaille le parcours de Leo quand elle sent tout d'un coup une main se faufilant à la hauteur de son genou. Elle pousse un cri et se recule.

— Ma belle, ne vous offusquez pas. Vous possédez de jolies gambettes. C'est bien comme ça qu'on dit, non ?

L'homme se lève et plaque Margot contre le mur.

— Vous allez céder, mademoiselle Keller. Elles cèdent toutes. Parce que ce garçon allemand vous plaît. Je me trompe ?

Un instant, Margot suffoque sous le poids du Vénézuélien au rictus de gros chat suffisant. Puis l'instinct prend le dessus et elle lève sa jambe, assénant un solide coup dans les parties intimes de son assaillant. Celui-ci étouffe un juron, quelque chose à voir avec sa mère ou la mère de Margot, la jeune fille ne sait pas, et lui saisit le bras d'un geste menaçant.

— Si vous ne vous montrez pas gentille, vous n'arriverez à rien, petite. Et je ne donne pas cher de votre protégé, ou même de vous !

— Sale individu, vous devriez avoir honte !

Margot le toise, récupère son dossier et quitte la pièce les cheveux en bataille. La secrétaire, impassible, la regarde s'enfuir. Combien de jeunes femmes a-t-elle vues entrer le sourire aux lèvres pour ressortir ainsi défaites ?

Dehors, Margot manque de glisser dans une flaque d'eau sale. Elle n'a pas eu peur, enfin elle ne pense pas, mais elle bout de rage et de frustration mêlées. Ce type répugnant croyait-il vraiment obtenir ce qu'il désirait ? Au souvenir de ses mains, de son souffle trop proche, elle sent son ventre se tordre. Pas question d'être malade ainsi en public à cause d'un voyou qui, sous ses airs de sauveur, profite de son petit pouvoir !

Mais à qui se plaindre ? Les femmes restent des proies et davantage encorc les étrangères sans papiers, sans la protection d'un mari, d'un frère, d'un père, comme celles dont elle s'occupe.

En se dirigeant vers l'hôtel Bompard où on l'attend, elle a envie de balancer un coup de pied dans la première poubelle venue. Il lui faut recommencer ailleurs, trouver une autre piste pour Leo. Depuis l'été 40, tous ses efforts ne tendent que vers ceci : la liberté pour les autres, mais avec si peu de résultats probants ! Une vingtaine d'élus peut-être et des centaines et des centaines de candidats au départ.

— Ah, eh bien, vous n'arrivez pas trop tôt, lui lance le propriétaire, hargneux. Il y a du grabuge. Je vous attendais.

— Que se passe-t-il encore ?

Margot grimpe l'escalier avec appréhension. Elle ne sait jamais à quoi s'attendre ici : une dispute, un problème avec un enfant, de mauvaises nouvelles du pays ? Les pensionnaires sont assises en rond par terre, le visage fermé, le regard dur...

— Tout va bien ?

— Non.

Elles détournent les yeux.

— Il y a un problème avec la nourriture, lance l'une d'elles. On a trouvé des bêtes dans le riz. Pas question d'empoisonner nos enfants.

— Montrez-moi ça.

Des charançons !

Dégoûtée, Margot comprend la colère des femmes.

— On veut déménager, trouver un autre hôtel.

— Oui, on peut pas rester ici, l'employé nous vole.

— Et le propriétaire nous regarde bizarrement, ajoute une autre. Parfois, il nous tripote même.

Margot redescend l'escalier et confronte l'homme :

— Nous vous payons, monsieur Legrand, dix-sept francs par jour et par détenue pour une nourriture infâme. Regardez ! Vous le donneriez à un enfant, vous ?

— Oh là là, arrêtez toutes, avec vos grands airs ! On vous accueille, on vous nourrit, on vous loge gratuitement. Et en plus, ça vient se plaindre. Ingrates ! Pouilleuses !

— Maintenant, ça suffit ! rugit Margot, hors d'elle. Vous ne faites pas la charité ici. L'administration vous paie tous les mois. Et votre rôle consiste à fournir des aliments décents à vos locataires. Alors, pas d'histoires, hein !

La détermination de la jeune femme est telle que l'hôtelier bat en retraire et lance, venimeux :

— Il suffit de mettre le paquet de riz dehors, avec ce froid. Tout le monde sait ça ! Ou d'ajouter un peu d'ail pour tuer les bestioles. Vos Juives, là, c'est des princesses, ou quoi ?

— Occupez-vous de vos oignons, ou plutôt de votre ail, c'est tout ce que je vous demande !

Margot soupire : il n'est pas seize heures et la journée promet d'être encore longue. Aurait-elle dû lui graisser la patte ? Ici, tout se paye et elle conserve des boîtes de sardines à cette fin, mais en traitant ses pensionnaires comme des brebis galeuses, ce type-là dépasse les bornes. Elle doit aussi calmer les femmes, régler la myriade de problèmes qui, tous les jours, les assaillent, trouver des solutions pour les enfants privés de jeux dehors par le froid polaire qui s'est abattu sur la région.

Soudain, elle se sent fatiguée, si fatiguée, mais accroche un pauvre sourire à ses lèvres. Les mères l'accueillent mal et l'une d'entre elles, une Roumaine de trente ans, qui semble la meneuse, l'apostrophe :

— On va s'en aller, trouver un autre centre.

Margot passe une heure à les calmer : il n'existe pas d'alternative, les hébergements dans la ville sont inexistants et elles doivent comprendre la mauvaise volonté de l'administration française, les suspicions concernant les étrangères, juives de surcroît. Elles ne vont pas s'enfuir pour quelques insectes... Parfois, elle aussi a envie de tout laisser tomber et rêve d'un ailleurs où personne n'exigerait rien d'elle.

Chapitre 33

Aux Milles, les jours se succèdent, gris et ternes. Les poux ont fait de nouveau leur apparition et l'on se gratte ferme, le camp entier est infesté, comment éviter la contagion ? Les uns et les autres brûlent la paille souillée mais ça ne suffit pas, il faudrait pouvoir désinfecter les vêtements. Dix jours avant d'obtenir une réponse du commandant à ce sujet, et une pauvre charrette envoyée pour collecter manteaux et pulls. Mais le problème, c'est que la charrette qui rapporte les habits traités n'est pas nettoyée, et ceux-ci se réinfectent donc aussi sec ! Ce deuxième hiver au camp, le corps des détenus est mis à mal par les engelures, les problèmes de ventre, les bestioles en tout genre. Dans cette mer de brique, le moral vacille. Les hommes sont usés par des mois, parfois des années de détention. Un vétéran en est à son neuvième camp ! Et la mort de Lisandro plane comme un nuage noir sur tous.

Un jour, pourtant, Franz arrive, resplendissant : il a réussi à obtenir visa et billet pour Casablanca et, si rien ne vient s'y opposer au dernier moment, il prendra un bateau direction le Maroc dans dix jours. Leo félicite son ami : c'est une sacrée bonne nouvelle et la preuve que le départ reste possible en ce mois de janvier 42 qui semble ne jamais vouloir finir. Fidèle à sa discrétion, Franz n'a rien dit de ses démarches à ses voisins de chambrée, à ses copains de Sanary, mais le soir on organise une petite fête en son honneur. Il y a de l'alcool, du chocolat, et un Praguois a même confectionné un entremets avec des restes de biscottes et une boîte de lait concentré. Un dessert de roi, comme les oranges, les seuls fruits du camp, dont l'apparition une fois par mois provoque une véritable frénésie chez les hommes qui se battent parfois comme des gamins.

Franz est félicité, embrassé, on lui tape dans le dos, on plaisante sur les danseuses du ventre et les chameaux, un Maroc de pacotille qui a le mérite de les dépayser. Certains cachent néanmoins mal leur jalousie et sous cape s'étonnent de cette liberté providentielle. Pourquoi Franz et pas eux ? C'est la *Schadenfreude*, la joie mauvaise si chère à la littérature allemande. Comment un petit peintre a-t-il pu réussir alors que l'intelligentsia d'Europe centrale croupit dans la poussière rouge ? Franz demeurant muet à ce sujet, les commentaires vont bon train. On lui demande de poster des lettres, d'intercéder auprès des autorités, on convoite ses chaussures, son pardessus pourtant bien élimé. Il n'en aura pas besoin là où il va. On rêve du jour où les grilles s'ouvriront pour soi aussi.

Leo reste auprès de son ami. Oskar parti on ne sait où, Lisandro mort, Franz embarquant pour l'Afrique du Nord, il se retrouvera seul. Enfin, si l'on peut utiliser ce mot aux Milles.

Durant les mois passés à Dachau, comme en Espagne, il a toujours été entouré d'amitié. Là, il n'a pas le cœur à nouer d'autres relations et il mesure sa perte. Avec Franz, Oskar et Lisandro, ils formaient un rempart contre la folie du monde et puisaient courage et force dans leur camaraderie. Comment continuer ? Qui sait quand ils se retrouveront ?

Dix jours après, les deux hommes se disent au revoir dans un couloir sombre longeant une rangée de fours remplis de tuiles non cuites.

— Tu en veux une, comme souvenir ? tente de plaisanter Leo.

— Je crois avoir vu plus de tuiles que je ne peux en supporter, *mein Bruder*[1].

Il se souvient de leur évasion ratée, mais aussi de Sanary.

— Rejoins-moi vite, Leonard. On a besoin de tous ceux qui veulent se battre.

— Au Maroc ou ailleurs, répond Leo.

— Au Maroc ou ailleurs, répète Franz, les yeux embrumés.

Une accolade, une respiration qui soudain se bloque, et voilà Franz parti, son baluchon sur le dos. Leo lui souhaite silencieusement bonne route. Bientôt, la chance lui sourira aussi. Et bientôt, lui aussi partira. Il se raccroche à cette pensée réconfortante pour avaler les heures et les jours, un brouet infâme qui, à certains moments, menace de l'étouffer.

---

1. « Mon frère », en allemand.

Chapitre 34

Cet après-midi, Margot doit retrouver Leo à Marseille. Oui, en plein centre-ville ! Le jeune homme a de nouveau obtenu une permission (on dit que ces autorisations aussi seront bientôt annulées) et avant son rendez-vous à la HICEM pour son dossier, il a fait parvenir un mot à Margot par le biais d'un autre détenu libéré et en partance lui aussi pour Casablanca. Il aimerait revoir la mer, passer du temps sur le sable, même glacé, comme s'ils n'avaient aucun souci, comme s'il n'y avait aucune guerre autour d'eux. Margot en soupire d'exaltation, mais en attendant de retrouver Leo, elle se rend au consulat du Mexique. Après le fiasco du Venezuela, elle reste sur ses gardes. Pas question de se maquiller, de jouer à la femme fatale. Elle ne veut pas d'un autre rustre ni d'autres mains que celles de Leo sur elle ! Elle a entendu dire du bien du consul, vétéran de la guerre du Mexique, journaliste célèbre dans son pays, qui sait, paraît-il, trouver des lieux d'hébergement, affréter des embarcations, accorder des aides juridiques ou alimentaires aux réfugiés, surtout s'ils ont été brigadistes. Et si cette fois était la bonne ? L'attente au 7, square Stalingrad est longue et Margot s'égare dans ses pensées :

elle sera bientôt dans les bras de Leo, face à la Méditerranée, rien n'aura plus d'importance. Au bout de deux heures, on vient la chercher. Surprise, ce n'est pas un rendez-vous avec un adjoint, mais avec le consul lui-même. Elle s'en étonne, presque méfiante, après sa mésaventure récente.

— Bonjour, je suis don Gilberto Bosques. Que puis-je pour vous ?

La poignée de main est franche, le regard clair, avec une étincelle juvénile dans les yeux. Margot se lance, énumère les pièces déjà acquises, souligne les faits de guerre de Leonard Stein en Espagne. Concentré, le consul note quelques informations, puis dit simplement :

— Revenez dans une heure, je vais voir ce que je peux faire.

Dix minutes à peine. L'entretien est déjà terminé, et la jeune fille se retrouve près de la fontaine des Danaïdes, dans le quartier du Chapitre, un joli témoignage d'Art nouveau de la ville. Elle s'engouffre dans les Réformés, l'église Saint-Vincent-de-Paul. Elle patiente, bercée par la lumière des cierges, admirant les vitraux et la rosace. Elle se surprend à prier : ils ont besoin aujourd'hui de toute l'aide disponible. Elle revient frigorifiée au consulat et des ordres ont dû être donnés car on l'emmène tout de suite dans le bureau du consul.

— Ah, mademoiselle Keller, je vous attendais. Eh bien, voilà, je me suis débrouillé.

Et l'homme élégant de lui tendre une enveloppe ventrue qu'elle ouvre devant lui, le cœur battant.

— Ce sont... ce sont...

— Oui, un visa valable pour un mois, une attestation de ma part et un billet pour Veracruz. Mais attention, le départ a lieu dans trois semaines sur l'*Alhambra*. C'était le seul où il restait une place, j'ai dû agir vite. Vous ne m'en voudrez pas, j'espère...

Margot en est bouche bée. En une heure, le destin de Leonard Stein vient de bifurquer par la grâce d'un inconnu ! Elle lui baiserait les mains, mais elle se contente d'un faible « Merci », soudain prise de vertiges. Leo partira dans moins d'un mois, loin, si loin de Marseille et d'elle ! Et impossible de le suivre, de tout quitter avec lui.

— Vous paraissez bien blanche, mademoiselle. Je vous offre un café ?

Margot accepte avec empressement et voit ainsi arriver sur un plateau, miracle, une tasse de vrai café comme avant, du sucre, autre denrée rare, et quelques biscuits joliment déposés sur une assiette. Elle savoure le goût du breuvage.

— C'est incroyable, Votre Excellence, vous avez tout réglé si rapidement.

— J'essaie de tendre la main quand je peux, balaie-t-il d'un geste. Nous allons entrer en guerre, mademoiselle, contre l'Allemagne. Après Pearl Harbor, c'est une évidence. Mon temps ici est donc compté, hélas. Il faut se dépêcher, accorder le plus de visas possible.

— C'est formidable ! Vous ne pouvez imaginer tous ces réfugiés, traqués, chassés, espérant trouver un refuge.

Bosques sourit devant le bonheur de cette jeune femme. Il juge de son devoir d'aider tous les antifascistes persécutés car les idéaux de la révolution mexicaine de 1910 le nourrissent. Combien d'hommes et de femmes seront engloutis par cette guerre ? S'il arrive à en sauver quelques-uns, son travail à Marseille n'aura pas été en pure perte[1]. Et le danger ne lui fait pas peur : Vichy n'osera pas s'en prendre à un diplomate. Les Allemands, par contre... Ils conversent encore pendant un quart d'heure et, éperdue de reconnaissance, Margot prend congé. Les émigrants finalement ne survivent que grâce à la bonté des uns et à la négligence des autres.

Quand elle aperçoit Leo qui l'attend sur le port, elle a du mal à cacher son secret, mais elle attend le bon moment. Celui-ci se présente à la calanque de Niolon, sur la Côte Bleue. Il fait un peu moins froid et les amoureux ont même mis les pieds dans l'eau.

— Tu sais que j'ai appris à nager près d'ici, dans la piscine du vallon des Auffes ? Un endroit magique pour tous les gamins !

Joueur, Leo éclabousse Margot qui fait mine de s'en offusquer. Ensuite, ils s'allongent sur le manteau du jeune homme et s'embrassent enfin. La jeune femme sent Leo haleter dans sa bouche, la respirer de tout son être, leurs corps s'embrasent. Leo la contemple : ses cheveux s'étalent comme des algues sans pudeur. Comment cette créature a-t-elle pu le trouver, lui, l'interné des Milles, l'homme sans patrie ni papiers ? Elle forme une barricade contre ses cauchemars. Il avait eu

1. Le consul du Mexique et sa famille furent arrêtés le 12 novembre 1942 et détenus pendant un an. On estime à des centaines le nombre de personnes que Bosques a aidées, gagnant ainsi le surnom de « Schindler mexicain ».

des amours, des flirts et des liaisons sans lendemain. Ses conquêtes étaient passées comme des météores dans sa vie de jeune homme pour le mener jusqu'à elle. Il a besoin d'elle, de vivre à ses côtés, de partager son quotidien. Margot mord ses lèvres au goût de sel et de cuivre. Ils s'aiment, deviennent un seul être, à l'abri d'un rocher. Après, Leo caresse l'épaule de Margot.

— Il y aura bien un endroit sur cette planète où l'on sera libre, un jour.

— Oui, répond-elle, soudain sérieuse. Et le tien se nomme Mexique. Dans trois semaines.

Leo s'assoit, craignant de mal comprendre.

— Mais... de quoi parles-tu, au juste ?

Margot sort de son sac l'enveloppe du consul et exhibe triomphalement les billets et le visa.

— Voilà, tu pars le 17 février. Le bateau se nomme l'*Alhambra*, il est très beau, dit-on.

Sa phrase paraît ébréchée, tant l'émotion la submerge.

— Comment as-tu réussi ? Marguerite Keller, tu es, tu es...

Lui non plus ne trouve plus ses mots. Il se ressaisit, lui prend les mains et réfléchit à toute vitesse. Une phrase, une seule phrase prononcée, et l'on change ainsi de vie. La question fuse alors, comme une évidence :

— Tu as pris le même ? Tu viens avec moi ?

Margot secoue lentement la tête.

— Je ne peux pas, Leo. Comment abandonner ces femmes ? J'ai une mission, ici. Et puis, mes parents, impossible de les quitter, ils en mourraient, tu sais...

Leo demeure silencieux. Comment la convaincre ? Il la sait femme de conviction, habitée par son travail, dévouée à ces étrangères. Mais il s'agit de leur vie ! Qui sait quand les foudres de Hitler s'abattront sur eux ? La zone libre ne le restera plus longtemps, et comment imaginer que les nazis laisseront tranquilles tous ceux qu'ils haïssent ?

— C'est une chance inespérée, Margot. Nous devons la saisir, ensemble !

— Je te rejoindrai, essaie de te calmer, Leo. Ta situation se révèle bien plus difficile que la mienne. Je suis française et en liberté. Tu es allemand, retenu captif : le bilan est vite fait.

— Vraiment, tu me rejoindrais ?

— Oh, Leonard Stein ! Tu ne te débarrasseras pas de moi ainsi.

— Il me faut encore obtenir le visa de sortie des Milles, et la dernière fois, quel fiasco ! se rembrunit Leo.

— Tout va bien se passer. Imagine-nous à Mexico ! Et nous n'y serons pas seuls : beaucoup de brigadistes y ont trouvé refuge. On pourrait enfin s'engager, être utiles à l'effort de guerre.

Margot s'enivre à ses propres phrases et imagine un avenir commun dans un pays dont elle ne sait rien. Avec lui, elle sent l'air de la liberté mais reste tiraillée. Quitter Marseille, elle le sait, sera un crève-cœur.

— Et si on retournait en ville fêter ça ?

— Bonne idée, je meurs de faim, tout d'un coup.

Et Leo fait mine de dévorer l'épaule de Margot.

Chapitre 35

L'après-midi a glissé trop vite. Margot a montré au jeune homme sa ville où la beauté est cachée. On la trouve dans les ruelles, sur le sourire du marchand de poissons, près des calanques, sur les traverses et les calades, ces termes proprement provençaux qu'elle peine à expliquer à Leo. Tout cela l'attendrait, immuable, et continuerait sans lui. Aux Milles, il a la sensation de s'effacer progressivement, de devenir invisible. Ici, il revient dans le tableau, reprend sa place au festin de la vie. C'est si fastueux que le vertige le saisit. Cette fille est un monde à elle toute seule, un univers à comprendre et à aimer. Jamais le ciel ne lui a paru si vaste. Leurs pas les emmènent sur la Canebière *qui ne va pas au bout de la Terre*, selon la chanson. C'est plutôt la mer qui arrive jusque dans les rues à Marseille. Ils passent devant les Nouvelles Galeries et Margot raconte le terrible incendie qui a ravagé le grand magasin en octobre 38. Celle-ci souhaitait acheter des gants pour l'une de ses premières soirées. Avec sa mère, elles avaient senti la fumée avant de la voir, le toit avait déjà flambé à leur arrivée. Constituées de bois, de rideaux, de tissus, les Nouvelles Galeries brûlaient. Et la foule massée gênant les secours avait scellé le drame. Margot se souvient du nuage noir au-dessus de leurs têtes, des cris d'excitation de la foule, des camions de sapeurs-pompiers qui n'arrivaient pas jusqu'au foyer du feu. Une vision terrible, l'eau qui ne sort pas des tuyaux, des hommes qui cherchent à prêter main-forte mais qui empêchent les manœuvres des soldats du feu, les cris des pauvres employés coincés à l'intérieur. Dora Keller avait voulu s'enfuir pour échapper au brasier qui rugissait, mais Margot avait tout de suite trouvé à s'employer. Elle tenait la main des brûlés sortant tout noirs et chancelants du brasier, distribuait linge et verres d'eau, réconfortait ceux et celles qui pleuraient, appelaient leurs mères, ou au contraire s'enfermaient dans un silence blessé. L'incendie avait été le pire de toute l'histoire de Marseille : plus de soixante-treize personnes avaient péri en ce vendredi de mistral, sans compter les disparus et les nombreux blessés[1]. Margot avait compris, là, au milieu du désastre, ce que serait son avenir. Elle voulait soulager, devenir infirmière ou, mieux encore, médecin. Il y en avait si peu au féminin... Comme tous les Marseillais, elle avait souffert des conséquences politiques de l'incendie, la ville mise sous tutelle, le maire écarté, le conseil municipal dissous. Et Vichy avait aggravé la situation en plaçant la cité phocéenne sous un régime colonial, au grand dam de la population qui ne voulait pas être dirigée par des gens venus d'ailleurs et réclamait ses propres élus. Comment la blâmer ?

1. Entre 150 à 200, selon les historiens.

Margot tente d'expliquer tout cela à Leo qui peine à la suivre tant elle se montre volubile. Pour la faire taire, il l'embrasse. Méthode infaillible. Elle fond dans ses bras puis l'emmène enfin se restaurer à la pâtisserie Plauchut, à l'intérieur baroque et aux peintures et marbres du XIXe siècle. Ici, pas de café national, ce brouet infâme. Margot commande deux vrais chocolats, tant pis pour son carnet de rationnement.

— Je viens là depuis que je suis toute petite. Tu dois goûter les croquets, ces merveilleux biscuits au goût d'amande.

Elle lèche un peu la tasse, savourant le goût sur ses lèvres. Leo la découvre ainsi épicurienne, sophistiquée, si française. Il en serait presque intimidé s'il ne se souvenait pas de leurs corps emmêlés sur la plage. Il apprécie ses nombreuses facettes, il aime tout d'elle, à dire vrai. Ils évoquent encore le Mexique et se souviendront longtemps de cet après-midi au goût de chocolat, bien au chaud, si loin du tumulte.

Chapitre 36

Leo redoute l'entretien à venir aux Milles. La dernière fois, il n'a pas su plaider sa cause et le gendarme l'avait à peine regardé avant de refuser. Aujourd'hui, il s'est levé tôt et se dirige vers le point d'eau, encore désert à cette heure-ci. Il donnerait sa montre pour une douche chaude et une serviette mais il doit se contenter d'un filet d'eau froide et d'une vieille chemise dont il se sert pour se sécher. Il ressent une appréhension sourde, devient comme une pierre dure, aiguisée. Il ne supportera pas un autre refus.

Dans le bureau, il fait bon, et les épaules du jeune homme se dénouent, même si ses mots peinent à trouver leur chemin, sa langue épaisse dans sa bouche. Le gendarme, un type mince au nez busqué, qui l'a fait entrer, paraît absorbé dans ses papiers et croque des cachous à la façon d'un métronome. Il lui manque deux boutons sur un ventre tendu à l'extrême. La bureaucratie dans toute sa majesté.

— Votre nom, s'il vous plaît.

Leo le lui donne d'une voix rauque.

— Et votre visa. Vous disposez bien entendu de la somme pour le billet ?

— Oui, celui-ci a été acheté.

— Sept cent trente dollars ! s'exclame le gendarme. La vache, vous avez les moyens, on dirait !

Leo ne sait quoi répondre. Est-ce qu'avoir pu se procurer le titre de voyage par le biais de la HICEM et le consul du Mexique jouera en sa faveur ou en sa défaveur ? C'est à la fois Kafka et Ubu dans ce bureau qui, soudain, paraît surchauffé. Le jeune homme n'est plus que cela : une envie de partir, de s'enfuir de ce camp. Tendu vers un seul but : franchir les grilles. La peur rampe en lui, il devient un animal aux aguets, prêt à bondir, à s'échapper.

Le fonctionnaire semble hésiter, regarde l'affiche de Pétain (*Pas bon, ça,* s'inquiète Leo), et se gratte le nez sans discrétion. Il s'ennuie et ne fait aucun effort pour le cacher. Et d'un geste las, il finit par apposer un tampon sur le formulaire de Leo.

— Eh bien, vous voilà en route pour le Mexique.

La respiration de Leo se coupe. Éperdu, il remercie. Le type le congédie d'un revers de la main, lassé de tout et surtout de ce boulot qui ne lui rapporte pas tripette.

À la sortie, on l'assaille :

— Alors, ça y est, c'est bon, frangin ?

— Tu pars aux colonies ?

— Allez, dis-nous tout, ne fais pas ton cachottier...

Leo fend la petite foule sans dire un mot, presque chancelant. Comment partager d'abord cette nouvelle avec les détenus alors qu'il ne rêve que de l'annoncer à Margot ? Il ressent exaltation, effervescence et incrédulité en même temps. Cela fait dix-neuf mois qu'il survit aux Milles, dix-neuf mois à respirer la poussière des tuiles, à se sentir devenir lui-même un objet que l'on transporte et abandonne à son sort. S'il n'avait pas rencontré Margot, il n'aurait jamais obtenu ces papiers, ce passeport pour la liberté, cette échappatoire aux griffes de Hitler. Il meurt d'envie de la tenir dans ses bras, de l'aimer en prenant tout son temps, pas à la dérobée, en plein air comme sur cette plage, ou sur un lit de fortune à la villa de Varian Fry. Il voudrait dormir à deux, se réveiller à ses côtés, posséder un lit où se couler en elle. Soudain, le regret de la quitter lui serre le cœur. Qui sait quand elle pourra elle aussi obtenir un billet et les visas ? L'ange du Mexique, ce consul providentiel, doit aussi travailler pour elle et lui obtenir ce fameux sésame. Mais œuvrer pour les associations juives ne lui garantit pas un passage, elle le lui a bien expliqué. Elle n'est en rien prioritaire puisque française. Il doit lui écrire, la prévenir tout de suite de la bonne nouvelle, la presser aussi de retourner au consulat du Mexique.

En rentrant dans le bâtiment, ébloui, Leo tombe sur un détenu, étendu à même le sol, en train de dormir. Celui-ci grogne mais ne se réveille pas. Le sommeil est une denrée précieuse, au camp : il symbolise la liberté, l'envol, les souvenirs d'une vie meilleure, l'oubli de tout. Spontanément, Leo enlève son écharpe et en fait un oreiller de fortune pour l'inconnu. Là où il va, il n'en aura nul besoin. Il devra se renseigner sur le pays.

Il sait juste que les républicains espagnols, après la défaite de leur camp, y ont trouvé refuge. Et que les États-Unis demeurent un fidèle allié du Mexique. Celui-ci basculera-t-il aussi dans la guerre comme son géant de voisin ? Et lui, Leonard Stein, pourra-t-il enfin se battre et non pas continuer à assister, impuissant, à la déflagration ? Ce soir, il se passera de manger, il emprunte des livres de géographie et suit à la lueur d'une lampe de poche le tracé qu'il devra emprunter pour rallier Veracruz, à l'autre bout du monde. Par la grâce d'une carte, il redevient l'enfant de la librairie paternelle, le temps d'un instant.

Chapitre 37

Les jours semblent traîner en longueur, s'étendre à l'infini, faire bloc et constituer un mur impossible à franchir. Heureusement, Margot est revenue et, en apprenant l'heureuse issue, elle a sauté de joie. Elle aurait crié si elle avait pu. La jeune femme a organisé les derniers détails, proposé des *pesos*, la monnaie locale, une modeste somme, ainsi que les coordonnées d'émigrés allemands et français, une communauté en pleine expansion et protégée par le gouvernement mexicain hostile à Vichy. Elle se montre enthousiaste. Demain sera peut-être son tour, qui sait ? Elle le retrouvera sur le quai du départ pour l'embrasser. Et ce ne sera qu'un au revoir. L'urgence, c'est lui, qui doit partir. Elle et sa famille possèdent ce luxe inouï, un peu plus de temps.

Leo lui a montré ses dessins. Depuis l'annonce de son départ, il a retrouvé le goût de décrire ce qu'il voit : il ébauche des détenus, des scènes quotidiennes et les confie à sa bien-aimée. Ils seront en sécurité chez elle, et arrivera un jour où ces croquis deviendront une arme précieuse contre tous ceux qui ont permis cela, un témoignage de la vie aux Milles, une preuve accablante de ce que l'homme peut infliger aux autres hommes. Il crayonne vite, trouve l'inspiration autour de lui, dans ce caravansérail qu'est l'ancienne tuilerie depuis le début. Il esquisse, rature, grave la vie d'ici, du cocasse comme ce détenu, somnambule à ses heures, en liquette la nuit malgré l'interdiction des gardiens obligés de le ramener au dortoir et maugréant tout le chemin, jusqu'au terrible, les évasions ratées, source de punitions, les prisonniers prostrés par le désœuvrement, la faim. Ceux qui ne peuvent se payer le supplément par le marché noir ont perdu plus de dix kilos et peinent au moindre effort.

Leo dessine les visages qui se creusent, les joues hâves, les bras et les jambes qui semblent s'étirer et ne plus vouloir s'arrêter. De mémoire, il peint aussi Oskar, sa blondeur, Franz à l'air taciturne, Lisandro avec sa bouille d'enfant et ses lèvres vermillon. Il ne veut oublier personne, les inscrire tous dans sa mémoire. Les Juifs religieux massés et silencieux, les intellectuels toujours prêts à discuter de Platon, de Spinoza, d'Einstein ou de Freud, les jeunes écrasés d'ennui, les vieux qui ne comprennent pas ce qu'ils font là, des semaines après leur arrivée, et réclament des guêtres, un parapluie, leur femme de ménage.

En secret, il a aussi dessiné Margot, ses yeux si lumineux, son sourire radieux quand elle le voit. Il souhaite lui offrir quelques croquis mais en garde d'autres pour lui, comme compagnons de voyage. Ces œuvres-là sont dissimulées où le saucisson a vécu sa courte vie. Personne ne doit les voir. Même pas elle. Sa nervosité redouble. Et si quelque chose déraillait ?

Chapitre 38

Ce matin-là, Leo a entendu du bruit. Le camp n'est jamais calme, mais la clameur nouvelle l'intrigue. Les détenus se bousculent à l'entrée, des camions s'arrêtent devant le portail : des dizaines d'hommes de tous âges en sortent, certains bien amochés. Maigres à faire peur, éberlués de se retrouver là, dans la douceur de la lumière provençale. Il fait presque chaud déjà et l'on circule en chemise. Ces inconnus, eux, portent pulls et manteaux crasseux, un pauvre baluchon sur le dos qui contient tout ce qu'ils possèdent.

— Tu sais qui c'est ? demande Leo à un voisin.

— Des nouveaux. De Gurs, je crois.

Leo s'apprête à rebrousser chemin quand quelque chose l'arrête. Ou plutôt quelqu'un. Un homme de profil, voûté, s'appuyant sur une canne. Le nez est droit, aquilin, le menton plat, les sourcils épais. Mais c'est sa façon de tenir la tête, un peu penchée sur le côté, qui l'alerte. C'est impossible ! Tout simplement impossible ! Le prisonnier qui avance à petits pas comptés n'est autre que son père, Jakob Stein ! Leo crie son nom, pas *Vati*[1], ses lèvres semblent avoir

1. « Papa », en allemand.

oublié jusqu'à la prononciation de ce mot si doux, mais le détenu ne sursaute même pas. Peut-être l'esprit de Leo lui joue-t-il des tours ? En quelques enjambées, il se trouve derrière le prisonnier mais hésite soudain à poser une main sur son épaule. Il se reprend.

— *Vater ? Bist du das*[1] *?!*

Le vieillard, puisque c'est ce qu'il est, Leo s'en aperçoit avec effroi, se retourne : Jakob Stein est bien là, dans la cour des Milles, le visage ridé, tenant à peine debout malgré cette canne incongrue.

— Leonard, Leonard !

Leo peine à reconnaître son père, noyé dans des hardes sales. Le libraire portait naguère des foulards venus de Paris, des vestes d'Italie, sentait le vétiver, une fragrance française là aussi, et le tabac à pipe de qualité. Défait, battu, Jakob Stein semble aujourd'hui approcher le grand âge, alors qu'il n'a que soixante-cinq ans... Repoussant les questions à plus tard, Leo saisit le bras de Jakob et l'emmène jusqu'à un banc fait de brique. Il demande un verre d'eau à un détenu allemand qu'il connaît. L'autre exige quelques pièces pour prendre place dans la queue de ravitaillement.

— C'est bien toi, père ? Mais je n'avais aucune nouvelle, je ne savais pas où tu te trouvais. Que s'est-il passé ? Je t'en prie, raconte-moi.

Jakob contemple son fils, éperdu. Par où commencer ? Tant de temps s'est écoulé, sa mémoire flanche. Il se contente de regarder son enfant unique, des larmes aux yeux :

---

1. « Papa, c'est toi ?! »

— Je te croyais à l'abri, Leonard, murmure-t-il d'une voix atone. Sur la Côte d'Azur, comme tu me l'écrivais.

— J'étais ici, papa, aux Milles. Mais toi, dis-moi, depuis Mannheim, c'est incroyable ! Commence par le début.

— Je me suis retrouvé à Gurs. Un camp de la honte, une misérable ville de boue.

Dans le cerveau de Leo, ça va à toute allure, celui qu'il croyait à peu près en sécurité en Allemagne, chez Katarina, sa tante, se trouvait en fait en France à quelques heures de voiture du Midi. À Gurs, derrière les barbelés, ce camp ouvert en avril 39 pour accueillir les réfugiés de la guerre civile espagnole et de nombreux brigadistes. Un camp de la mort lente, selon les rumeurs.

— Mais pourquoi ? Comment ?

— J'ai soif, si soif.

Il faut attendre le verre d'eau pour que Jakob retrouve quelques couleurs. Il fixe un point sur le sol et commence enfin à raconter. Les coups dans la porte au petit matin à Mannheim, les hommes en uniforme, la recherche systématique de bijoux, d'argent. Osant une question, Jakob reçoit un coup de pied dans le ventre qui lui coupe le souffle. On ne lui laisse pas le temps de prendre des affaires, il est emmené dans un camion, frappé car il ne descend pas l'escalier assez vite. Il comprend son crime : continuer à vendre des livres interdits, réunir des intellectuels mal vus du régime. Et surtout, surtout, être juif. Au bout de cinq jours de cachot, miraculeusement, on le libère. Interdiction de s'approcher de sa librairie, celle-ci passe *illico* aux mains d'un nouveau propriétaire. Pas question non plus de revenir à l'appartement, il est réservé à une famille de *bons* Allemands. Il se retrouve affamé, traqué, à la rue.

— J'ai donc fui chez Katarina à la campagne. Mais avec Günther, son mari, je n'ai pas pu rester. Que lui et Hitler pourrissent en enfer !

L'oncle de Leo, Günther, s'était montré héroïque pendant la Grande Guerre. La défaite, pour lui, ressemblait à un coup de poignard et la République de Weimar à une trahison. Le discours musclé, antisémite et nationaliste du caporal Hitler l'avait séduit. Au fil des mois, il avait rejoint son parti, vitupérant contre le bolchevisme et paradant dans son village, une croix gammée sur la poitrine. Günther n'avait jamais apprécié son beau-frère, trop cérébral à ses yeux, mais il le supportait car la famille, c'était *sacré*.

— J'ai habité chez eux, et ma sœur a tenté d'arrondir les angles. Je ne prenais plus mes repas avec eux, je restais dans ma chambre, isolé, mais un jour, il m'a chassé…

L'instant d'avant, Jakob Stein humait l'odeur de tarte chaude dans la cuisine, et soudain il s'était retrouvé dans la rue, où l'on pouvait le dénoncer, le jeter en prison, l'envoyer à Dachau ou ailleurs.

— Comment as-tu survécu, papa ?

— Rentré à Mannheim, j'ai dormi chez les uns, les autres. Jusqu'au jour où des types de la Gestapo m'ont arrêté[1]. On partait en France, vingt minutes

1. Le régime nazi a expulsé des Juifs du Land de Bade et du Palatinat et les ont transportés à travers la France vers le camp de Gurs en octobre 1940.

plus tard, avec cent Marks en poche, pas davantage. De nouveau, les coups, la haine, et l'arrivée à Gurs. La folie, là-bas ! Plus de six mille cinq cents Juifs du Bade-Wurtemberg ont été envoyés dans les Pyrénées après un voyage épuisant. À Gurs, je n'ai pas vu un Allemand, que des Français. Pauvre France !

Leo a fait le calcul : son père a vécu plus de dix-huit mois dans cet enfer de boue et de baraques en décomposition dont ont parlé certains détenus. Comme aux Milles, le froid règne, la faim aussi. Mais le pire reste la surpopulation. Trois cents baraques *accueillent*, jamais ce mot n'a été aussi mal employé, vingt mille personnes dont dix mille femmes et enfants polonais, autrichiens, bulgares. Il n'y a rien, ni paille, ni couvertures, ni couverts, ni bancs. On s'enfonce dans la terre humide et le sol glaiseux, au milieu des rats et de la vermine. La dysenterie fait rage.

— Des enfants, Leo. Il y en avait des petits ! Je me souviens de triplées, des bébés encore, derrière les barbelés, assises par terre, comme ça...

Il reste silencieux, puis soupire :

— Je suis fatigué, j'aimerais m'allonger.

Avec une infinie délicatesse, Leo l'aide à se lever et l'installe à l'étage, près de lui. Épuisé, celui-ci s'endort tout de suite et Leo demeure à ses côtés, en proie à un maelström d'émotions. Jakob est vivant, ici aux Milles, enfermé comme lui. Soudain, le Mexique explose dans sa tête : il n'y a même pas songé dans le bouleversement des retrouvailles. Mais seul dans le noir, à écouter son aîné qui parle dans son sommeil, il repense à son voyage, à ses rêves. Comment imaginer l'avenir ?

Chapitre 39

Petit à petit, Jakob Stein a raconté Gurs : il a échappé à l'épidémie de dysenterie, sans bien comprendre pourquoi. Au camp, la maladie se propageait à toute vitesse. Exposés à des fièvres délirantes, les malades se vidaient, poussaient de grands cris d'effroi, ou mouraient sans un bruit. On détournait les yeux un instant, et ils étaient déjà passés de l'autre côté, libérés pour l'éternité. Des dizaines tous les jours qu'on enterrait dans des fosses communes. Les valides se battaient pour survivre et davantage encore. Mais Jakob trouvait la force de discuter avec des intellectuels le soir et participait à la vie culturelle du camp, à des conférences, à des pièces de théâtre.

Avec les autres détenus, ils tenaient ainsi, en oubliant, face à la prodigieuse beauté des Pyrénées toutes proches, qu'ils étaient étrangers, indésirables, boucs émissaires d'un conflit dont ils étaient les laissés-pour-compte.

— Tu sais, j'ai toujours pensé qu'on allait nous libérer, confie Jakob à son fils. Le peuple de Voltaire et de Zola ne pouvait se montrer aussi soumis et cruel. J'ai tant de fois imaginé frapper à ta porte, à Sanary, te surprendre en plein petit déjeuner et m'attabler avec toi, humer les mimosas. Je ne suis qu'un vieux *Schmock*[1].

Leo résume à son tour sa vie ces dernières années. L'Espagne d'où il envoyait de rares lettres chez lui en Allemagne, puis Sanary où le courrier était plus facile. Plutôt conservateur, son père n'avait pas compris son engagement chez les brigadistes, dans un pays si différent de sa patrie. Démocrate dans l'âme, le libraire de Mannheim avait peur de l'anarchie, des drapeaux rouges, des slogans révolutionnaires de Madrid. On s'affolait des meurtres de curés, des centaines d'églises détruites, des profanations de monastères. La Sagrada Família, cette merveille de basilique avec ses tours comme des traits d'union entre la Terre et le ciel à Barcelone, avait été endommagée par des vandales, les plans de l'architecte Antoni Gaudí détruits. Jakob Stein qui avait admiré l'édifice lors de son voyage de noces ne pouvait supporter que l'on s'en prenne à l'art de manière aussi stupide. Et quand les armes ont parlé, Jakob a tremblé pour son fils qui pouvait mourir d'un jour à l'autre, face contre terre dans un champ ou une ruelle espagnole.

— Je n'ai rien fait là-bas dont j'aurais à rougir, papa, tu sais. Tu ne m'as élevé ni dans la violence ni dans la haine religieuse. Et ce combat fut juste, même si nous l'avons perdu dès l'été 38.

Jakob admire celui qui a mûri, souffert, sans doute aimé, et est devenu un homme en Espagne. Un homme dont les yeux soudain luisent d'une gaieté étrange en ce lieu de désolation.

1. « Imbécile », en yiddish.

— Papa, je dois te dire. Nous allons pouvoir partir. Ensemble ! Je possède un billet pour le Mexique. Et je me débrouillerai pour que tu en obtiennes un toi aussi. Ils ne peuvent pas s'opposer au départ d'un homme mûr.

— D'un vieillard, tu veux dire, tente de plaisanter Jakob.

Le Mexique ? Ça lui paraît un autre monde. Il se sent fatigué, faible. Mais quitter cette Europe gangrénée, profiter de son fils, attendre la fin du conflit sur un autre continent, en paix et en sécurité… L'espoir s'allume en lui.

— Je vais envoyer une lettre au consul du Mexique, le temps presse, il nous aidera. Donne-moi tes papiers.

Quand son père s'exécute, Leo reste interdit. Sur la carte d'identité allemande, un grand *Jude*[1] barre le document. Comme un sceau d'infamie. Leo sait qu'il en va de même ici en France mais il ne l'a jamais vu de ses yeux. Il se sent humilié pour Jakob, marqué ainsi. Comment les Juifs allemands, qui ont tant apporté à leur pays, peuvent-ils être traités ainsi ? Qu'ont-ils fait à ce Hitler de malheur ?

Père et fils continuent à converser, éclairant des lambeaux de leur vie. Le temps passe, presque doux à l'aune de ces retrouvailles. On les laisse en paix. Dans leur majorité, les détenus s'inclinent devant ce petit miracle au cœur des ténèbres. Un père et un fils réunis aux Milles.

---

1. « Juif », en allemand.

Chapitre 40

Leo a soudoyé un gardien et payé dix fois le timbre de la lettre pour s'assurer qu'elle partira bien vers Marseille, direction le consulat du Mexique. Il a ajouté une courte missive pour Margot, l'informant de la situation. Il attend et profite de son père avec une facilité nouvelle. Jeune homme taiseux, il rechignait à passer du temps en famille, mais il découvre ici le plaisir de se souvenir de leur vie d'avant, des dimanches parfois trop calmes, de la première bière dégustée au *Biergarten*[1], des dîners où l'on parlait de Spinoza ou de Schiller et où il écoutait à demi, rêvant à des dessins, à un autre monde, à l'évasion.

À deux, ils retissent une relation qui les apaise. Le soir, Leo emmène son père au Katakombe et, parfois, ils chantent ensemble. La journée, ils cherchent à s'isoler, à se protéger du vent. Deux ou trois fois, des prisonniers ont reconnu Jakob Stein, ils lui avaient acheté des livres autrefois et se souviennent de l'accueil chaleureux du libraire. Tous manifestent leur tristesse qu'un parfait exemple de l'intégration

1. Brasserie en plein air.

allemande, qu'un *Mensch*[1] comme lui, subisse le sort commun. Mais le bourgeois de Mannheim, l'esthète, semble curieusement s'habituer à sa situation : il ne souffre ni de la faim (donnant souvent son dîner à son fils) ni de l'ennui. On le presse de questions sur Gurs, en vain. De nombreux détenus ont une femme, une sœur, une fille, même, là-bas, et il ne veut pas les inquiéter davantage. Pourquoi dire le désespoir, l'horizon bouché, l'insupportable monotonie des jours ? Chacun l'éprouve ici aussi, dans sa chair, cette angoisse de l'isolement, cette perte de toute intimité, cette vacuité désolante du désœuvrement.

Jakob a conservé de ses mois de détention un roman, un seul, et le relit dans cesse : il s'agit du *Procès* de Franz Kafka, dont il connaît des passages par cœur. L'histoire de Joseph, arrêté sans raison et accusé sans avoir commis de crime, résonne en lui. Il improvise une lecture publique, et c'est un succès : le vieil homme s'endort sur la paille, serein, et de manière choquante, presque heureux. Peut-on trouver l'apaisement de l'âme parmi la désolation ?

1. « Un type formidable », en yiddish.

Chapitre 41

La petite paraît soudain comme nimbée d'une force lumineuse et en bondit presque d'excitation. Margot doit passer la chercher en début d'après-midi et l'emmener se promener. Un plaisir rare : personne n'a le droit de sortir de l'hôtel Bompard, sauf pour les démarches administratives. Mais sans demander l'avis de qui que ce soit, la jeune femme a décidé d'octroyer une récréation à Amalia, dont la mère, depuis sa fausse couche, refuse de se lever. L'enfant a bien besoin de distraction, et Margot aussi.

La date de départ de Leo se rapproche et son cœur se serre. Exaltée à l'idée de savoir le jeune homme enfin en sécurité, mais dévastée de ne plus le voir, même aux Milles. Est-il envisageable, vraiment, de le suivre jusqu'au Mexique ? Et comment les laisser tous ?

Elle reverra un jour Varian Fry, cet Américain qui a tant compté pour elle. Celui-ci lui a écrit et elle garde précieusement la lettre de New York, *la ville-monstre*, comme il l'appelle. Là-bas, il cherche à alerter sur la situation des Juifs en Europe, sonne à toutes les portes de l'administration Roosevelt, souvent en vain. Malgré les retrouvailles avec sa femme, Eileen, le découragement le guette. À Margot, il raconte son quotidien, ses balades dans les canyons de la métropole, les foules de Broadway, la beauté du port... Elle lit les lettres de Fry comme un roman dont il serait le héros. Fry, l'homme qui dérangeait l'ordre de Vichy. Un héros comme lui manquera longtemps à Marseille et aux étrangers.

Margot se trouve à genoux devant l'enfant de sept ans, aux pommettes hautes et charnues, qui s'est tellement attachée à elle.

— Alors, où allons-nous ? Voir les manèges ?

Amalia la regarde avec gravité.

— À la mer ! Et sur un bateau aussi.

— Eh bien, tu rêves large, c'est entendu. Je crois que j'ai une idée.

Du Vieux-Port, Margot et sa protégée ont pris un bateau direction les îles du Frioul. La petite s'émerveille de tout, du ventre des mouettes au-dessus d'elle, des vagues dansantes, des rochers de l'archipel comme des monstres gentils de granit.

— Regarde, il y a quatre îles, Pomègues, Ratonneau, Tiboulen et If. Mon papa m'y emmenait, quand j'avais ton âge. On pêchait des poissons grands comme ça.

— Mon papa, il est au Ciel, confie l'enfant. Il veille sur ma maman et moi.

Margot sait que le père d'Amalia a été envoyé, comme vingt-cinq mille autres Juifs hongrois, en Ukraine. On ne sait pas ce qui leur est arrivé, mais des unités de police politique, les *Einsatzgruppen*, les pourchassent et les assassinent. Son épouse nourrit peu d'espoir quant à sa survie. Margot préfère éviter le sujet et distrait la petite aux ardentes pupilles avec le ballet des mouettes rieuses et du pain rassis dont celles-ci font un festin dans une frénésie d'ailes et de cris. Sur l'île du Ratonneau, elles confectionnent un château fort avec des coquillages et des algues comme décoration. Le soleil les caresse et sur les cheveux de la fillette des rayons d'or semblent s'être posés. Margot goûte la plénitude de l'instant, elle qui aime la compagnie des enfants et comme eux s'amuse d'un rien : une éclaboussure, un crabe, des chatouillis. Margot aurait dû emporter l'appareil photo de son père pour immortaliser ces heures, graver cette splendide gamine sur la pellicule. Elle sait qu'elle et sa mère, par leur statut d'étrangères et d'apatrides sous Vichy, doivent quitter Marseille, et elle fera tout pour les aider. Mais elle s'est particulièrement attachée à Amalia, elle aussi, et la voir partir sera difficile. Combien de liens devra-t-elle ainsi couper ? Un sandwich partagé sur un rocher, un tour au port, une marelle improvisée dans l'escalier qui mène à la petite chapelle d'où l'on découvre la vue sur les îles, et c'est déjà le temps du départ. Épuisée, Amalia s'endort sur les genoux de Margot qui lisse ses cheveux d'un geste tendre. Il n'y a plus ni conflit, ni papiers, ni visas : seulement la joie du grand air, de la mer, et d'un souffle de liberté pour elles deux. La guerre, c'est ça aussi, ne vivre que dans le moment, tenter d'oublier le reste et, surtout, ne pas imaginer un futur plus qu'incertain.

Chapitre 42

Leo se réveille et aperçoit la masse de son père allongée sur le dos. Or, Jakob se lève toujours avant le jour et patiente avant le café, ou plutôt l'ersatz qui en tient lieu au camp. Il ne répond pas au bonjour de Leo, et, en le touchant, le jeune homme découvre un front brûlant, la peau comme lacérée, les lèvres sèches.

— Papa, comment te sens-tu ?

Jakob ne répond pas et se tourne. Soudain, il vomit en jet, éclaboussant son autre voisin qui se met à jurer en polonais et lui décoche un coup de pied que Leo arrête d'un geste rapide.

— Tu es *meshugene*[1], ou quoi ? Tu ne vois pas qu'il est souffrant ?

L'homme l'injurie tandis que Leo réfléchit : comment l'emmener à l'infirmerie, s'il ne peut marcher ? Il hèle Max Schlesinger, l'homme de théâtre qui dort près de lui. Aidés par deux autres détenus athlétiques, ils descendent Jakob dans l'escalier inégal.

— Dis donc, il est lourd, ton paternel, se plaint l'un.

— Moins que toi, rétorque l'autre.

---

1. « Fou », en yiddish.

À l'infirmerie, on couche Jakob, toujours somnolent et qui ne répond pas à son nom, dans un vrai lit avec des draps. Il semble dormir d'un mauvais sommeil et souffle comme un animal pris au piège.

— Laissez-nous, je vous prie, demande l'infirmier. Même vous, Stein.

Leo fait les cent pas dehors, inquiet. Son père a la mine blafarde, la respiration rauque. Et si ces mois de détention avaient affaibli à jamais l'organisme déjà fragile de Jakob ?

— Vous pouvez entrer, dit au bout d'un moment l'infirmier, un homme affable, apprécié du camp entier.

— Voilà. Votre père a presque quarante de fièvre et un poumon pris. On dirait de l'eau, là-dedans.

— Mais ça veut dire quoi ? interroge Leo.

— Je vais lui donner ce que je peux.

— Je paierai.

— Il ne s'agit pas d'argent, vous le savez bien. Je n'ai presque rien, un peu d'aspirine en ce moment.

Leo prend la main de son père qui reste inconscient. Toutes les heures, l'infirmier le chasse mais il revient aussitôt. Tel son vigile muet, Leo veille et prie, lui qui ne prie pas.

Les jours se succèdent ainsi, sans amélioration. Jakob a ouvert une fois les yeux et son regard semble un abîme. Il a déliré, demandé du Waldmeister, cette liqueur de plantes dont il raffolait le soir chez lui, puis s'est mis à cracher du sang. L'infirmier ne dit plus rien et ce silence effraie Leo.

Un après-midi, pourtant, la fièvre tombe.

— Leo, Leo, appelle Jakob d'une voix désincarnée.

— Je suis là, *Vater*, je n'ai pas bougé.

— Je n'irai pas au Mexique, fils. Tu dois être heureux là-bas, c'est un ordre.

— Mais... tu vas guérir, *Vati*. Il reste quelques jours et tu vois, tu parles, tu vas te lever et...

— Je n'y arriverai pas, Leonard. Mon chemin s'arrête ici, aux Milles. N'aie pas peur et pars au Mexique avec ta bien-aimée.

Leo balbutie des questions. Il n'a jamais évoqué Margot avec son père.

— Comment ai-je deviné ? C'est mon boulot de père, figure-toi. J'ai toujours su que tu serais bon et courageux aussi. Ta mère serait si fière de toi.

Leo cache mal ses larmes. Jamais son père ne l'a loué ainsi. Trop pudique pour ça. Est-ce vraiment la fin ? Ils ont perdu tant de temps, tous les deux. Jakob dans ses livres, lui égaré dans ses rêves ou ses dessins. Ils auraient dû se parler davantage, profiter ensemble de la vie en Allemagne, quand c'était possible. Il a l'amère impression d'être passé à côté de l'homme le plus important de son existence. Alors, dans cet après-midi de répit, où la maladie semble marquer le pas, Leo chuchote à son père ce qu'il ressent, cet amour si grand pour lui, ce besoin qu'il a de lui, même adulte. Il le remercie de son enfance heureuse malgré l'absence maternelle, malgré la librairie, membre à part entière de la famille, souvent envahissante et contre laquelle, adolescent, il se rebellait aussi. Il comprend enfin que celle-ci a maintenu Jakob en vie, les livres ont été ses amis, ses confidents, ses refuges, et la littérature un abri, un monument de papier, un mausolée pour apaiser sa peine. Comme il s'était montré stupide et parfois même méchant ! Leo regrette ses silences accusateurs, ses phrases maladroites. Il aurait alors voulu un père autre, mû par une passion différente. Avec la maladie, il découvre, stupéfait, que celui-ci représentait tout ce dont il avait besoin pour grandir et devenir un homme. Qui mieux que Jakob l'aurait façonné, formé, élevé au sens plein du terme ?

Celui-ci glisse une main sèche et fine dans celle de son fils et de l'autre le bénit. Leo reçoit en silence cette bénédiction comme un cadeau, éperdu de reconnaissance et d'amour filial fauché.

Chapitre 43

Après, tout va très vite. Émacié, Jakob Stein devient presque minéral, branche, insecte, pierre. Le visage cireux de la mort rôde dans la petite infirmerie. Hébété, comme anesthésié, Leo suit sa progression inexorable dans une odeur de peur aigre. Jakob ne semble pas souffrir, et tout son corps, son être s'abandonnent à leur sort. Il ne s'alimente plus, même pas de la soupe à la cuillère, et refuse tout verre d'eau.

Impuissant et désolé, l'infirmier s'occupe d'autres patients, en silence ou presque. On respecte ce moment à deux, parmi les derniers. Demain devrait être la date de départ de Leo mais celui-ci n'y songe pas, concentré sur la respiration saccadée de son père. Le temps s'abolit, les fantômes rôdent. Leo songe à sa mère, cette absente si présente dans la vie de son père et dont ils ont si peu convoqué la mémoire. Il ne possède rien d'elle, pas même une photo, aucun souvenir. Il espère que, là où Jakob part, ce pays dont on ne revient jamais, elle sera là pour l'accueillir les bras ouverts.

Le souffle se fait plus lent, s'arrête quelquefois. Jakob paraît changer d'heure en heure, devenir une esquisse, un trait, son visage se modifie. La mort attend son heure et rit.

— Ne m'abandonne pas, *Vati*. Reste avec moi.

Le malade se met à cracher du sang. Il s'affaiblit encore et râle. Leo regarde ces mains paternelles qui l'ont porté, nourri, habillé. Ses doigts diaphanes pèsent si peu : une plume incapable de presser la main de Leo.

— Stein ?

Leo tourne la tête pour apercevoir un homme à la voix aigre.

— Suivez-moi. Vous avez manqué l'appel deux fois ! Le commandant veut vous voir.

— Impossible. Mon père est au plus mal, répond Leo. Je ne bougerai pas.

Les deux hommes se toisent et le gradé rebrousse chemin. Il revient dix minutes plus tard, flanqué de deux types de fort gabarit en civil, des gars du village, peut-être. Ils font mine de s'approcher de Leo qui se recule.

— Laissez-moi. Vous ne voyez pas que c'est mon père ? Je dois le veiller.

— Tu viens avec nous, c'est tout.

Leo distribue coups de pied et de poing, en vain. À trois, ils l'emmènent, hurlant, hors de lui. On lui vole des moments précieux.

Leo mettra une journée à retrouver Jakob. Treize heures exactement perdues dans une sorte de cachot pour rébellion. Tant pis si pendant ce temps la maladie prend ses aises. Quand il ouvre enfin la porte de l'infirmerie, Jakob Stein porte là son dernier visage, apaisé et serein. Il semble loin : à la fois lui et étranger. L'infirmier a fermé ses yeux et posé ses mains à plat dans un geste de prière. Leo s'approche, la peur comme de l'électricité en lui. Il en a vu, des cadavres, mais celui-ci abrite l'âme de son père, son unique famille. Hagard, il s'agenouille et s'empare d'une main dont il se couvre le visage dans une caresse enfantine. Retour à l'enfance, à la douceur des tendresses paternelles. Les pleurs viendront plus tard, quand il sera seul, quand son père, tous les matins au réveil, mourra de nouveau. Ici, il parle à celui qui n'est plus, lui redit qu'il l'aime. Existe-t-il un ailleurs ? Rien n'est vrai sauf l'âme qui a quitté ce corps exsangue. Leo aimerait prier comme il se doit, réciter avec dix hommes le Kaddish[1]. L'infirmier part se renseigner. C'est non. Les gardiens se vengent ainsi de l'attitude insoumise du détenu. Leo plaide, argumente, va jusqu'à supplier, en vain. Alors le jeune homme se réfugie dans une partie de lui, lointaine, que personne ne peut atteindre, même en captivité. Les heures s'égrènent, parfois lentes, souvent plus rapides au fil des souvenirs. Et quand on vient chercher Jakob Stein pour l'inhumer dans le petit cimetière voisin, Leo ne sait plus où il se trouve. Dans sa chambre d'enfant à Mannheim, sur une colline madrilène, près de la mer à Sanary, ou dans les bras de Margot ?

Margot ! Il fixe alors la pendule au mur et, incrédule, pousse un cri. Il est dix heures, le bateau pour le Mexique doit larguer ses amarres dans exactement

1. Dans la tradition juive, cette prière des endeuillés doit être prononcée par dix hommes qui représentent l'ensemble du peuple juif.

quinze minutes. Il n'y a plus songé, a chassé de son esprit tout ce qui n'était pas Jakob. Comment partir alors que lui restera ici pour l'éternité ? Il n'a pas prévenu Margot qui doit l'attendre en ce moment même sur le port. Il imagine la jeune femme, sa silhouette altière, ses hanches qui dansent quand elle marche, son odeur d'agrumes, et se sent plus seul que jamais. Il se retrouve coincé aux Milles, loin d'elle. Qui sait quand la possibilité de la revoir ou d'émigrer se représentera ? Fait comme un rat, pris dans cette détention absurde et cruelle, la violence de ce qu'il vit le fend en deux.

— Allez, Leo, viens.

Max Schlesinger, alerté, vient à sa rencontre pour l'épauler. Demain, on déposera en terre de France, au village tout proche, un Juif allemand arraché à son pays, sa ville, sa librairie, pour finir sa vie dans un camp, près d'Aix-en-Provence, dans l'indifférence totale des Français, sans supervision allemande. Un jour, il faudra raconter cette histoire.

Chapitre 44

Margot a longtemps hésité : doit-elle revenir aux Milles ? La colère la submerge, même quelques jours après.

Le jour du départ, elle a choisi une robe claire, couleur d'espoir, et arboré un coquet chapeau qui lui donne l'air chic. Elle n'a pu fermer l'œil la nuit précédente et a dû cacher ses cernes violines. Elle a apporté un cadeau, ou plutôt deux, et même trois : la pièce de théâtre de Pagnol *La Femme du boulanger*, dont elle a parlé à Leo, et une aumônière de lavande pour le voyage, accompagnée enfin d'une lettre dans laquelle elle s'est dévoilée comme jamais, révélant pensées, sentiments et émotions pour Leo Stein, son amour. Devant la glace, elle a répété en boucle :

— Ne sois pas triste, souris, petite souris.

Elle a appris à camoufler sa peine, comme les femmes dont elle s'occupait.

Sa mère, qui la suit partout dans l'appartement exigu, semble avoir compris et lui glisse d'un air taquin sur le pas de la porte :

— Toi, ma fille, tu es amoureuse... Quelle chance !

En se rendant au port, ses pas sont ralentis d'eux-mêmes. Elle a failli flancher. Pourquoi s'imposer cette scène, ce paquebot s'enfuyant dans une allée d'écume, elle restant seule sur le quai ? Mais Leo a besoin d'elle, et elle ne peut le quitter sans se nicher une dernière fois dans ses bras. Il lui manquerait tant ! Une partie d'elle-même s'enfuira aussi vers l'Amérique du Sud. Elle retrouvera Leo là-bas, elle a pris rendez-vous avec le consul, elle a bon espoir. Sur le port, la foule s'agite. Voyageurs, familles, amis, marchand de babioles et de souvenirs de Marseille se mélangent dans une atmosphère de liesse. Le paquebot en question est impressionnant, deux cheminées, des moteurs puissants, un corps d'acier et de cordes, des canots de sauvetage sur chaque flanc et, paraît-il, une salle de réception, un fumoir, un pont promenade pour les cabines supérieures. Plus de trois cents personnes doivent embarquer ce jour-là et la queue se forme déjà en ce mois de mars sous un soleil de plomb. Margot a observé le spectacle, patientant, admirant la mer de métal fondu, l'horizon comme un fer chaud au loin. Leo arrivera d'une minute à l'autre et son beau visage s'illuminera en la voyant.

Mais Leo n'est pas venu. À un moment, Margot a acheté deux limonades, l'attente lui desséchant la gorge. La saccharine n'est guère fameuse mais il faut s'en contenter désormais, comme l'eau gazeuse de Vichy qui provoque moqueries et quolibets à cause du gouvernement installé dans l'Allier. On s'amuse comme on peut ! Un type louche vient importuner Margot qui l'envoie sur les roses. Il propose un verre au café, en terrasse, une balade, un court intermède dans un hôtel borgne... Margot reste concentrée sur sa montre : que se passe-t-il ? Le train d'Aix a-t-il pris du retard ? Leo s'est-il égaré dans les rues de Marseille ? Impossible. Elle n'ose pas songer au pire, aux autorités du camp lui interdisant soudain de sortir, une bagarre qui aurait mal tourné, un accident... La queue s'est presque totalement dissipée et la jeune fille sent l'angoisse lui mordre le vendre. Et tout à coup, le doute : et si, pour une raison inconnue, Leo avait décidé de rester aux Milles ? Cela n'a aucun sens, mais elle ne trouve aucune explication logique à son absence. Il ne peut pas avoir oublié. La sirène de l'*Alhambra* résonne, majestueuse : les premiers mouchoirs s'agitent sur le quai, des visages se cherchent, des larmes coulent. Margot, impuissante et mortifiée, assiste au spectacle. Quand le paquebot entame ses manœuvres pour quitter le port, la passerelle hissée et rangée, Margot tourne les talons, des larmes de rage et de désarroi irisant ses yeux. Elle rentre chez elle, dépitée, et claque la porte de sa chambre devant sa mère et son sourire complice. Elle ne veut voir personne, ni sa famille ni ce Leo Stein pour qui elle s'est donné tant de mal sans qu'il daigne se montrer.

Chapitre 45

Et pourtant, ce vendredi, la voici de nouveau devant le portail des Milles, à sourire au gardien qui, vaincu par cette fontaine de charme, ouvre grand les deux portes. Chaque jour, des associations de secours se pressent : il y a là les organisations protestantes comme la Cimade, les quakers, les catholiques, les organisations juives.

Le mois de mars est arrivé, amenant le printemps, et Margot apporte aux détenus des vêtements plus légers pour moins souffrir du soleil. Elle s'affaire quand, soudain, elle le trouve en face d'elle, celui dont elle a douté ces quinze derniers jours. Il paraît hâve, défait, les yeux éteints.

— Margot ! Je savais que tu reviendrais !

— Leo, je suis occupée, comme tu peux le voir, répond-elle d'une voix pincée.

— Mais je dois t'expliquer...

— Plus tard, tu me gênes, là.

Rebuté par le ton de Margot, Leo reste à la regarder distribuer habits, livres et savons aux hommes harassés. Elle doit comprendre ! Comment aurait-il pu quitter son père agonisant ? Toute la matinée, la jeune fille l'évite ostensiblement. Quand elle s'apprête à remonter dans sa camionnette, Leo l'agrippe par le bras.

— Maintenant, écoute-moi. Je n'avais pas le choix...

— Tu te rends compte, siffle Margot, de la chance que l'on t'offrait ? Un billet sur un plateau ! Tous en rêvent, dans ce camp. Tous !

— Mon père est mort ici, le jour même du départ.

Margot s'immobilise.

— Que dis-tu ? Comment est-ce possible ?

Leo raconte l'arrivée si inattendue de Jakob Stein, leur joie de se retrouver malgré les circonstances, puis sa maladie, une pneumonie compliquée d'une pleurésie, brutale, fatale. Son récit se fait saccadé.

Margot se rapproche et le réconforte comme elle peut, ils ne sont pas seuls. Mais les mots lui manquent et échouent à apaiser une telle peine. Retrouver son père, ici en France, le découvrir hors des griffes des nazis, puis le perdre de cette manière...

— Nous trouverons une autre solution. Je dois retourner au consulat, expliquer tout ça.

— En attendant, je reste cloué ici, et plus question de permissions. Tout a été annulé, je ne sais pourquoi.

— Je vais me renseigner. Et je reviendrai.

Cette fois, la séparation paraît encore plus cruelle.

Leo n'a plus rien à quoi se raccrocher, aucune perspective de départ, peu de soutien, à part celui de Max, depuis le départ des copains, et le cœur en deuil. Mais il tente de se composer un visage, il a retrouvé Margot et la laisse partir, gravant dans son âme son ardent courage.

Chapitre 46

Au bureau du CAR, l'inquiétude semble monter d'un cran. De nombreux pays ont atteint leur quota de visas et n'en délivrent plus. Certains ont complètement fermé leurs portes, comme le Mexique, le Portugal, la Chine par Shanghai, et la détresse grandit. On parle de l'Uruguay, mais sans y croire vraiment. La canicule s'installant, Margot se sent devenir léthargique, presque anesthésiée : elle dispose de si peu, pour aider ceux qui la supplient de trouver une chambre, des papiers, à manger...

Mein Pass ist nicht mehr gut, keine Papiere[1]... entend-elle sur tous les tons, de dizaines de gorges angoissées. Et elle peine à répondre. De partout, les nouvelles affluent, terrifiantes. À l'est, on parle depuis quelque temps de fosses communes, de Juifs tués dans la rue, de la mort qui prend ses aises et s'impose, choisit ses victimes parmi les plus vulnérables. Et en France, en zone occupée, la situation se tend : il y a déjà eu cette rafle, le 14 mai 1941, plus d'un an auparavant à Paris. Ces pauvres Juifs étrangers

1. « Mon passeport n'est plus valide, plus de papiers... », en allemand.

parqués dans des camps du Loiret avaient été envoyés en Pologne, on ne savait où. C'était du jamais vu. Le journal antisémite *Je suis partout* s'en était félicité en moquant ces *gens du ghetto, qui ne manquent [...] pas de nez.* Pourquoi la Pologne ? Et dans quel but ? S'il s'agit d'y travailler, que peuvent bien apporter des hommes âgés, malades, usés par des mois de détention ? On se perd en suppositions stériles : personne depuis n'a eu de nouvelles de ces pauvres hères.

Puis l'étoile jaune a fait son apparition en zone occupée, obligatoire à partir de six ans, pour les Juifs français comme étrangers. Un choc : on les marque, on les arrête, on les déporte... jusqu'où tout cela ira-t-il ? Les parents de Margot ne veulent pas y croire. Vichy ne peut se compromettre ainsi et laisser les Juifs français à l'humiliation de cette marque d'infamie venue du Moyen Âge.

Margot le sait, elle le sent, le danger se rapproche. Radio Londres a prévenu : des opérations de grande envergure se préparent, même ici, en zone libre. La suite, malheureusement, lui donne raison. Le responsable des affaires juives Theodor Dannecker s'est déplacé jusqu'aux Milles[1].

Et à Paris, les 16 et 17 juillet, l'inimaginable se produit : des policiers et des gendarmes à l'insigne national sont venus cueillir des familles entières dans

1. Voyage effectué du 11 au 19 juillet 1942. Dans son rapport, Dannecker estime le nombre de déportables à 361 pour les femmes à Marseille et à 1 192 pour les hommes aux Milles. Des chiffres qu'il estime trop bas et qui le déçoivent. Source : rapport du 20 juillet 1942, Mémorial de la Shoah.

leur sommeil, des hommes, des femmes, des enfants restés trois jours entiers dans la soif, la peur, la promiscuité, trois jours à devenir fous selon les très rares qui ont réussi à s'échapper et ont raconté aux associations leur calvaire au Vél' d'Hiv'.

Margot a fait des cauchemars à imaginer les petits si démunis. Comment penser qu'ils seraient utiles à la construction du grand Reich ? Des bénévoles ont réussi à en faire sortir une poignée, mais plus de treize mille personnes, dont quatre mille cent quinze enfants, ont été envoyés à Pithiviers et Beaune-la-Rolande après trois jours d'horreur. Combien de malheurs s'abattront-ils encore sur le peuple de Moïse ?

Margot doit ce matin se rendre à l'hôtel car, enfin, elle possède une bonne nouvelle. Du travail pour celles qui savent coudre. Ça paie peu, des mouchoirs à broder pour des familles aisées, mais ça occupera les femmes qui pour certaines n'ont littéralement pas un sou devant elles. D'un cœur un peu plus léger, la jeune femme avance, gracile, dans les rues.

À son arrivée, les enfants qui l'accueillent ont droit à un berlingot chacun. Aujourd'hui, cours de français : il leur faut apprendre la langue du pays et d'aucunes commencent même à adopter l'accent marseillais ! À son habitude, Amalia s'est installée sur ses genoux. Elle s'y sent chez elle et Margot hume le parfum de foin coupé de ses cheveux. La leçon s'achève quand un tumulte, des cris, des chaises renversées se font entendre. En ouvrant la porte, Margot se retrouve nez à nez avec des gendarmes français.

— Messieurs, énonce-t-elle d'une voix ferme. Quelle est la raison de votre visite ?

Articuler posément, ne pas montrer son inquiétude.

— C'est vous, la responsable ? Personne ne baragouine le français, dis donc, ici, déclare un homme trapu, au visage carré. Bon, on embarque tout ça, mademoiselle.

— Comment ça, embarquer ? Ces femmes et ces enfants sont sous ma responsabilité, ils vivent ici sur ordre de la préfecture, en attente d'émigration. Il s'agit d'un camp de transit, je possède tous les papiers.

— Ouh là là, répond le type, agacé. Je ne donne pas les ordres, moi, je les reçois. J'ai celui de rassembler toutes les étrangères et leurs rejetons et de les emmener.

— Il n'en est pas question. Et où partent-elles, d'abord ? Vous avez vu, certaines sont malades, alitées, d'autres ont des nourrissons, des enfants très jeunes.

— Nous allons aux Milles, près d'Aix. Un camp d'internement.

— Aux Milles ? répond Margot, stupéfaite. Mais je connais très bien. Comment vont-elles vivre, là-bas, et avec leurs enfants, de surcroît ? Rien n'est prévu pour eux.

— Je n'en sais rien ! On ne m'a donné aucune instruction. Allez, ouste, en ligne, deux par deux. Pas que ça à faire.

Interdites, les femmes regardent Margot qui leur fait signe de ne pas bouger.

— Je peux voir vos ordres, monsieur ?

— Adjudant Monnier, mademoiselle. Et vous êtes ?

— Marguerite Keller. Je travaille au CAR, pour les réfugiés.

— Allez, vos papiers, s'il vous plaît.

Il inspecte la carte d'identité qu'il rend ensuite, soupçonneux.

— Bon, assez parlé, dit l'adjudant. On y va, maintenant.

— Je viens avec vous. Ça ne se passera pas comme ça, croyez-moi.

— Comme vous voulez, mademoiselle.

Les femmes réveillent les plus jeunes, prennent leur maigre sac, s'affairent en tous sens, sans un mot ou presque. Elles ont vécu quasiment deux ans entre ces murs, pour certaines. Où va-t-on les parquer, encore ? Dans leurs corps, dans leurs âmes s'inscrit la fatigue des longs mois, de cette privation de liberté, de ces frayeurs la nuit, quand le sommeil leur échappe. Elles n'ont plus foi dans leur avenir. Un hôtel, un camp, un pays, un antre, quelle différence ? On les rejette, les isole, leur interdit de travailler... Heureusement, il leur reste leurs enfants et la possibilité de rester ensemble, unis.

Margot aide les plus petits à monter dans le bus, qui chahutent, croyant à une sortie. Le trajet effectué tant de fois par Margot passe cette fois en un éclair, et les voilà devant le portail du camp. La jeune fille est prise d'une émotion contradictoire : elle va retrouver Leo qui a tant besoin d'elle. Mais la voilà parmi les détenues, dans cet endroit lugubre qu'elle connaît si bien. À la porte, le gardien s'étonne : il n'y a jamais eu de femmes aux Milles, et encore moins d'enfants. Quelle misère ! Quand il reconnaît Margot, il se fige : pourquoi se retrouve-t-elle ainsi dans ce groupe d'étrangères échevelées et portant toutes leurs pauvres hardes sur elles, comme en plein hiver ?

Leo n'a pas vu le petit groupe arriver mais quelque chose le perturbe. Un mauvais pressentiment. Il dessine un compatriote, un Juif religieux qui prie, son talith[1] sur lui, et dont le mouvement hypnotique vers le sol le fascine. Il s'est remis à utiliser ses crayons, son arme contre l'absurdité des jours, dans cette mer de brique. Du coin de l'œil, il croit attraper une robe, un jupon, une chevelure longue, et se retourne brusquement, abandonnant son modèle. Des femmes ! Ici, aux Milles !

Bientôt on crie son nom. C'est Margot. Margot qui ne devait venir que dans deux semaines le voir et qui, inexplicablement, se retrouve mêlée à un groupe de réfugiées. Elle se tient immobile flanquée d'une fillette.

— Margot ? Mais que se passe-t-il ?

Il s'approche à sentir son parfum.

— Ils ont raflé l'hôtel. Je ne pouvais les laisser ! Je te présente Amalia, elle vient de Bompard aussi.

— Tu veux dire que tu es internée ici ? Mais c'est inconcevable. Margot, qu'as-tu fait là ? Tu aurais dû leur expliquer, dire que tu étais française, t'enfuir...

— Et abandonner mes protégées ? Pas question, répond-elle ardemment. Je parlerai au commandant, il va comprendre de lui-même. On ne peut garder des enfants ici, dans ces conditions.

— Mais on ne lui parle pas comme ça, tu sais.

— Eh bien, conclut-elle, il va me recevoir. Ne t'inquiète pas pour moi, Leo.

1. Châle de prière à franges.

Celui-ci n'en croit ni ses yeux ni ses oreilles. Margot elle aussi jetée dans la bouche noire de la tuilerie. Comment est-ce possible ? Il a tenu tous ces jours en l'imaginant libre à Marseille, œuvrant pour eux. La savoir aux Milles le plonge dans un désarroi qu'il a du mal à masquer.

Chapitre 47

Malgré tous ses efforts, Margot n'a pu voir le commandant, ni le jour même ni le lendemain. Celui-ci se trouve très occupé, des messages du gouvernement de Vichy déferlent. Et depuis l'arrivée des femmes, l'ordre a été donné : personne ne doit entrer dans le camp ni en sortir. Les Milles sont désormais fermés. Quelque chose se trame. Mais quoi ?

Les femmes ont été installées – c'est un grand mot – à un étage à part. Leo et quelques autres ont apporté de la paille, des briques pour poser quelques objets et délimiter l'espace. Offrir un semblant d'intimité est difficile, presque impossible. En pénétrant dans le bâtiment aux volets clos, aux couleurs si sombres, au sol jonché d'immondices, les détenues ont pâli.

— C'est ici qu'on va dormir ? a demandé Amalia qui ne quitte plus Margot.

— Oui, c'est un jeu, répond la jeune femme d'une voix qu'elle espère apaisante. Imagine les parties de cache-cache !

— Ça fait peur, j'aime pas, s'effraie la petite. Et puis, j'ai besoin de faire pipi.

La visite des latrines laisse les prisonnières en colère : c'est ainsi qu'elles vivraient désormais, utilisant sable, cailloux ou journal pour se nettoyer ? C'est indigne, indigne de la France. Tellement pire que l'hôtel miteux en ville. Margot va de l'une à l'autre, écoute les révoltées, réconforte celles qui pleurent. Demain, elle plaidera sa cause, celles de ces femmes et de leurs enfants, dont elle se sent responsable au point d'avoir voulu partager leur sort. La jeune fille ne s'autorise pas à penser à ses parents, dévorés d'inquiétude à cette heure. Elle n'a pu les prévenir, envoyer de message. Une lettre prendra presque une semaine. Elle s'approche d'Auguste Boyer, un gardien à la bouille ronde et à l'excellente réputation, toujours prêt à aider, à soulager la misère ambiante. C'est lui qui passe les lettres, donne des informations, apporte des vivres pour agrémenter la pitance. Débonnaire, la casquette vissée sur la tête, il l'accueille avec sympathie. Cette fille qu'il aperçoit dans le camp a du cran et ça lui plaît bien. Et puis, comme tous aux Milles, il la sait amoureuse d'un détenu. Quand il patrouille le long des barbelés, il les voit. Tous les deux collés. Une image d'espoir dans un univers carcéral qui en est exempt.

— Vous pensez qu'on est là pour longtemps ? lui demande Margot.

— On ne nous dit rien. Mais des GMR[1] arrivent. Pourquoi ? Mystère.

La jeune femme devine qu'il lui cache son inquiétude. Ce n'est pas bon signe.

Hélas, ils sont vite fixés. Cent soixante-dix hommes s'installent en effet, casqués, fusil à la main, habillés tout en noir. Ils impressionnent les détenus, massés.

1. Les groupes mobiles de réserve, ancêtres des CRS.

Sans un mot ni un regard pour eux, ils ferment le camp, renforcent les fils barbelés, obscurcissent encore le peu de jour laissé aux fenêtres.

— Que nous veulent-ils ? demandent les uns.

— On verra bien assez tôt, grommellent les autres.

Comment trouver le repos dans de telles conditions ? Les femmes se serrent les unes contre les autres, effrayées par les souris, les jurons des hommes qu'on entend tout près, les ronflements des uns, les cris dans les cauchemars. Seuls les petits parviennent à trouver un peu de repos.

Margot reste avec elles le temps qu'elles s'apaisent puis, quand le ciel prend la couleur d'une encre de Chine délavée, elle se lève sans bruit et rejoint Leo dans leur endroit secret, derrière le bâtiment. Sur le sol dur, ils s'allongent, le manteau de Leo comme un drap sous eux.

— Que va-t-il nous arriver, Leo ?

— Je suis là, je te protégerai.

Tous les deux pressentent que l'été 42 sera meurtrier et cruel. Alors ils puisent de la force l'un dans l'autre et bientôt ne forment plus qu'un corps rassemblé dans la nuit. Les longues cuisses de Margot sont fraîches. Le sommeil les cueille ainsi pour quelques heures de paix. Et, à l'aube aux doigts de rose, Margot rejoint les femmes qui dorment d'un sommeil harassé.

Chapitre 48

Les détenus tournent en rond, de plus en plus inquiets au fil des jours de ce début d'août. Il règne un drôle de silence au camp, comme si le monstre de brique retenait son souffle, se préparait au pire. Dehors, la chaleur cuit les peaux et, à l'intérieur, on manque d'air. Les insectes s'en donnent à cœur joie et les cigales rivalisent de stridulations aiguës. Insupportable et douloureuse beauté des environs insensible à toute détresse humaine.

Et soudain, la rumeur enfle, terrifiante, monstrueuse. On va livrer des hommes, des femmes aux Allemands en zone occupée ! Direction ensuite la Pologne, disent certains, pour un camp dont on ne sait rien, mais dont on soupçonne qu'il sera encore plus difficile que tout ce que l'on a connu jusque-là. Des cris s'élèvent, des détenus ferment les poings, d'autres ouvrent leurs livres de prières. Certaines femmes se ruent sur les gardiens à la recherche de la moindre information. Qu'en est-il des enfants ? Ils sont presque cent en provenance de différents hôtels réquisitionnés de Marseille. Les mères veulent voir la liste : y figurent-elles avec leurs petits ? Elles n'accepteront pas de les abandonner.

Mais personne ne sait rien, il n'existe aucune liste, aucune nouvelle. Certaines filles proposent un mariage blanc aux gardiens contre une coquette somme : une union avec un Français, ça devrait les sauver, non ?

Margot part à la pêche aux renseignements et tombe alors sur une femme menue qu'elle reconnaît aussitôt : Fanny. Fanny Loinger qu'elle a rencontrée sous les ordres d'Andrée Salomon à l'OSE et avec qui elle avait rapidement sympathisé. Fanny est vive, rigolote et très débrouillarde. Infirmière de profession, cette Juive de Strasbourg aux idées sionistes a vécu dans un kibboutz en Palestine. Peut-être en sait-elle davantage ?

— Fanny ! Que fais-tu ici ?

— Eh bien, comme toi, je suppose. J'ai demandé à être internée volontaire quand j'ai appris ce qui se passait ici, aux Milles. Pour me rendre utile, surtout avec les enfants.

— Mais en sais-tu plus ? Où vont ces trains dont on parle ? Que vont devenir les plus petits ?

— L'ordre a été donné à Vichy de fournir aux Boches leur quota de Juifs étrangers, même ici, en zone libre. La rafle de juillet au Vél' d'Hiv' à Paris n'a pas été suffisante, les résultats jugés décevants. Selon les quakers avec qui nous travaillons, Laval répète partout que *les déportations sont inévitables*[1] et il a même proposé d'inclure les mineurs. Nous devons agir, et vite.

— Mais comment ?

1. Source : dépêche de Dannecker à Eichmann, 6 juillet 1942, Mémorial de la Shoah, Paris.

— Les quakers comme le Secours suisse et la YMCA devraient en savoir davantage.

Dans un petit bureau, la direction du camp a accepté d'héberger les bénévoles des associations d'entraide. Margot se retrouve dans son élément, elle respire. Fanny interpelle une femme aux lunettes qui lui donnent l'air sévère :

— Madame Cook ?

— Ah, Fanny. Vous êtes là, tant mieux. Nous avons, comme vous l'imaginez, du pain sur la planche.

Fanny présente rapidement Margot, et les trois femmes s'éloignent un moment.

— Le départ est prévu pour le 11, les informe madame Cook. Et il y en aura d'autres, c'est certain. D'après nos infos, avec les enfants aussi.

Fanny et Margot se regardent, incrédules.

— Les enfants aussi ? Mais...

— Nous pouvons en sauver, assure madame Cook. Le gouvernement américain offre l'émigration aux moins de dix-huit ans. Nous allons donc devoir convaincre les mères de nous laisser leurs petits.

— Et si elles refusent ? demande Margot, affolée. Comment imaginer le contraire ?

— Je sais, c'est affreux, inhumain, même. Mais il s'agit là de leur seule chance. Aux États-Unis, ils vivront. En Pologne, dans ces camps terribles, ils mourront tous. Il faut le faire comprendre aux mères, mais sans trop les inquiéter sur leur propre sort : s'il y a panique, j'ai peur que les enfants n'en pâtissent.

— Vous pouvez compter sur nous, répondent en chœur Margot et Fanny. Peut-on prévenir les autres travailleurs sociaux ?

— La plupart sont déjà au courant.

— Et l'infirmerie ?

— Un médecin a été envoyé de Marseille. Il déclare à tour de bras des femmes enceintes, même celles en âge d'être grand-mère, pour leur éviter le départ. Et on a demandé à des familles aixoises si elles voulaient adopter, il faut les recevoir, les sonder.

Margot songe à Amalia et sa mère, en sécurité, au moins pour le moment, à l'infirmerie. Sara Polak souffre encore du ventre... Elle ira leur rendre visite quand elle aura terminé son travail auprès des mères. Toute la matinée, elle explique à celles-ci la situation, le plus calmement possible. Leurs enfants ont la possibilité d'émigrer, une chance inouïe ! Ils pourront étudier en Amérique, trouver une famille d'accueil, apprendre l'anglais. Après ? Eh bien, après, quand la guerre sera finie, ils se retrouveront. Que dire d'autre ? Surtout, ne pas les laisser s'enfoncer dans le noir de leur désespoir. Elles ont déjà, pour nombre d'entre elles, perdu un mari. Comment imaginer qu'elles perdent aussi leurs enfants ?

En écoutant Margot, certaines se mettent à hurler, à refuser tout net, à injurier la jeune femme dans toutes les langues. Leurs petits n'iront nulle part sans elles. Margot les laisse réfléchir, même si le temps presse. Les bus affrétés de Marseille arriveront bientôt, mais elle leur offre le luxe de quelques heures de réflexion : comment décider de se séparer de sa vie en une minute ? Les familles accueillantes sont huées : la maman d'un garçonnet de deux ans qui devait le confier le serre contre elle, compulsivement : la commerçante d'Aix venue le chercher repartira bredouille.

Mais d'autres mères se saisissent de cette opportunité et acquiescent dans un tremblement de menton : il faut alors établir les papiers, recueillir les noms, les âges, les consignes religieuses et autres, des familles. L'information circule vite dans le camp et la queue s'allonge. Avant de signer, chacune veut être sûre que son enfant sera confié à de braves gens, élevé dans le judaïsme, qu'il poursuivra des études. En donnant les leurs, les mères rêvent à un avenir meilleur, loin de l'Europe qui enferme ses Juifs pour mieux les envoyer mourir en Pologne, à l'abri des regards.

Le soir, le grand rabbin Israël Salzer, assisté d'un rabbin allemand, organise un office du shabbat. Mille âmes y communient et chantent les cantiques connus de tous. Leo et Margot se sont faufilés dans la foule recueillie. Ils se tiennent par la main et on leur fait de la place devant l'autel, la tevah, constitué de tuiles. Leo pense fugacement à un mariage, le leur. Il se tourne vers Margot, fracassé comme toujours par sa beauté, et entonne avec elle le célèbre « Lekha Dodi », une mélopée entraînante reprise par des centaines et des centaines de détenus. La ferveur à son comble, certains prient comme ils n'ont jamais prié, d'autres pleurent ouvertement. Et tous, dans leur malheur, se soutiennent car ils se sentent menacés, certes individuellement, mais aussi en tant que peuple. Ils sont livrés à l'ennemi, sous la direction de gendarmes français, sans aucun Allemand à l'horizon et cela dans l'indifférence générale, mis à part quelques curés, pasteurs, et autres gens de bonne volonté, ce qui atténue leur désespoir.

Cette nuit-là, Leo et Margot discutent dans l'obscurité tandis que des détenues cherchent encore à soudoyer les gardiens. Certains, paraît-il, réclament des sommes faramineuses pour faire sortir un enfant. Des sommes que les femmes, forcément, ne possèdent pas. Offrent-elles alors leur seul bien, leur corps, en échange ? Comment le dire ? Tout se passe dans un noir qui recouvre tout.

Et au matin, il faut s'occuper des enfants qui se jettent sur leur pain, les plus petits sur les genoux de leur mère, les grands les yeux cernés et pleins d'interrogation. Les rassurer sans y croire soi-même.

Chapitre 49

Ça y est, les bus se sont garés le long du portail des Milles. Margot et Leo les ont entendus de loin, leurs oreilles semblent comme aiguisées par la situation. On fait s'aligner soixante-douze gosses choisis pour le départ et on vérifie sacs, souliers, poches contenant papiers et informations cruciales. Les plus petits ignorent leur identité et les mères confectionnent des bracelets à l'aide de sparadrap, où l'on écrit le nom et le prénom de chacun. Les bénévoles distribuent quelques vivres, des casse-croûte, quand un cri collectif se fait entendre et un attroupement horrifié se forme : une maman s'est jetée du deuxième étage avec ses deux bébés. Leo et d'autres courent chercher le médecin, mais c'est trop tard, et la jeune femme ensanglantée est emmenée sur un brancard, ses petits sur elle, un drap recouvrant leurs trois visages. Les adultes ont bien tenté d'éloigner les enfants, mais ceux-ci ont eu le temps de voir et certains se trouvent mal. Vite, de l'eau ! La chaleur semble encore monter d'un cran et étouffer les êtres rassemblés là. L'hystérie bouillonne, une femme hurle, tétanisant les autres :

— C'est la mort, qui nous attend tous !

L'heure de monter dans le bus arrive : soixante-douze enfants de deux à huit ans doivent partir maintenant. Il n'est plus possible d'attendre. À voix basse, concentrées, les mères murmurent leurs dernières recommandations à leurs enfants. Ce qu'elles leur disent à ce moment-là tient du sacré, de leur testament, pressentent-elles. À leur fils, leur fille, elles font répéter leur prénom, leur nom, celui de leurs parents, pour ne jamais oublier. Sentant la tension, les petits se mettent à pleurer, les adolescents font silence. Autour, tous sanglotent, et même les policiers sont blêmes. Il faut encore aider les plus jeunes à se hisser dans l'autobus : bientôt, des bouilles apeurées se collent aux fenêtres. Les mamans tentent un pauvre sourire, lèvent un bras en l'air ou s'accrochent au véhicule, refusant de bouger, leurs cœurs battant à l'unisson dans la prison de leurs côtes.

Un nuage de poussière, et le bus s'en va, secoué par une toux récalcitrante. Après un instant de sidération, des cris de douleur s'élèvent de partout : une Tchèque qui a vu partir ses jumelles se roule par terre, victime d'une crise de nerfs, une autre s'évanouit. Il faut tenter de les calmer, apporter un peu d'eau, une chemise mouillée que l'on se passe de l'une à l'autre. Un gradé se confie : il a vécu en Chine, dans la coloniale, a assisté à des massacres, à la guerre, à des famines, mais rien d'aussi horrible que cette scène.

Un homme s'affaire aux côtés de Margot, c'est le pasteur Henri Manen, qui a tant obtenu pour les détenus, protestants ou pas, et qui, là encore, cherche à sauver des vies.

— Venez avec moi, nous allons établir des listes. Certains ont rendu des services à la France, d'autres peuvent passer pour protestants. On devrait pouvoir les écarter de la sélection.

Dans le bureau, les associations unissent leurs efforts. Goldschmidt ? Son père et ses deux frères ont été fusillés par les nazis comme ennemis du Reich. La grâce peut lui être octroyée. Scheimer ? Son fils est soldat dans la Légion étrangère. Il faut creuser. Cet homme-là a plus de soixante ans ? C'est bon, il ne figure pas sur la liste des déportables. Et celui-ci ?

— Mais il n'est pas juif, s'exclame un Manen heureux, voilà son certificat de baptême !

Pendant trois heures, Margot travaille ainsi en équipe, sans penser à Leo ni à son propre sort. Quand elle émerge en plein soleil, l'opération de *criblage*, c'est-à-dire l'identification des détenus avant le départ le lendemain, bat son plein. Il paraît que le commandant du camp a refusé par principe de participer, c'est donc l'intendant de police de Marseille, Maurice du Rodellec de Porzic, et un adjoint qui supervisent eux-mêmes le triage des détenus.

Elle retrouve Leo et l'interpelle :

— Tu n'y es pas ! J'ai vérifié tout de suite la liste.

— Oui, je sais. L'appel vient de se terminer. Les malheureux.

Rassemblés dans la cour, les partants n'ont plus le droit de communiquer avec les autres et se tiennent debout, écrasés par leur sort.

— Je dois te parler, lance Margot. Allons à l'intérieur.

— Impossible, la police cherche des détenus qui essaient de se cacher, et des armes. Au passage, ils volent tout, regarde !

On voit en effet des gendarmes sortir avec des chaussures en bon état à la main, d'autres un costume ou une valise. Combien de montres ou de porte-monnaie, de serviettes en cuir vont ainsi changer de main ?

— C'est honteux !

Margot toise l'un des policiers.

— Vous devriez rougir, monsieur. Vous faites honte à la France.

L'homme la dévisage, l'air buté, puis la bouscule, son butin sous le bras.

— Tu dois t'évader, Leo. Ou au moins te cacher. Il doit bien y avoir des recoins inexplorés, dans l'usine ?

— Oui, répond Leo, il y en a, même si certaines cachettes ont été découvertes. Quant aux évasions, il nous faudrait de l'aide.

— Je vais demander à mes collègues.

Margot s'appuie contre Leo, son souffle coule contre sa nuque. Elle se sent tellement fatiguée, soudain. La soupe du soir va être servie : elle s'aperçoit qu'elle n'a rien mangé depuis ce matin. Les partants non plus. Cette journée semble ne jamais vouloir se terminer.

Chapitre 50

Pourtant, vers vingt-trois heures, un mouvement de foule. Les wagons arrivés le matin, prévus pour huit chevaux, doivent transporter soixante-dix hommes chacun, et s'étirent dans le soir, menaçants, ouverts par les gardiens. Les glissières mangées de rouille laissent découvrir un peu de paille, un seau, une seule tinette pour les besoins. On fait marcher les déportés jusqu'à eux et ils montent deux par deux, comme ils peuvent. Les plus âgés sont tirés, poussés, brusqués. Sur le quai, le pasteur Manen demande qu'on leur porte à boire et distribue du lait, des sardines, du chocolat pour le voyage.

Ensuite, quand les injonctions ont fini de déchirer la nuit, les portes roulantes sont rabattues sur le bétail humain, la barre de fer assujettie : c'est fini, on ne peut plus rien pour eux, même si on les entend gémir et se lamenter derrière les lourdes portes.

Cette nuit est le domaine de l'épouvante et de l'attente. Le train à quai dans l'obscurité emplit les esprits et empêche de dormir. Margot et Leo la passent encore une fois ensemble. Vers trois heures du matin, on a appris qu'un homme et une femme se sont ouvert les veines. On les a emmenés à l'hôpital, dans un état désespéré. Il y en a certains pour trouver qu'ils sont chanceux, ces deux-là. Margot, elle, a pleuré, puis s'est vite ressaisie. Il n'y a pas de temps pour les larmes, ni pour l'amertume. Elle doit songer à Amalia, aux femmes sous sa responsabilité. Elles ont été épargnées. D'autres, inconnues, venues de la région, sont montées dans un wagon.

— Tu me montres ta cachette ?

Leo s'exécute, longeant le mur, l'obscurité est totale.

— Regarde, il faut grimper sur cette poutre et s'agenouiller dans une sorte de grenier miniature. Je me mettrai ici, ils ne pourront pas me trouver. Et puis, qui sait, peut-être était-ce la seule déportation ?

Margot en doute. Un tel dispositif, hélas, n'a pas été déployé pour un seul transfert. L'ogre allemand réclame sa part de chair. C'est une longue nuit où personne ne dort, ni les détenus restants ni les déportables.

À huit heures du matin, le train part finalement. Tout le camp est massé pour le voir s'ébranler. Un homme cherche à forcer le passage, c'est sa fille de vingt ans qui s'en va sous ses yeux.

— Viens, allons voir Boyer. Il faut qu'il nous aide !

L'homme n'a pris aucun repos depuis que l'opération a commencé. Il transpire sans discontinuer, dans sa hâte à se rendre utile sans se faire repérer par les autres gardiens ou sa hiérarchie. Il sourit aux amoureux et leur fait signe de le rejoindre dans la pénombre d'un recoin de la tuilerie.

— Monsieur Boyer. Il y a une petite fille ici en grand danger. Peut-on la faire évader ?

— Et nous devons aussi sortir, ajoute Leo. Le temps presse.

— C'est de plus en plus compliqué. Je peux essayer demain avec ma moto. Mais pas un mot, ça ne doit pas s'ébruiter, d'accord ?

— Et pour nous ? poursuit Leo.

— Il y a bien les caves secrètes, monsieur Stein, que vous connaissez. Et j'ai réussi à planquer des gens dans une vieille armoire abandonnée au sous-sol, mais impossible désormais, hélas, de s'évader en passant par les fils barbelés. Les groupes mobiles sont derrière moi, sans répit. Pour la gosse, amenez-la-moi à vingt heures, après le dîner. Moins risqué.

Armés de cette information, Leo et Margot partent voir Sara Polak, la mère d'Amalia, qui se sent un peu mieux et s'apprête à regagner le dortoir. Margot lui explique la situation tandis que la petite joue avec des cartes données par l'OSE.

— Il existe une possibilité pour Amalia. Elle peut partir avec un gardien. Il faut dire oui.

La mère de la fillette ouvre de grands yeux inquiets. Son corps devient fantôme, on la dirait faite de draps humides faseyant au vent.

— Ma fille ? Mais avec quel garde ?

Margot explique, pour Auguste Boyer, cet homme qui invente chaque jour de quoi adoucir le quotidien des détenus : il a même abattu chaque semaine des vaches pour revendre à très bas prix la viande et améliorer ainsi le menu des malades ! Là, il se dépense sans compter, planque des gosses sous des planches, entre deux matelas, et même aux latrines !

— Elle est si petite, se rebiffe Sara. Elle ne sait pas lire ni même tresser ses cheveux seule...

— Oui, je sais, répond Margot, compatissante, mais ici, en France, elle aura une belle vie, j'y veillerai, tu peux me faire confiance.

La jeune mère reste longtemps silencieuse, perdue dans ses pensées, puis articule un faible :

— Oui, je le veux...

— Très bien, je passerai prendre Amalia à dix-neuf heures cinquante, avec son baluchon. En attendant, Sara, voici une feuille pour noter tes volontés. Et une autre pour écrire à Amalia...

Margot laisse sa phrase en suspens : Sara a compris, ce sera là son héritage, son testament. Elle a vécu la terreur dans son pays, elle sait qu'elle ne survivra pas à la Pologne, surtout quand l'hiver sera tombé. Margot quitte mère et fille enlacées. Elles ont tant de tendresse à emmagasiner et si peu de temps !

Chapitre 51

Toute la journée, les bénévoles ont travaillé leurs dossiers. Ils le savent, un nouveau convoi se prépare. La mère d'Amalia y figure mais pas Leo. Margot respire et cherche tous ceux qui pourraient être exemptés : les hommes qui ont servi dans l'armée française plus de trois mois, les pères et les mères d'enfants français, les plus de soixante ans. Il faut poser des questions, demander encore et encore les dates de naissance, les états de service. Une femme se présente spontanément à la porte des Milles : elle demande à être internée et à partir avec son mari ! Un rouquin interpelle Margot :

— Je suis protestant ! Déserteur de l'armée allemande, aidez-moi, je vous en supplie.

Margot court prévenir le pasteur Manen qui réconforte le pauvre type, l'abandonne un instant et revient triomphalement :

— C'est bon, Margot, il ne part plus !

Une petite victoire dans un océan d'inquiétude. La police et ses membres habillés de noir se montrent brutaux et expéditifs. Ils refusent une timbale d'eau aux malheureux rassemblés, poussent les détenus qui ne se mettent pas en rang assez rapidement, et distribuent bourrades et coups de pied aux retardataires.

Et dans l'après-midi, coup de tonnerre : on annonce l'arrivée surprise d'un général allemand. On ignore pourquoi et évidemment ce qui se dit entre gradés – à peine le temps d'apercevoir un homme impeccablement sanglé dans son uniforme –, mais l'impression est désastreuse. Et si le camp passait sous commandement ennemi ? Vont-ils tous être livrés à l'envahisseur ?

Cette visite provoque du côté policier un regain d'activité : il faut trouver des déportables en plus et en urgence. Une chasse à l'homme est organisée : on regroupe des détenus qui ne devaient pas partir. Ça crie, ça s'agace, ça hurle. Énervement et précipitation chez les uns, détresse et dégoût chez les autres.

Margot regarde sa montre : il est temps de retrouver Amalia et sa mère, de confier la première à Boyer. Dans la partie réservée aux femmes règne par contraste un silence de mort. Nombreuses sont les détenues manquantes. Elles ont fui l'enfer de l'Est et y retournent. La France, refuge, s'est révélée pour elles un piège. Margot fait signe à Sara de se lever, avec Amalia, muette : elle sait l'heure grave. Au lieu de rendez-vous, à l'extrémité est, se dessine la silhouette enrobée de Boyer. Margot lui confie l'enfant, son sac, ses papiers. Pétrifiée, sa mère serre ses mains sur les épaules de la petite. Il faut lui parler à l'oreille, l'encourager sans la brusquer. Pas question de prendre le risque d'une crise de nerfs, la police patrouille en permanence.

— On y va, c'est maintenant, chuchote Boyer.

La mère accentue sa pression sur le torse fluet de sa fille. Et Margot doit détacher ses doigts un par un.

— Non, je ne peux pas, gémit soudain Sara. J'ai changé d'avis. Non !

En trois mouvements étonnamment souples, Boyer attrape la fillette, l'installe sur la moto qu'il utilise de nuit et s'enfuit. Sara tombe à terre et sanglote.

— Malheur à moi ! J'ai abandonné mon enfant.

— Au contraire, répond Margot au bord des larmes, tu lui as redonné la vie. La vie, entends-tu ?

Chapitre 52

Quand Margot retourne au bureau, les jambes flageolantes, après avoir confié Sara, au visage de cire et au front de nacre, à ses amies, l'état d'esprit est à la désolation. Des détenus sont emmenés de toute la région. Des vies piétinées en une poignée de secondes.

— Regarde, dit Fanny. Ils ajoutent sans cesse du monde... Et les femmes se portent volontaires pour suivre leurs maris !

Margot s'empare de la liste, les mains avides. À la dix-septième ligne, elle le trouve : Leonard Stein. La feuille glisse entre ses doigts et elle se précipite dans le bâtiment à sa recherche. Il n'est nulle part : s'est-il caché dans le grenier de fortune ? Elle adresse en silence une prière aux ténèbres qui l'entourent. Qu'elles protègent son aimé ! Son cœur semble prêt à se rompre d'angoisse et de gratitude mêlées. Leo a pu se cacher, il ne partira pas comme les autres demain matin. Dans l'horreur des jours, ils disposent d'un répit.

Ce jeudi 13 août au matin, cinq cent trente-deux hommes partent, effroi au cœur, les mêmes questions aux lèvres : pourquoi ont-ils été ainsi livrés à l'Allemagne ? Margot s'efforce de graver sur le quai chaque visage dans son esprit, de sourire à tous, de donner un peu de pain, des boîtes de conserve pour le voyage. Mais quand elle voit s'avancer Sara, elle doit se faire violence pour ne pas se décomposer.

— Je veillerai sur ta fille, je te le promets devant Dieu.

— Oui, je t'en supplie, demande Sara. Qu'Amalia soit heureuse !

— Elle le sera.

Les deux femmes se regardent intensément. Et tant de sentiments d'amour, de regrets, passent dans leurs yeux. Sara monte dans le wagon et joint les mains en prière.

— Je te bénis pour cela, Marguerite Keller.

De sa cachette, Leo a entendu le tohu-bohu des voix, les ordres donnés au petit matin, le piétinement des prisonniers, et même le bruit des wagons s'ébrouant sur les rails. Il a attendu longtemps en songeant à ses amis disparus, Lisandro, Franz, Oskar. Il se sent tel un animal dans son terrier à la merci des hommes qui patrouillent. Heureusement, il y a Margot, Margot qu'il retrouve ensuite avec gratitude.

— Leo, tu dois rester caché. Il ne faut pas qu'on te repère. Ce train ne sera pas le seul.

Manen et Boyer réussissent à faire s'évader une femme et ses trois enfants en les cachant dans la gaine d'un porte-charge avant de les faire ramper sous les fils barbelés, profitant de l'obscurité. C'est le temps du courage et de l'abnégation face à des taches ineffaçables, des crimes impardonnables, une souillure qui, Margot le pressent, les atteindra tous.

Chapitre 53

Dora se trouve encore au lit mais le sommeil lui échappe. Depuis que leur fille leur a été enlevée, elle ne dort plus. Elle a couru à l'hôtel Bompard dès la disparition de Margot et au bureau du CAR le lendemain. L'hôtelier s'est montré désagréable : les gendarmes ont embarqué tout ce cirque, il n'en sait pas davantage. Mais à l'organisme d'entraide juif, on l'a informée : Margot se trouve enfermée dans un camp près d'Aix-en-Provence. Depuis, Dora se ronge les sangs et son mari aussi. Ils auraient voulu se précipiter vers leur fille, mais les associations les en avaient dissuadés.

Protégée par son statut de travailleuse sociale et sa carte d'identité française, Margot s'en sortira vite. Par contre, les apatrides comme eux courent un véritable danger en se rendant aux Milles. Soit. Mais Margot ne rentre pas, et ses parents s'enfoncent dans une angoisse noire, incapables de se lever, de manger, de respirer, même.

Elle les a donc entendus monter l'escalier. Des bruits de pas vigoureux, des coups contre la porte. En un instant, elle est debout tandis que son mari l'interroge du regard. À la première sommation, Dora Keller ouvre la porte en grand :

— Nous cherchons Dora et Aron Keller.

— C'est nous.

— Il faut nous suivre, déclare un policier aux yeux clairs, même pas la trentaine.

— Notre fille est française, elle est née ici à Marseille. Où allons-nous ?

— Dans ce cas, vous ne risquez rien, répond le fonctionnaire. Suivez-nous, s'il vous plaît, avec des vêtements propres pour deux jours.

Son mari ébauche un geste de refus, mais Dora glisse :

— Laisse, Aron, nous allons peut-être retrouver Margot...

Le sac est vite fait, les Keller prennent du linge propre, des vivres, leurs lunettes. Au dernier moment, Dora a ajouté l'ours en peluche dont Margot était inséparable autrefois. Dans quel but ? Elle ne le sait pas elle-même, mais elle ressent le besoin d'emporter de la maison un peu de celle qui lui manque tant.

En bas, le camion a déjà fait le plein. Policiers, gendarmes, gardes mobiles et même pompiers rentrent et sortent des immeubles avec leur pauvre cargaison humaine. Personne ne parle, la surprise se lit sur tous les visages. Ils ne le savent pas, mais cette rafle a lieu en même temps dans quarante-cinq départements de la zone prétendument libre.

Le secrétaire général à la police de Vichy, René Bousquet, promet à la SS et à Carl Oberg, son chef, dix mille juifs étrangers. Les informations ayant fuité, certains ont pu s'enfuir vers la Suisse, l'Italie ou l'Espagne. Mais où les Keller iraient-ils donc ? Ils ne connaissent personne, seraient bien incapables de trouver un passeur et de le payer. Ils attendent le retour de leur fille.

Enfin, le camion démarre et les prisonniers regardent défiler Marseille à la beauté sauvage. Partout dans la rue, on contrôle les autobus, les tramways, les passants. De petits attroupements se forment et certains protestent :

— Pauvres gens. Quelle honte !

— Où emmène-t-on ces femmes ?

Les policiers sont pris à partie, ils doivent se hâter dans leur besogne. Dora ne lâche pas la main de son mari pendant tout le voyage.

Devant le portail des Milles, quelques heures plus tard, une cohue indescriptible règne. Près de mille cinq cents personnes attendent leur tour. Dans la précipitation, certains ont oublié leurs papiers. Il faut expliquer et expliquer encore, ce qui crée un embouteillage monstre. Dora et Aron restent collés ensemble, dans les cris. La femme devant eux cherche son mari raflé un peu plus tôt dans la journée, un homme sa femme et ses enfants. Il fait si chaud, et pas une goutte d'eau à l'horizon. Certains, en manteau d'hiver, suffoquent, d'autres semblent avoir été arrachés à leur lit, en tenue légère. Il y a là des vieux, des bourgeois, des commerçants, des gosses, et même des femmes de mauvaise vie. Toute une humanité en colère, criant ou suppliant, exigeant ou en larmes, selon le caractère de chacun. Les nouveaux venus ne ressemblent pas aux détenus, habitués au régime du camp, et lorsqu'ils découvrent le bâtiment, on dirait des touristes effarés.

Margot est stupéfaite devant le nombre des enfants. Certains, encore en couches, sont tenus dans les bras par des mères harassées. Elle inscrit les noms, quand une voix la fait se dresser, le souffle arrêté dans sa gorge :

— Marguerite, Marguerite, c'est toi, enfin !

Margot voit alors sa mère s'avancer vers elle ! Dans sa hâte, elle bouscule les détenus massés et touche Dora, comme pour y croire.

— Mais que fais-tu ici, maman ? Et papa ? Comment est-ce possible ?

— Je t'ai retrouvée, *Kedvesem*[1]. Enfin !

— Il ne fallait pas venir, maman. C'est l'antichambre de l'enfer, ici...

Soudain, Margot suffoque. Elle a aperçu la haute silhouette de son père et se réfugie dans ses bras.

— Toi aussi, papa...

— Ils sont venus ce matin, petite. Mais tout est bien, nous voilà enfin réunis.

Margot n'a pas le cœur d'en dire plus à ses parents. Comment raconter les trains, les départs au petit matin, le désespoir ambiant ? Elle ne peut que tenter de les protéger, de les cacher s'il le faut. Ils font face aux fauves, tous les trois, et ne peuvent compter que sur leur ingéniosité et la chance pour s'en sortir.

1. « Ma chérie », en hongrois.

Chapitre 54

Leo a tout de suite sympathisé avec Aron Keller. D'un commun accord, ils ont discuté aquarelles et gouaches, croquis et beaux-arts. Fièrement, le jeune homme lui a montré la fresque et les nombreuses œuvres d'art du camp. Il lui a raconté la vie des artistes ici, de ces *hommes de brique* chers à Max Ernst qui se sont évadés grâce à leur travail, au moins l'espace de quelques journées. Aron, qui connaît certains des noms mentionnés, est impressionné. Lui a surtout peint les ciels céruléens de Marseille, mais il apprécie l'abstraction. Et il est sensible à l'impression de désespoir muet des œuvres en présence.

Leo, par contre, a à peine échangé avec la mère de Margot. Timide à l'excès, celle-ci lui adresse quelques mots mais l'observe à la dérobée. Elle ne s'était pas trompée sur l'amour inondant le cœur de son enfant unique. Ce jeune homme a l'air sérieux et convenable.

Margot a installé ses parents comme elle a pu, avec autant d'arrivées, la paille manque, et les nouveaux campent à même le sol, dans une saleté repoussante. Quand Dora a découvert l'endroit, elle a gémi. Un cauchemar éveillé, ce camp, où les enfants crient dans le noir. Quelques jours se passent ainsi dans le brouhaha et la poussière.

Au bureau, Fanny Loinger rédige des télégrammes. Le temps presse : un nouveau convoi, d'après la rumeur, est prévu dans deux jours. Il faut essayer partout, trouver des motifs d'exemption. Ce jeune homme dit qu'il a participé aux combats en 40. Peut-être sera-t-il épargné ? Et cette mère de famille, là ? Son fils est français, donc elle se trouve à l'abri, en tout cas pour l'instant. Margot arrive, désireuse de se rendre utile. Dès qu'elle découvre le visage de son amie, elle s'inquiète :

— Il y a du nouveau ?

— Regarde la liste, Margot. Je suis désolée.

À la dixième ligne, elle aperçoit le nom de ses parents.

— Non ! hurle-t-elle.

Margot s'arc-boute sur ce non, sorti de tout son être. Pas question de les laisser partir. Elle chancèle un moment puis se reprend. Il lui faut parler au pasteur Manen, à Boyer, à Leo, trouver une solution. Elle repère le pasteur, en conversation avec un homme prêt à lui confier toute sa fortune pour la sortir du camp et l'apporter à un ami.

— Je ne peux pas prendre l'argent, répète l'homme d'Église, je suis désolé.

— Mais vous ne comprenez pas, j'en aurai besoin après. Je vous paierai grassement.

Margot attend que le détenu ait fini de plaider sa cause, en vain, pour mettre au courant le pasteur, ébranlé :

— Hier, j'ai donné un culte à Aix. J'aurais peut-être dû transformer tes parents en paroissiens et les « perdre » en route. Mais le camp est de nouveau bloqué...

— Monsieur le pasteur, je vous en conjure. Ils vivent en France depuis vingt ans...

— Et ils sont français ? demande Manen.

— Non, hélas. (Margot se rembrunit.) Mon père a tardé, pour les papiers. Et le climat n'était guère favorable à la naturalisation.

— Oui, je sais, compatit Manen. Pauvre chère Marguerite. Je vais tout tenter.

La jeune femme le regarde s'éloigner vers le bureau des autorités du camp. Elle s'efforce de garder espoir et, alors que le soleil tombe, apportant un peu de répit, elle reprend son travail de fourmi, détenu après détenu. Que peut-elle faire d'autre, à part prier et veiller sur Leo, de loin, qui s'est de nouveau caché ?

Un légionnaire originaire d'URSS vient la trouver, l'air dur : il exige de voir le commandant. Immédiatement !

— Je me suis enrôlé à dix-huit ans pour la France ! À dix-huit ans, madame. Et c'est ainsi qu'elle me remercie.

D'un geste vengeur, il jette son livret militaire sur la table.

— Qu'ils soient tous maudits !

Margot doit continuer : malgré les cris, le désarroi, parfois les insultes. Elle comprend le désespoir, la violence, le besoin de déverser sa colère car elle les ressent aussi. Mais elle a une tâche à effectuer, comme les autres travailleurs, il s'agit de sauver le plus de déportables possible, y compris bien entendu ses parents. Elle essaie de ne pas songer à leur sort et de placer toute sa confiance en Manen et en ses amis des associations, mais elle tremble intérieurement. Comment faire autrement ?

Il est presque vingt-trois heures et, à la lumière des projecteurs, la scène est terrifiante, la queue des détenus pour le départ s'allonge, dans la cour tous les internés se retrouvent assis avec enfants et bébés. Les wagons attendent, sombres silhouettes de fer et de bois. La cohue est générale, des cris s'élèvent de partout. Ici, un protestant sorti des rangs embrasse le pasteur avec effusion, là, la Cimade réussit à arracher à la police un étranger décoré de la Légion d'honneur. Margot se précipite vers Manen.

— Alors, monsieur le pasteur, pour mes parents ?

— Je les ai fait admettre à l'infirmerie. Appendicite pour ton père, varicelle pour ta maman.

— Varicelle ? Mais elle n'a pas de boutons.

— Je le sais bien ! Mais sur le coup, c'est tout ce que j'ai trouvé.

— L'important, c'est qu'ils soient à l'abri...

— Oui, répond Manen, le risque de contagion à lui seul devrait protéger ta mère et, avec l'appendicite, ils enverront ton papa à l'hôpital.

Rassérénée, Margot se remet à la tâche. Elle prend en charge un officier polonais aux états de service impressionnants. Il doit partir, il se trouve sur la liste. On téléphone à Vichy, au ministère des Armées. Finalement, la réponse tombe *in extremis*, il ne partira pas. L'homme accueille la nouvelle comme il a appris celle de sa déportation, avec le même flegme militaire. À l'idée d'en arracher un à l'ennemi, Margot exulte et ne sent plus sa fatigue.

À côté d'elle, une scène éclate entre un quaker et l'intendant de police. Celui-ci refuse le papier officiel d'émigration venant des États-Unis d'un détenu.

— Un faux, affirme-t-il. Regardez ici, l'encre a bavé !

— Vous mettez en doute une signature américaine ? s'offusque le bénévole. C'est inadmissible, monsieur.

Le quaker ne se démonte pas. Un haussement d'épaules, et le fonctionnaire français signifie son accord d'un geste dédaigneux. L'homme ne montera pas dans le train. En cette nuit d'épouvante, chaque répit est le bienvenu.

Chapitre 55

À minuit, alors que le triage des déportés semble se tarir, une sommation, soudain : on amène au convoi des personnes trouvées au hasard dans le camp. Une chasse à l'homme dans le bâtiment est organisée. Et les policiers escortent leur pauvre butin humain : une trentaine d'hommes et de femmes, de quoi remplir un wagon. Certains sont déjà en pyjama, d'autres ont été arrachés à leur toilette, tous ont le visage livide.

Voyant ce qui se passait, Boyer a juste eu le temps de cacher des jeunes sur le toit en leur intimant l'ordre de rester silencieux. Tapis dans le noir, les adolescents assistent à la scène, pétrifiés. Ils reconnaissent leurs amis, leurs voisins, parfois leurs mères, et doivent se faire violence. On traîne des gens vers les wagons avec brutalité. Mais il faut croire que le compte n'y est toujours pas. Un ordre claque dans la nuit, puis un autre. Et Margot voit alors ses parents emmenés de force avec d'autres patients de l'infirmerie, certains couchés sur des brancards.

— Que faites-vous ? Ce sont des malades !

— On me demande de rassembler ceux de l'infirmerie, répond un policier, imperturbable.

Aron et Dora Keller se tiennent par la main. Comme ils semblent âgés, d'un coup ! Margot se précipite vers ses parents qui grelottent en tenue légère, car la rosée perce.

— Maman, dit-elle. Je suis là, ça va aller. Je vais voir l'intendant de police.

— Laisse, ma fille. C'est trop tard. Viens ici que je te sente contre moi, j'ai froid.

Éperdue, Margot se jette dans les bras de sa mère.

— Je ne veux pas... Je ne peux pas.

— Chut, Margot, ne gâchons pas ces instants. Regarde, nous sommes tous les deux, ton papa et moi. Que peut-il nous arriver ?

Dans le giron de sa mère, Margot laisse couler ses larmes. Elle n'a même pas Leo près d'elle, tapi dans l'obscurité, à l'affût sans doute du moindre bruit. Son père l'enlace à son tour, la voix étranglée.

— Ma chérie, nous nous retrouverons. Je m'occuperai de ta mère, ne t'inquiète pas.

Les derniers moments, où il faut les hisser dans le train, seront terribles. À trois heures du matin, on fait grimper les enfants d'abord, les mères avec les nourrissons. Puis les adolescents, dont certains se débattent et envoient coups de pied ou de poing en injuriant les policiers et, enfin, les hommes[1]. Manen parlemente encore : certains de ces détenus sont protestants. Sur quels textes de loi s'appuie-t-on pour les déporter ? Des réfugiés politiques qui ont obtenu le droit d'asile brandissent le précieux papier. Peine perdue, ils sont

1. 525 personnes dont 52 enfants partent ce jour-là pour Drancy, d'où ils seront envoyés pour la plupart à Auschwitz.

embarqués aussi avec fermeté. Ceux qui ont servi dans l'armée française, livrés avec les autres, gardent le menton haut dans l'épreuve. En dernier viennent les malades, dont certains ne tiennent pas debout et doivent s'appuyer sur les bénévoles[1]. Margot tient ses parents par la main et avance avec eux, à pas comptés, en murmurant à l'oreille de sa mère des mots qui n'appartiennent qu'à elles. Les voilà devant le wagon : Margot soudain se cabre et tente de monter elle aussi :

— Je viens avec vous, je ne vous abandonnerai pas.

Fanny se précipite, le pasteur Manen également. Ils raisonnent la jeune fille, son père la fait descendre doucement, comme une poupée cassée. Et Margot s'effondre alors par terre, petit tas de douleur et d'impuissance, ses jambes ne la soutenant plus. Fanny ne la quitte pas. Rabattre les portes roulantes fait penser à un caveau que l'on scelle. Teint d'ardoise, Margot hurle comme une bête prise au piège, ce qui hantera longtemps ceux qui l'entendent. Animal en souffrance, elle assiste, impuissante, au saccage de leurs vies.

Le train ne partira que vers huit heures le matin, et Margot passe la nuit à genoux sur le quai à veiller ses parents, séparés d'elle par une simple porte de wagon.

À l'aube, elle leur parle encore pour les rassurer, leur dire qu'elle les aime, qu'elle se trouve là, tout près d'eux, en pensée et en actes. Le départ représente

1. Le pasteur Manen réussit à faire sortir cinq hommes du convoi à Lyon car ils sont protestants. On les envoie alors au camp de Rivesaltes.

une déchirure, le sentiment terrible d'être coupée en deux : une partie d'elle s'abîme sur le quai humide, une autre a disparu avec ses parents, le long des rails. C'est l'éclipse de l'humanité. Il ne reste que le silence, le recueillement dans cette douleur qui enserre son cœur. Comment imaginer un lendemain ?

Chapitre 56

Quand Leo retrouve Margot, celle-ci demeure muette, incapable de transcrire en mots ce qu'elle ressent. Le malheur rampe sur sa peau, son corps est brisé par ce qu'elle a vécu. En état de choc, elle fixe le lointain, comme si elle suivait les siens en pensée. Leo, qui la tient fermement, essaie de la faire revenir au présent. Il y a eu quatre départs de train, il y en aura d'autres. Il faut continuer à se battre. Les policiers quadrillent sans cesse le bâtiment, même la cachette de Leo n'est plus sûre : partout on traque les détenus qui, par tous les moyens, cherchent à s'enfuir ou à se terrer avant les départs. Un homme a été retrouvé couché dans les latrines : son nom figure sur la liste, il a été emmené de force. Un autre, en descendant dans la gaine d'un monte-charge, se casse la jambe mais refuse avec véhémence l'infirmerie : il a assisté, comme les autres, à la rafle de l'endroit. Le moral chute encore et le camp n'arrive pas à panser ses plaies. On redoute un autre train, d'autres scènes déchirantes.

Bientôt ce sera leur tour, ils le savent, le pressentent de toute leur âme. Le camp des Milles doit se vider et les Français organisent cette ignominie sans état d'âme. À Vichy, des assassins de papier se réveillent dans leurs lits, embrassent leurs femmes, chérissent leurs enfants. Le crime a lieu loin d'eux.

Le clergé catholique, pourtant, sonne l'alarme, proteste, sous la houlette de monseigneur Saliège, archevêque de Toulouse. Le pasteur Marc Boegner, chef de file des protestants, alerté entre autres par Manen, a écrit une lettre à Pétain[1]. Il y dit que *la livraison de ces malheureux étrangers s'est effectuée en maints endroits dans des conditions d'inhumanité qui ont révolté les consciences des plus endurcis et arraché des larmes aux témoins de ces mesures.* Dans le pays tout entier, les consciences s'éveillent. Mais Margot, concentrée sur son propre malheur, ne sait pas tout cela. Elle refuse de s'alimenter et même de boire malgré la chaleur. À court d'idées et de suggestions, Leo l'emmène vers les enfants qui jouent avec une balle apportée par un gardien.

— Et si l'on dessinait avec eux ?

Sans mot dire, Margot acquiesce et Leo sort son matériel. Les enfants, même les plus petits, font cercle. Sous sa main experte naissent des éléphants, des ballerines en tutus, un clown. Leo quitte ainsi un monde, entre dans un autre, plonge dans la vie de ses personnages jusqu'à en oublier la sienne. Les gosses réclament ici un tigre, là un lion, ou un acrobate. Il n'y a plus de camp, plus de fils de fer barbelés, de gardiens et de départ vers l'inconnu. Seulement une classe qui s'amuse avec un professeur taquin et une assistante

1. Lettre de la Fédération protestante de France au président du Conseil le 20 août 1942.

plus sombre. Margot porte un garçonnet de trois ans sur ses genoux et guide sa main. Leo la regarde, renversé comme toujours par sa beauté. Par sa seule présence, elle illumine cette classe que Leo voudrait graver dans son cœur. Auguste Boyer qui s'approche sourit à la scène. Il a sauvé Amalia et a pu sortir une autre petite fille, cachée dans son sac ! Sa femme et lui, en contact permanent avec des passeurs, des bénévoles, veulent s'impliquer encore davantage.

— J'ai peut-être une solution pour vous deux, glisse-t-il à Leo.

Les deux hommes s'éloignent pour parler.

— Après-demain, j'aurai un camion bâché prêté par un copain. J'ai vu avec mon chef, j'en profiterai pour vider les détritus qui s'entassent derrière le camp. Je peux prendre deux passagers...

Leo hoche la tête vigoureusement, submergé par l'émotion, et serre la main au gardien.

— À après-demain !

Chapitre 57

Toute la matinée, le camp semble reprendre son souffle, après le choc de cette dernière déportation. Les hommes rechignent à quitter le dortoir, dérisoire refuge, et conversent à mi-voix. Leo n'a pas revu Margot qui, avec l'équipe du CAR, cherche encore à se rendre utile. On annonce un autre convoi *pour ceux qui n'ont pas rempli les conditions d'émigration jugées satisfaisantes,* une phrase sibylline de l'administration qui désespère les familles. Certains, au deuxième étage, se sont jetés par la fenêtre pour échapper au voyage tandis que les cigales cymbalisent à tout-va. Leo songe fugacement à la mer de Sanary, tel un couvercle d'airain, aux pointus, ces barques qu'il aimait dessiner, au parfum des mimosas. Il y a une éternité. Reverra-t-il un jour le port placide planté de palmiers ? Il sort de sa rêverie, les sens soudain en alerte. Boyer leur a donné rendez-vous à côté des latrines. Celles-ci offrent un spectacle pitoyable. Mais ici personne ne les dérangera. Les deux hommes se retrouvent et attendent Margot. Il est bientôt quatorze heures. Depuis le drame qui a touché ses parents, la jeune fille semble lointaine, absente à elle-même, et Leo a peur de ses réactions. Viendra-t-elle au rendez-vous ?

Elle n'a pas réagi à la nouvelle d'un départ possible, comme si elle n'en comprenait pas l'enjeu. Il faut qu'elle sorte de cette torpeur morbide : rester aux Milles signifie signer son acte de décès. Une chance leur a été offerte : il faut la saisir !

Boyer fume une gauloise en faisant les cent pas. Les gardiens ont bientôt terminé leur pause d'après déjeuner, le commandant aussi : c'est maintenant. Les minutes s'égrènent, lentes, sinistres. Chaque tour de cadran semble de mauvais augure. Ils ont bien répété l'heure : quatorze heures. Et déjà quatorze heures quinze se profilent, sans Margot. Leo est proche du désespoir et a déjà décidé de ne pas s'enfuir, pas sans elle, quand sa silhouette se dessine, presque courbée. Où sont passés son dos droit, ses yeux rieurs, ses mèches folles ? Elle avance telle une vieille dame, son corps restant debout comme par erreur. Leo ressent une immense bouffée d'amour, une envie folle de la tenir dans le territoire solide de ses bras. Elle lève vers lui des yeux semblables à un puits sec tandis que, dans la poitrine du jeune homme, un feu crépite.

— Viens, Margot, il faut y aller.

Elle s'accroche à ce regard et tend la main. Leo s'en saisit et ils se cachent dans l'encoignure du bâtiment. Autour d'eux, la plaine d'oliviers et de vignes, la nature ivre et charmante semblent bénir leur fuite. Boyer est parti chercher son camion. Ils sont seuls, leur cœur battant à l'unisson, guettant le moindre mouvement. Au bout de dix minutes, qui semblent autant d'heures, un bruit de moteur. Boyer leur adresse un signe impérieux et ouvre le hayon : les deux jeunes gens grimpent et se retrouvent sur un tas d'immondices.

— Vite, dessous, ordonne le gardien.

Margot grimace avant de s'exécuter. Une masse nauséabonde pèse sur leur poitrine et menace de les étouffer, mais ils n'ont pas le choix. Contre elle, Margot sent la cuisse de Leo et tente de la toucher. Elle n'a pas peur, pas pour elle en tout cas, mais redoute ces moments sous la fange. Elle a envie de hurler, d'éloigner de son corps ces journaux usagés, ces torchons ayant servi à la toilette des détenus, ces reliefs de repas. Elle fixe un rai de lumière qui danse et tente de faire le vide dans son esprit. Ce n'est pas le moment de flancher !

Le camion se met lentement en branle, conduit par un Boyer en alerte. Il risque son poste, des sanctions, et peut-être la prison, mais qu'est-ce, par rapport aux détenus qui, eux, jouent leur vie ? Il hoche la tête : jamais il ne partagera la passivité des autres gardiens, leur conviction tranquille qu'il est normal d'enfermer les uns, à défaut de combattre les autres. Quelle ignominie ! Il a appris à connaître les réfugiés qu'il gardait et il a vite tranché. Hors de question de rester passif face aux drames qui se jouent cet été. Il ne pourrait plus se regarder en face s'il ne tentait pas l'impossible pour en sauver au moins une poignée. Une goutte d'eau certes par rapport aux départs vers l'inconnu qui s'échelonnent, mais épargner quelques vies dans un océan de désespoir, ce n'est pas rien ?

Le camion s'arrête au portail et Boyer sent son dos inondé de sueur. Il ne veut pas échouer, surtout pas avec ces deux-là, dont la grâce, l'intensité de leurs sentiments l'un pour l'autre le touchent. Il a besoin, ils ont tous besoin, d'une note d'espoir, dans cette guerre qui s'éternise.

— Tu as quoi, dedans ? interroge le type à l'entrée, le visage cuivré par le soleil.

— Comme d'habitude. Les poubelles, les restes bien pourris de la cantine et un sac plein de merde. Tu veux voir ?

— Ah, non merci, répond le gars. Pas après mon déjeuner.

— À demain, alors.

— C'est ça, à demain.

Leo et Margot ressentent encore pendant longtemps les secousses des roues du camion. Ils n'émergent qu'une vingtaine de minutes plus tard, ébahis.

— On y est arrivés. On est dehors !

Boyer, qui s'est arrêté dans un chemin de traverse désert, les serre dans ses bras, malgré l'odeur.

— Alors, les tourtereaux ? On respire plus large ?

— On respire surtout la liberté !

Et dans la puanteur qui les entoure, le trio éclate de rire. Ils reprennent bientôt la route, cette fois-ci tous les trois à l'avant du camion, direction Apt, à une cinquantaine de kilomètres. C'est là, dans une ferme isolée, qu'ils se planqueront quelque temps, avant d'envisager la suite.

Chapitre 58

5 janvier 1943

Ce jour-là, un froid coupant règne à Marseille. Le mistral arrache tout sur son passage depuis déjà près d'une semaine. Caché près d'un kiosque à journaux, Leo fait le guet. Il sait Margot pas loin, au pied de l'escalier de la gare Saint-Charles. Tous les deux attendent Hélène, Hélène Taich, au front large et lisse et aux cheveux ondulés qui lui donnent l'air d'une vedette de cinéma. Cette jeune Roumaine communiste dont ils dépendent pour tout et à qui ils obéissent. Leur chef. Près d'Apt, ils étaient restés cachés près de trois mois dans une maisonnette à moitié éventrée par les ans, à Buoux, dans les hauteurs. Les arbres semblaient vouloir pénétrer la modeste pièce et la sylve protégeait leurs amours. Ils sortaient peu, vivaient de champignons, de pommes, d'œufs et d'un peu de fromage qu'une connaissance de Boyer leur apportait deux fois par semaine. Le froid les tenait prisonniers, un froid terrible en cette fin 42, et pas question d'allumer un feu qui aurait pu attirer l'attention. Ils se serraient l'un contre l'autre pour se réchauffer. Et il y avait les promenades dans les amandiers qui descendaient en pente libre, quand le besoin de bouger les prenait.

Puis Leo avait réussi à prendre contact avec un ancien des Brigades, un nommé Basil Serban, Juif roumain, évadé de Gurs, réfugié à Marseille, chef de groupe puis chef d'état-major, adjoint du FTP-MOI[1] dans la zone Sud. Celui-ci s'était déplacé jusqu'à la cache des jeunes gens et les avait mis au courant. Des communistes, juifs pour la plupart, luttaient armes à la main contre les nazis à Marseille. Depuis la fin de la zone libre, le 11 novembre 42, ceux-ci étaient partout chez eux en ville. La Gestapo plastronnait au 425, rue Paradis, en plein centre donc, fermait les écoles pour y loger des fonctionnaires du régime allemand, vidait les rues, installant un couvre-feu, se comportait en touristes sur la Canebière et s'encanaillait dans les bouges, se mêlant aux Marseillais. Leo et Margot brûlaient d'envie d'en découdre. Enfin se battre ! Enfin rendre les coups ! Leo voyait ses rêves se concrétiser : fini la passivité, le statut de victime, l'humiliation. Il se sentait prêt, et comment ! Serban avait calmé ses ardeurs : même un ancien brigadiste comme lui devait retrouver ses marques, l'instinct de la clandestinité, utiliser de nouveau des armes.

Agente de liaison au sein des FTP-MOI, femme de courage et de conviction, Hélène était alors apparue dans leurs vies. Ils la retrouvaient dans des champs, sur des chemins déserts, chez un cafetier ami. Hélène

1. Les francs-tireurs et partisans-main-d'œuvre immigrée sont les unités de la Résistance communiste principalement composée de Juifs étrangers.

avait fui le régime autoritaire d'Antonescu en Roumanie, en 1937, suivi des études de lettres, s'était mariée, parlait d'enfants. Et elle camouflait dans son panier des revolvers, suivait les dignitaires nazis dans les hôtels chics de la ville, notait les allées et venues de tous sur un petit carnet qui ne la quittait pas... Elle avait appris à Margot à observer, à calculer distance et horaires, en passant inaperçue dans la foule et, finalement, à tirer avec de vieux pistolets récupérés dans la campagne sur des cibles fixes et parfois de pauvres lapins dont on faisait un dîner de fête. À ce jeu, puisqu'il s'agissait encore d'un jeu à ce stade, Margot s'était montrée excellente, presque surdouée. Comme si elle s'était exercée toute sa vie. Elle tirait avec précision et grâce, ne rechignait jamais, même dans le froid, à observer l'ennemi des heures durant, et surtout elle inspirait confiance aux occupants, qui la lorgnaient et lui souriaient quand ils la croisaient sur les boulevards ou dans les magasins où fleurissaient d'infâmes panneaux : *Entrée réservée aux Aryens*. S'ils savaient !

Très vite, Hélène lui avait confié de petites missions dont la jeune femme s'acquittait avec sérénité et efficacité. Leo se montrait fou de fierté : à deux, ils reprenaient confiance, mettaient tous les atouts de leur côté pour enfin, un jour, agir.

Et ce jour-là, tant espéré, est arrivé. Ils attendent donc, chacun de leur côté, Hélène qui, conformément au plan, doit parvenir à l'hôtel Splendide, un haut lieu de réunion et de séjour de l'état-major allemand, par la rue des Dominicaines, à dix-neuf heures cinquante-cinq précises. Avec l'engin explosif, Leo empêche ses dents de claquer et sent en même temps une mauvaise sueur lui inonder les aisselles. Il n'a pas revu Margot depuis le dernier passage où elle lui avait adressé un clin d'œil discret. Aguerri par ses mois en Espagne, Leo sait ce qui va suivre et il en tremble d'excitation et de peur mêlées.

Vingt heures sonnent à une église toute proche. C'est maintenant. Hélène arrive, se déplaçant avec confiance, comme si la rue lui appartenait. Margot se matérialise, juste derrière elle. Leo se lève alors : le trio est en place. D'un geste vif, ils balancent chacun, par une fenêtre restée ouverte, des grenades, et tirent sur quelques gradés allemands installés là. La déflagration est terrible, l'air tremble, le verre se répand en mille éclats d'argent. Le sang sur le sol est noir et huileux. Margot court la première, suivie d'Hélène. Leo, lui, vérifie qu'il a utilisé toutes ses balles. Un haut gradé le regarde, les yeux grands ouverts, une rigole coulant de sa tempe. Les projectiles ont fait une constellation de trous autour de lui. Leo sort de sa contemplation, écoute le silence, un silence d'après la bataille, et part dans une autre direction, les sens aiguisés par l'odeur de la poudre, la vue des nappes blanches, le spectacle de ceux qui ne se relèveront pas. Ils ont réussi.

À la même heure, un autre groupe fait exploser une bombe rue Lemaître, dans une maison close prisée des Allemands. Tout est devenu rouge et blanc et s'est embrasé. Les hommes, des jeunes en majorité, sont morts sur le coup. Le temps des armes est enfin venu[1],

1. D'autres attentats des FTP-MOI suivront : la destruction d'un cinéma réservé aux soldats allemands, un sabotage des rails de tramway, et une descente à l'UGIF (l'Union générale des

et ce coup dur porté à la puissance allemande n'est assurément qu'un premier pas. Leo songe à Lisandro, à Franz, à Oskar, aux parents de Margot, à elle bien sûr, sa bien-aimée, et l'émotion lui brise le cœur. Dans cette nouvelle guerre qui s'annonce, ils l'accompagnent tous.

Israélites français), afin de détruire les fichiers sur la population juive.

ÉPILOGUE
21 août 1944

Toute la journée, la ville a brui de rumeurs, le préfet abandonnerait son fauteuil, un comité de libération vient d'être constitué, les Alliés ont débarqué en Provence, les forces françaises de l'intérieur sont en route... Leo, Margot et Hélène se tiennent prêts : ce n'est peut-être pas le grand jour, mais Marseille frémit d'impatience et eux avec. Quand chassera-t-on les Allemands hors de la cité ? La ville a souffert, immensément. Après les attentats de janvier, les Allemands ont arrêté près de six mille personnes, en fouillant les quartiers maison par maison[1]. À l'Opéra, la rafle de deux cent cinquante familles juives, d'une violence terrible, a provoqué l'émoi des voisins, alertés par les cris, les pleurs. Dans un froid atroce, le 22 janvier, on a arraché des familles entières à leur pauvre habitat, sans bagages ni affaires personnelles. Des vagabonds, des homosexuels, des Juifs, des tziganes, envoyés dans des camps à l'est. Bientôt, les immeubles du

1. Le bilan est effroyable avec le transfert forcé de 12 000 personnes, dont 800 seront déportées vers l'Allemagne et 20 000 évacuations.

Vieux-Port, quartier considéré par les nazis comme la verrue de l'Europe, un bouillon de culture cosmopolite impossible à surveiller, sont éventrés à coups d'explosif. Dans les rues les plus anciennes de la ville, mille cinq cents immeubles sont tombés dans une poussière pesante. Sous les ruines fumantes, combien de morts sans sépulture ? La ville brûle, les morgues sont surchargées, la liste des blessés s'allonge de jour en jour.

Vers seize heures trente, des groupes de jeunes se constituent à Castellane. Margot tient fermement la main de Leo car, elle le pressent, cette journée-là sera décisive. Les hommes s'apostrophent, se rejoignent, il y a des cris, des exclamations, des tracts qui circulent. Vive Marseille libre ! Liberté !

En descendant la rue de Rome, on croise d'autres jeunes surexcités qui donnent le mot d'ordre : « Tous à la préfecture. » Là, la foule se fait plus compacte et la clameur de dizaines, de centaines de poitrines s'entend jusque dans les ruelles. Les premiers coups de mitraillette percent l'air, secs et durs. Soudain, un camion allemand déboule à l'angle du boulevard Salvator et de la rue de Rome. Un FTP, tout près de Leo, tire et tue les deux conducteurs, mais il reçoit alors une balle en plein front. Un sourire se fige sur ses lèvres pour l'éternité. Margot se précipite et grimpe dans le camion, parmi le claquement des culasses et des détonations. Celui-ci contient des grenades qu'Hélène distribue. On monte des barricades, avec des planches, des cagettes, des vieux sommiers. La bataille s'annonce serrée.

Margot et Leo obéissent aux ordres calmes d'Hélène. Avec le groupe Marat, ils se battent place Castellane, courent pour éviter les balles et balancent leurs grenades tandis que l'ennemi faut sauter ce qu'il peut en se repliant. Bientôt, l'assaut de Notre-Dame sera lancé : les jeunes gens, dont le groupe possède une mitraillette, visent et tirent, aveugles et sourds à tout ce qui n'est pas le combat. Autour d'eux, on roule à terre, les balles rebondissent et crépitent dans un orage de fer. Tout bascule, y compris eux-mêmes. Impossible encore de savoir si la bataille est gagnée.

Et le 23 août, alors que les armes se sont tues, une jeune femme descend la Canebière, juchée sur une voiture, ceinte du drapeau tricolore. Margot salue la foule, songe à ses parents disparus, à celui qui conduit, Leo, son aimé, et finalement aux Milles dont ils ont pu s'échapper pour vivre enfin leur jeunesse et leur amour en liberté. Elle représente l'aurore.

REMERCIEMENTS

À Alain Chouraqui, président de la Fondation du camp des Milles, conscience de cet endroit, vigile exigeant de la mémoire, homme généreux et révolté contre tous les fanatismes qui portent en eux l'exclusion et la souffrance.

À mon mari, à qui je dois tant. Il faudrait un livre entier pour en parler.

À mes éditrices, Céline Thoulouze et Pauline Ferney, qui m'accompagnent avec grâce et légèreté sur un chemin de vérité.

BIBLIOGRAPHIE

Sous le soleil de Provence, au son des cigales, à l'ombre de l'oubli, dix mille hommes furent internés dans un bâtiment austère de brique rouge, dont mille neuf cent trente-sept furent déportés.

Le camp des Milles est le seul grand camp français d'internement et de déportation encore intact.

Je l'ai découvert avant sa rénovation et son ouverture au public en 2012, grâce à Alain Chouraqui, qui a œuvré toute sa vie pour faire connaître l'histoire de ce lieu unique. Munie d'une lampe torche, j'ai plongé dans le noir absolu d'une usine à l'abandon, où résonnaient encore les cris des internés. J'ai admiré les œuvres d'art, les graffitis, la fresque murale. La poussière rouge envahissait tout. L'ensemble m'a bouleversée, tout comme la détermination de mon guide à faire découvrir ce lieu, à l'inscrire dans une connaissance plus large des fanatismes et des génocides. Le camp évoque la souffrance, mais aussi la création, la solidarité, et le courage de quelques uns.

J'ai écrit d'autres romans, mais les Milles ne m'ont jamais vraiment quittée. Un jour, j'ai décidé d'y retourner. Ce roman est le fruit de mon imagination quant aux personnages de Margot et de Leo, mais d'autres sont bien réels. Je citerai Karl Bodek, le peintre des fresques, mort en déportation à Auschwitz, Max Schlesinger, l'homme de théâtre, Franz Meyer, le dessinateur des Milles, dont je me suis inspirée pour le personnage de Leo Stein, opposant au nazisme, et qui a réussi à émigrer aux États-Unis.

Je tiens à saluer la mémoire de plusieurs Justes parmi les nations :

— le pasteur Henri Manen (1900-1975) et sa femme Alice, qui ont réussi à faire sortir des enfants du camp et à les cacher au village de Chambon-sur-Lignon, si cher à mon cœur (voir mon roman *Sans oublier*, Belfond, 2014) ;

— Auguste Boyer (1914-1995) et son épouse Marie-Jeanne, pour leur action incroyable de sauvetage des internés ;

— le journaliste Varian Fry (1907-1967), au courage tranquille, qui a sauvé des nazis des personnalités comme André Breton, Hannah Arendt, Marc Chagall ou Max Ophüls. Il sera l'un des premiers à alerter sur la Shoah aux États-Unis dans une relative indifférence. Il a été le premier Juste américain ;

— le diplomate mexicain, Gilberto Bosque Saldívar (1892-1995), qui a sauvé des républicains espagnols et des Juifs grâce aux visas qu'il leur délivrait ;

— Hélène Taich (1918-1999) est une héroïne dont les faits d'armes, comme le courage, y compris celui de transporter des armes dans le landau de son bébé, m'ont inspirée.

Ma bibliographie prendrait plusieurs pages. Je tiens juste à signaler :

— *Amer Azur : artistes et écrivains à Sanary* de Manfred Flügge, aux Éditions du Félin.

— Pour les Milles : *Le Diable en France*, de Lion Feuchtwanger, aux Éditions Belfond.

Il y a eu un colloque consacré à Varian Fry à Marseille en 1999 dont les actes ont été publiés par Actes Sud.

On n'est pas seul quand on écrit. Beaucoup vous tiennent la main.

Je remercie :

— Odile Boyer, directrice adjointe de la Fondation du camp des Milles, Mémoire et éducation, qui a répondu à toutes mes questions.

— Robert Mencherini, immense historien, auteur entre autres de *Provence-Auschwitz : de l'internement des étrangers à la déportation des juifs 1939-1944* (Presses universitaires de Provence, 2007), qui m'a éclairée sur de nombreux points.

— Guillaume Vieira, auteur de la thèse *La Répression de la Résistance par les Allemands à Marseille et dans sa région (1942-1944)* (université de Provence, 2013).

Tal Bruttmann, historien spécialiste de la Shoah en France, qui a gentiment accepté de relire le manuscrit.

Pour en savoir plus
sur les Éditions Plon
(catalogue, auteurs, vidéos, actualités...),
vous pouvez consulter
www.plon.fr
www.lisez.com

lisez!

et nous suivre sur les réseaux sociaux

Editions Plon

@EditionsPlon

@editionsplon

MIXTE
Papier issu de sources responsables
FSC® C003309

L'éditeur de cet ouvrage s'engage dans une démarche
de certification FSC® qui contribue à la préservation
des forêts pour les générations futures.

Pour en savoir plus :
www.editis.com/engagement-rse/

CET OUVRAGE A ÉTÉ ACHEVÉ D'IMPRIMER SUR ROTO-PAGE
PAR L'IMPRIMERIE FLOCH À MAYENNE EN NOVEMBRE 2022

N° d'impression : 101519
Imprimé en France